岁月的河

—名流纪实—

胡国华◎著

南方日报出版社
NANFANG DAILY PRESS
中国·广州

图书在版编目（CIP）数据

岁月的河：名流纪实/胡国华著. — 广州：南方日报出版社，2012.12
ISBN 978-7-5491-0730-8

Ⅰ. ①岁… Ⅱ. ①胡… Ⅲ. ①随笔－作品集－中国－当代 Ⅳ. ①I267.1

中国版本图书馆 CIP 数据核字(2012)第 286618 号

SUIYUE DE HE
岁月的河——名流纪实　　胡国华 著

出版发行：南方日报出版社
地　　址：广州市广州大道中 289 号
电　　话：(020) 83000502
经　　销：全国新华书店
印　　刷：广州汉鼎印务有限公司
开　　本：889mm×1194mm　1/16
印　　张：17.5
字　　数：265 千字
印　　数：1—5000 册
版　　次：2012 年 12 月第 1 版
印　　次：2012 年 12 月第 1 次印刷
定　　价：35.00 元

投稿热线：(020) 83000503　读者热线：(020) 83000502

网址：http://nf.nfdaily.cn/press/

目录
Contents

第三辑 飘逝的背影

序言

这本书，汇集了我记者生涯中所写的人物专访、人物通讯、报告文学的一部分，其中一些篇章，曾在20世纪90年代以《当代名流访谈录》为名集结成册，因当时印数较少，现在已很难寻觅了。这次，加以补录与充实，希望有机会和读者一起，共同回望那些渐行渐远的身影，并在回望中，汲取人生跋涉的激情与动力。

记事易，写人难，这几乎是所有记者同行的共识。每写一个人物，除了文字水平外，采访技巧及对人物内心世界的解读也很重要。

当你从芸芸众生中选择、锁定了那个触动你新闻敏感的采访对象后，要善于沟通，迅速拉近彼此的距离，使其面对陌生的你，如同老友促膝，打开心扉，不设防线，生出说出一切的倾诉欲望，在融洽交流、相互碰撞的气场中，你和他，共历那份喜怒哀乐，重温那些所思所想，重温那条曲折崎岖的心路历程……

没有对人的关心和热忱，没有对人的命运的共鸣和理解，是写不好人物的。硬要写的话，也一定是苍白无力的图谱式形象。当然，收集相关资料，采访周边人物也很关键，有时，这是让人物立体化的不可缺少的手段。

本书所辑录的人物，他们的性格性别不同，职业职务各异，其命运轨迹也相去甚殊。但是，他们活在世上，似乎都抱定了同一个信念，同一个主张，同一个宗旨，那就是：人应当有所作为，人能够有所作为。

人生自有其使命。那些不甘庸碌终生的人，那些不愿像谎花一样虚度一生的人，遵从命运的召唤，义无反顾地，踏上了荆棘丛生的奋斗之途。

他们中间，有在社会主义革命和改革开放大潮中，发挥了重大影响的政界要人；有用自己的聪明才智和累累成果，辉映了学术界的著名学者与专家；有历尽劫难，尝遍艰辛，然而赤子之心不改，理性光芒愈增，不仅以真知与灼见，更以自身人格的力量，启迪民众良知的文坛大家……

统观这些人物，不论是壮心不已的花甲老将，还是毅然摆脱父辈荫庇，坚定地走自己道路的后生晚辈；不论是钱钟书、钱钟韩、钱钟泰三兄弟这样，出生于同一祖屋之下，驰名于不同领域的世家子弟，还是矮胡和封芝琴这样，从穷乡僻壤的裸石瘦土中，顽强地迸出枝芽，尽生命的全部潜能，热情地吐绿、放花、结果的山野草民，不论年龄大小，职务高低，地位贵贱，在他们的身上，确实表现出了某种非常同一的素质，某种山之所以成为山，海之所以成为海，人之所以成为人的要素。

我在多年的采访生活中认识了他们并为他们所感动。我认同他们的宗旨，我赞成有所作为的人生观。我对那些将个人价值与社会价值完满结合的人物抱有由衷的敬佩。我理解，人只有在服务社会的过程中，才能够不断地确认自我与完善自我，只有在创造性的劳作中，才能够享受生之乐趣，只有在与厄运的搏斗中，才能够最充分地显示出人类大无畏的英雄主义精神。

在这里，我特别想提一下周邦立（见本书《融入夜幕的流星》）。他大学时代就投身革命，中国的命运，中国的前途，中国的进步，始终是他萦怀不去的思虑的中心。解放以后，他专心埋头于国外自然科学著作的翻译与介绍工作，前后达数十年之久。这位特立独行的知识分子，这位现代的隐士、自动的流放者，这位无钱、无权、无地位、无名气，乃至没有一个正当身份的“无业游民”，这位为扩大民族的视野、锐利民族的头脑而甘守贫寒的学者与翻译家，这位自然科学界的普罗米修斯，长年稀饭咸菜果腹，长年夜以继日地工作，在留下1500多万字的译著之后，默默地撒手人间。他没有向社会索取分毫，却心甘情愿地为社会贡献了毕生。在人生忧患困顿的征途上，他无怨无悔，始终把自己鞭策得那么紧，那么苦。

他的行动，印证了一位伟大作家的名言：“由于使命的驱使，由于自己内心的冲动，人能够创造奇迹，经受最沉重的考验。”

我希望这本集子展开来变成一片生命的湖水。生命的湖上有多姿多彩的倒影。它提醒我们这些徜徉湖边的过客：你是否意识到了自己的使命？你是否肩负起了自己的那份人生的责任？你是否和书中的人物一起，参与了生命的湖上，那变化无穷的倒影？

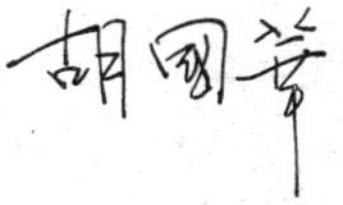

2012年8月

第一辑　苍茫的土地

这一辑里的人物，多数是地方名流。他们虽然是普通人中的一员，没有耀眼的光环，显赫的头衔，但在当地却很受人们敬重。他们用自己的辛劳、人格、襟怀证明，在平凡岗位，也能做出超群业绩，实现自己的人生价值。刘巧儿原型封芝琴是陇东老区的农妇，从年轻时代开始，就一直走在移风易俗的前沿；矮胡是福建武夷山的山民，在曲折多变的命运中，始终没有停止过挣扎奋进；陈岳元是水电工地的职工，把毕生的精力都献给了水电事业，像一滴水，也折射出了太阳的光辉。这些人是中国苍茫大地上的铺路石。

矮胡外传

难以捉摸的命运，蕴藏着一股强大的力量，它常会在你毫无觉察之时，把你抛入谷底；也会在你尚未省悟之际，将你推上峰巅。人的生活，正是在命运的左右下，划出了一条奇妙的轨迹。

然而，命运的力量又并非神秘莫测，它脱不开历史的进程，无规则而有定向。

命运的轨迹是一条曲线，它勾画出了多姿多彩的生活画面，展示了不同人的不同面貌。命运这条曲线峰谷的跨度、间隔、高低，与个人的性格、精神、毅力密切相关。

胡继文命运的轨迹，想不到竟这样地曲折多变。追寻这条轨迹，可以看到一个执拗顽强的人，如何在变动的时代里挣扎、沉浮、奋进。

一

算起来，胡继文可说是出生于旧时有财有势的人家。祖父当年是武夷山一带有名的茶霸，占据着当地三分之一的茶山，可谓“顿脚林木动，挥手云雾来”。蜚声海内外的武夷山乌龙茶的买卖，几乎被他垄断。

豪门必生孽子。胡继文的父亲，因自小娇生惯养，成了个不务正业、吃喝嫖赌五毒俱全的人。家业传至他手中，没有几年即被挥霍殆尽。胡继文自1943年降临人世后，从未得到过父亲的爱抚。这倒并不可悲，可悲的是，他后来才知道，祖辈和父亲的罪孽，在他未谙人事时，即已化为钉在他背上的十字架，压得他半辈子抬不起头来。

家道中落后，其父上山为匪，其母带着年仅四岁的胡继文，回到了娘家所在的赤石村。自此，胡继文在外祖父家寄居了几年。解放以后，他当土匪的父亲死了，却把厄运留给了年幼的儿子。作为地主和土匪的崽子，胡继文降生得太晚了，所以他没读过几天书，外祖父家境也不好，无法顾及他。后来，胡继文的母亲病死，他便成了个野孩子，整天和小伙伴们在外摸鱼、捞虾、摘野果，以此填充饥肠。

生活的煎熬无疑可以锻炼人的智慧和才能，十二三岁时，胡继文不但成了摸鱼捞虾的能手，而且表现出经商的天赋。为了换点零钱，他把抓来的小鱼、泥鳅用茅柴烤熟，用芭蕉叶一堆堆包好，以五分、一角一堆的价格，卖给过往行人。凭这一手，胡继文当年积攒了一小笔可观的财富，靠它买粮打油，足以填饱口腹。

世上善良的人终究是多数，乡里一位好心的干部见胡继文孤苦伶仃，十分同情，便把他安排在农机具厂当通讯员。谁知干了才一年，因家庭出身等原因，他被下放了。胡继文被迫回到家乡兰汤。回乡后，在参加劳动的同时，他常利用空闲日子钓鱼砍柴，换些零钱，贴补家用。不知不觉，胡继文成人了，娶了妻，生了子。也许和儿时营养不良有关，他自十三四岁后就没怎么长个子，一直只有一米五左右，所以邻里乡亲常喊他矮胡……

矮胡的青年时代，正是中国政治风云变幻的年代，家庭出身有明显污点的矮胡又生性活跃，不够安分，因而难免被政治风云扫荡。“大批促大干”时，因为他会抓鱼、爱做小生意，便成了“资本主义”典型。“一打三反”时，有人因他的祖父、父亲是恶霸、土匪，便编造出“矮胡偷藏着一千支枪”的“神话”，还硬说他把枪砌在了猪圈里。制造政治“神话”的人虽只是想象力丰富了一点，但因他的想象力，矮胡却被关进了监狱。

在狱中，矮胡被吊打拷问了几十次，他家的猪圈也被推倒耕翻了几遍，证据自然不会凭想象出现。虽查无实据，但也不会轻饶，他在狱中被关了整整四年。出狱时，他已浑身皮包骨头，不成人形。他的家也已不复存在：妻子离他而去，孩子流落他乡。

矮胡觉得自己命苦，但却并不绝望。他就像武夷山岩缝中的灌木一样，虽然根子扎的地方不好，且常遭雷霆风雨，可生命力却异常顽强，劫难过后，又昂首挺立，郁郁葱葱。他不信自己注定要倒一辈子霉，决心不在命运的打击下低头。

二

个人的命运和时代的命运是连在一起的。“四人帮”倒行逆施的岁月结束后，矮胡的命运也有了转机。

矮胡发现，谋生的路宽了，只要吃苦肯干，挣钱的地方很多。他想，自己的命本来很贱，有这样的机会为什么不好好干呢？因此，只要需要，再苦再累再脏再险的活他都愿意揽。

九曲溪淹死了人，要捞尸，他主动承担任务；科研部门为揭开武夷山船棺之谜，想取实物，他便攀上了观音岩的绝壁；居民区粪尿堵塞倒灌，他冒着奇臭，钻进了下水道……没多久，矮胡的吃苦精神在武夷山一带出了名。遇到没人愿干的活，只要找矮胡，他准干。此时，按劳取酬精神已开始体现，矮胡在付出劳动的同时也得到了可观的报酬。

国泰民安之际，山川草木亦逢时。武夷山的保护、管理和开发被提上了议事日程，武夷山管理委员会成立了。管委会成立后的第一件事，就是抓武夷山自然资源和文物古迹的普查。负责普查工作的崇安县委办公室主任宫浩，听说矮胡能吃苦，就把他请来当向导。矮胡到普查队没几天，他的吃苦精神便赢得了队员们的敬重。

矮胡从小在武夷山长大，对武夷山的沟沟坎坎都了如指掌。考察时，他一直走在前面开路，有刀矛荆棘挡道，他奋力劈开；道路陡险，他修路筑阶；沟深流急，他牵索趟水先行。遇到危崖、峭壁、深洞，他便自告奋勇，“承包”考察工作。平常日子，他负责照管考察队的生活，替大家砍柴、挑水、烧饭、炒菜。考察队的人都注意到，矮胡非但办事尽心竭力，而且很会炒菜。有人和他开玩笑说："矮胡，你炒菜的水平比饭馆都强，我看你以后干脆开饭馆算了。"他未曾料到，这句话日后竟成了事实。

考察队负责人宫浩对矮胡颇为欣赏。平日吃饭，矮胡本不上桌，宫浩在时，总要拉他一同上桌。一次，他还劝慰矮胡道："吃点苦、受点委屈算不了啥，男子汉就应该能伸能屈。"矮胡为报答这种真诚的关怀，在考察队里干得更欢了。

考察尚未结束，武夷山又进入了开发建设阶段。"奇秀甲东南"的武夷山除划定了一片自然保护区外，还被整体开发为旅游点，准备将淳朴秀美景色和灿烂的历史文化呈献给中外游客。因而，这里需要兴建一些旅游设施，还需要将历代文人墨客留在山岩石壁上的诗词石刻点染一新。点染石刻，活虽简单，却很危险。古代文人留下的字迹，大都刻在危崖峭壁之上，非但离地很高，而且连攀援之处都没有，真不知古人是怎么把字刻上去的。有人主张搭脚手架干，矮胡站出来说："让我来干，我不用脚手架。"

于是，他承包了点染石刻的任务。矮胡敢揽这既难又险的活，自然有自己的绝招。刻在幔亭红色岩壁上的"幔亭"二字，离地少说也有几十丈。矮胡顺着小道登上幔亭峰顶后，用一条绳子系住自己的腰，把漆桶也在身上固定好，绳子的另一头则绑在一棵树上。一切停当后，他让同去的几个助手抓住绳子，将他顺着岩壁慢慢坠下去。坠到刻字处，他大声让上面的人停住，便脚蹬岩壁，抽出插在腰际的刷子，蘸着白漆，开始给"幔亭"二字着色。这种悬空作业的方式，惊险异常。在幔亭峰下看热闹的人，见矮胡吊在半空晃来晃去，都觉得自己的腿也发软了。

矮胡就是用这样的办法，把武夷山大小几十处摩崖石刻点染一新。

武夷山的管理保护工作初步走上轨道后，武夷山管理局正式成立了。矮胡又操起了新的行当。他看到过去被视作"资产阶级闲情逸致"的园林艺术又得到了肯定，就开始钻研花木栽培技术，先后承包了崇安县城建局、县政府和武夷山管理局的苗圃，一两年中为这几个单位提供了大批花卉苗木，在满足社会需要的同时，他自己也得到了一笔可观的收入。

经过前后六七年的辛劳，矮胡成了手持十几万元现金的富户。这期间，他也重新成了家，娶了一位贤惠的妻子，矮胡做梦也没想到自己会有今天。

有些好心人也替他高兴，劝他道：“你吃过不少苦，现在该享福了。”

三

矮胡并非安分之辈，他不打算守着到手的钱安安稳稳过一辈子。他看出，如今正是干一番事业的时候，武夷山又是一块宝地，游客很多，只要想好门道，是可以有作为的。

经过反复思考，他决定投资旅游业，兴办私人宾馆。1984年，他毅然拿出前几年积攒的15万元资金，又向银行贷款3万元，请工程师设计好图纸后，在景色优美的幔亭峰下、九曲溪旁盖了一幢二层楼的宾馆。应矮胡的要求，这幢宾馆外观有闽北农舍的风格；内部则各种现代设施齐全；茶具、桌椅等物古色古香，具有浓郁的民族特色。为了美化环境、增添情趣，矮胡让人在宾馆天井里砌了一座仿武夷山玉女峰的假山，另外还修了一个鱼池。宾馆的整个环境被布置得整洁而又典雅，设有12间客房、42张床位。为了增加吸引力，矮胡干脆亮出自己的外号，将宾馆命名为“矮胡宾馆”。

精于算计的矮胡深知，自己这农家宾馆，虽然着意装修布置，但与国营的武夷山庄、幔亭山房相比，毕竟远为逊色，因而要增加吸引力，必须在服务项目和服务质量上下功夫。首先，他很注意保持宾馆的整洁，被罩、床单勤换勤洗，搪瓷浴缸和抽水马桶每天都要刷洗得干干净净。宾馆的餐厅从早到晚都营业，客人早出晚归均可随时就餐。为了保证客人吃上可口的饭菜，矮胡每天都亲自下厨房掌勺。他知道海外来的客人口味高，就想方设法购进新鲜的水产品，客人点菜后可活杀鲜炒。

矮胡很注意因人而异，针对不同的人提供不同的服务。对口味高雅的客人，他供应金鼠肉、龙凤汤、炒山鸡等新鲜野味；对身体虚弱的老年游客，他提供当归炖鸡、桂皮狗肉、五味石鳞等药膳；对习惯过夜生活的人，他供应银耳莲子羹、鸭肉粥、煨地瓜。此外，他还可满足客人的特殊要求。有好几次，港澳客人提出想自己烹调菜肴，他就让客人在水池中任选活鱼、石鳞和鳖，自宰自烹，客人甚为满意。

为了使游客有宾至如归之感，矮胡除了在食宿方面提供方便外，还很注意在其他方面关心照顾他们。矮胡小时候跟舅舅学过一些中草药知识，被关在监狱里时一位犯人又教过他一些药理，因而他也能行医。发现游客身体不适，矮胡便主动登门诊治。1986年秋天，一位来自瑞典的老年妇女，在登天游峰时，不慎扭伤了右脚，脚踝肿痛难忍。矮胡察看伤情后，连夜挑灯上山，采来治伤的草药，捣烂后替她敷在伤处，同时又为之细心按摩，使肿痛很快消失。伤好后，这位瑞典老妇十分感激，逢人便称赞这家宾馆和它的老板富有人情味。

新加坡游客杜德成投宿矮胡宾馆期间，矮胡从气色和饮食看出他患有糖尿病，就主动把脉问诊。摸清病情后，他对症开方买药，煎熬后端到杜德成手中。杜德成服药后，病势大为减轻：连服了几副药，他的病竟神奇地痊愈了。返回新加坡后，杜德成的糖尿病很长时间没有再犯，于是，他特地寄函向矮胡致谢，赞扬他待游客似家人。

不少在矮胡宾馆投宿过的游客，都有矮胡待客如亲友的感觉。游客外出遇雨淋湿了，回店后他一面生火为其烘衣，一面又送上热乎乎的姜汤为其驱寒。青年游客多时，他为大家举办舞会，逢年过节时，他放礼花烟火助兴。他还免费替游客洗涤缝补衣服，代购车船飞机票，代叫出租车，代挂电话，代寄邮件。正是靠这样的服务，矮胡宾馆在幔亭峰下站稳了脚跟。

四

随着矮胡宾馆的经营成功，矮胡名利双收，成了武夷山一带著名民间人物之一。他并未陶醉。在武夷山长大的他，善于登攀，正是在不断登攀中，他领略了武夷山36峰、99岩的绝妙景致，他也因而悟出了“山外有山，景外有景”的道理。他觉得自己仅走了几步，看到的东西还不多，还要去登新的山，去看新的景。

新的志向和追求，催促矮胡采取了新的行动。随着海外游客的增多，矮胡决定把经营宾馆和导游结合起来，更好地满足游客的需要。他请了一批既熟悉武夷山地形又有一定文化的当地人，让他们给投宿在矮胡宾馆的游客充当导游。这些民间导游一边给游客带路，一边给他们讲述武夷山一带的历史掌故、神话传说，使游客游兴陡增。

矮胡让自己的妻子翁秀珠也加入了导游的行列。在丈夫的鼓励和支持下，翁秀珠很快爱上了导游这个行业。为了方便港澳游客，并有利于和他们加强感情方面的交流，经过刻苦努力，翁秀珠学会了广东话，成了港澳游客特别是青年游客甚为欢迎的导游。翁秀珠除了娓娓动听地给游客讲解外，还很注意满足他们的各种特殊要求。有一次，一位年逾花甲的香港老太游兴勃发，提出想上天游峰观日出。这位老太太身板虽硬朗，但步履毕竟已迟缓，按常规很难在黎明前登上天游峰。为满足这位老太太的要求，翁秀珠凌晨四点就搀扶着她摸黑向天游峰进发，终于在日出前登上了峰顶。当老太太看到红彤彤的朝阳在起伏的山峦间喷薄而出时，兴奋得连声向翁秀珠表示感谢。

中华民族助人为乐的美德，也被矮胡融进了优质服务之中，从而使矮胡宾馆的信誉进一步提高。只要发现游客遇到困难，即便他们不求助，矮胡也会主动提供帮助。今年2月20日，一位年轻的香港女游客到水帘慧宛一带游览，在山泉洗手时，不慎将一架名牌照相机跌落水中，湍急的流水，顷刻将其带进一个很深的水潭中。女游客因第二天就要离开武夷山，只得望潭长叹，放弃了打捞的想法。矮胡从导游口中得知此事后，心想不能让游客败兴而归，立即花钱雇了几位识水性的农民，连夜赶到慧宛去打捞。因水深流急，打捞很不顺利，后来设法减缓了水流流速，才将照相机捞出，幸亏相机尚未损坏。此时，这位女游客已离开武夷山到邵武候车。矮胡便雇车让导游前去追赶，终于在女游客上车前将相机送还给她。女游客惊喜异常，深感大陆人情温暖。

由于服务周到，待客至诚，矮胡赢得了游客的心，矮胡宾馆的名声也传到了海外。去年秋季，香港一个旅游团到武夷山时，司机开始准备将他们送到国营宾馆，该团领队却拿出一封曾在矮胡宾馆住过的香港同胞的介绍信，指名要投宿矮胡宾馆。信誉是一种无形的广告，有异乎寻常的吸引力，正是靠信誉，矮胡招徕了八方宾客。自1985年开业以来，矮胡宾馆已接待了一万多名游客，其中外国和港澳台游客约占三分之二。有人估计，近两年前来武夷山的外国和港澳台游客，有将近三分之一的人在矮胡宾馆投宿过。

如今，矮胡已将自己的命运和武夷山的旅游事业联系在一起。近两年，随着中国改革开放的深入，旅游事业也日益兴旺发达，到武夷山来旅游的人逐年增加。在这种形势面前，矮胡自然不甘寂寞，他决心使自己的事业也逐年有所发展，以适应武夷山旅游事业的需要。从去年下半年开始，他拿出前几年的盈余，又贷了一大笔款子，对矮胡宾馆进行了扩建。由于他多方奔走，精心筹划，仅只半年时间，扩建工程即告完成，矮胡宾馆又新添了38张高档次的床位，从而招徕了更多的外国和港澳游客。此时，矮胡又盘算开了新主意，他立志要把自己的宾馆办成与国营高级宾馆不相上下的第一流的旅游宾馆。

矮胡从流浪儿、囚犯变为私营高级宾馆经理的传奇式经历，成了民间新闻，在武夷山一带流传开来。人们从他身上看出，在生活中只要顽强不屈，把握时机，完全可能改变已沉入谷底的命运，干出一番事业。不少武夷山人开始仿效矮胡，追寻着自己的事业，追寻着自己命运的转机……

1988年

情寄侗乡

一

流经侗乡的溪流，曲曲弯弯。它眷恋着这里的山石草木，欢快地吟唱着，跳跃着，在寨门楼脚间踯躅徘徊。它离不开这风光秀丽的侗乡。这里芳馨的空气、淳朴的风情，使它流连不舍，难以忘怀。这里荡涤了它的魂魄，保留了它的清澈。

此刻，正当不惑之年的医生王兆石的心境，仿佛同溪流一样。回望自己的足迹，他怎能离得开侗乡……

屈指算来，他在侗乡已度过了17个春秋。1970年炎夏，王兆石由上海第一医学院医疗系毕业，被分配到侗族聚居的贵州黔东南苗族侗族自治州黎平县，从大城市来到闭塞的边远小县。不料，县上也无他的容身之地，他又被打发到中潮公社佳所大队“劳动锻炼”。带着简单的行装到佳所时，他的情绪有些低落，可侗乡旖旎的风光立刻吸引了他：这里到处山清水秀，山岭上一阵微风吹过，山花摇曳，送来缕缕清甜的气息。

山水美景医治了他的情绪，善良的侗族群众则使他感受到了亲情。在劳动的佳所二队，侗族社员很照顾他这个戴“玻璃片”的书生，割稻、打稻、挑担等累活、重活，都尽量让他少干。休息时，还常让他分享带来的糯米饭和鸡蛋。得知王兆石是会看病的大学生，有些侗族大嫂便对他说：“你身子单，做不了多少田里活，不如给大家看看病。”

真诚的话语，亲切的目光，使王兆石意识到了自己的责任：这里缺的不是劳力，而是为群众服务的文化人。侗族村寨缺医少药的现状，更进一步唤醒了他的责任感。一天，他正在地里劳动，突然有个社员慌慌张张地跑来，喊他到队部去。他赶到队部才知道，伐木时倒下的一棵大树的树枝，扫着了一个社员，这个人倒下后，小腿血流不止，从伤口看，好像连碎骨都出来了。他一边让人到附近的卫生院去借止血钳、麻药等医疗用品，一边给受伤社员做检查。发现伤口虽深，幸好未伤及骨头。大家以为是碎骨的东西，其实是一截掉了皮的断树枝。器械、药品借来后，他为受伤社员打了麻药，取出断枝，认真做了缝合。没几天，伤口就愈合了，这位社员又可以下地劳动了。

佳所和附近的村寨轰动了，侗族群众争相传说他是一位“相恩赖”（侗语“好医生”的意思），见到他都投来敬佩的目光。王兆石既感动又感慨：侗族群众多么朴实善良呵，自己不过尽了微不足道的义务，他们就给了自己这么高的称誉，实在受之有愧。

他暗暗下决心：一定要当个名副其实的“相恩赖”。从此以后，他开始把精力用在出诊看病上。附近的群众遇到病痛，也都喜欢来找他。为群众治病，王兆石不辞劳苦。群众无论何时找他，无论地点多远，他都会立即出诊。一天深夜，他被一阵敲门声惊醒。起床开门后，闯进一个神色慌张的人。这个人告诉王兆石，他是梨子冲社员杨秀恒，他妻子病得很重，不知能不能挨到天明。王兆石二话没说，背起药箱，就随他冲进了夜幕。这天正好下雨，寒风挟着冷雨迎面扑来，冻得他直打哆嗦。他顾不得回去添衣服，咬牙冒雨摸黑走了八里山路，赶到病人家。病人正处于危急关头，全身浮肿，腹部胀鼓鼓的。他立即抽出腹水，进行了仔细检查，找到了病因。对症下药后，病情逐渐缓解。随后几天，王兆石天天登门诊治，病人终于转危为安。

深夜出诊，对王兆石来说，渐渐成了一种习惯。为了救死扶伤，减轻病人的痛苦，他表现出了高尚的医德。几约水库施工期间，一位民工因意外事故受了重伤，危在旦夕。王兆石闻讯后，赶了几十里路去探视。当发现这位民工因伤势过重，无法就地救治时，他不顾山陡路滑，亲自抬着担架，将其护送转移到山外的医院。因抢救及时，这位社员终于脱离了险境。

实践的磨炼，使人增长经验和才干。王兆石的医术提高得很快，成了一个合格的“乡村医生”。可他仍感到，自己还算不得“相恩赖”。

二

王兆石平静的心境中，泛起了苦恼的微波：医生和病人，要脉连心通，才能药到病除，我和他们，连言语都不通，有时要靠猜测下药，这哪能算“相恩赖”？

他蹲在岩洞区医院门前的河边，暗自犯愁。一年的锻炼期满后，他被分到了这家医院。正苦恼时无意间瞥见了河对面的沙涛寨，他豁然开朗，惊喜地想：言语不通可以学嘛，沙涛寨就是一所学侗话的学校。他专门买一个笔记本，用注音的办法记录侗话的日常用语。为学侗话他简直着了迷，遇到侗族群众，他就用刚学来的侗话搭腔；碰到懂汉话的人，他就学习新的词汇。

学侗话时，他认识了一位好“老师”。这位“老师”是个侗族姑娘，叫赵学兰，她家就在沙涛寨。赵学兰曾在湘黔铁路工地当过民工，1972年工程结束回到寨里，正巧岩洞医院缺人手，她便被招来当了勤杂工。赵学兰来后不久，看到王兆石像呆子一样追着人学侗话，深受感动，就主动教王兆石学侗话。在赵学兰的帮助下，王兆石不但掌握了日常会话，而且对问诊时必需的一些词句也能听会讲。从此，王兆石出诊方便多了，和侗族群众也更亲近了。

黔东南景致美，人的心灵也美，可是也存在着落后的风俗，愚昧的习惯。为了民族同胞的健康，有时王兆石还要为破除旧习俗作不懈的努力。

1974年春节后的一天，一场纷纷扬扬的鹅毛大雪，染白了岩洞一带的山岭，气温骤降，道路难行。王兆石知道这样的日子人容易得病，所以仍踏着积雪，冒着严寒，坚持出诊。他一早由德脑造林工地到兰把大队，又由兰把来到艮朝公社所在地，整整走了几十里山路。到公社时已是下午五点多钟。他又冻又累，浑身像散了架，关节也在隐隐作痛。正打算坐下歇歇，喝口茶暖暖身子，艮朝公社的卫生员吴支干闯了进来。吴支干告诉王兆石，岑扣寨苗族农民吴门景的女儿可能不行了，他刚去了一趟，发现孩子在发高烧，神智昏迷，连颈子都硬了。他劝吴门景赶快把孩子送到公社来住院，可他又不肯。

王兆石当即冒着风雪朝岑扣寨赶去。艮朝离岑扣寨有八九里路，一路都是崎岖的林间小道，平常就不好走，风雪天的黄昏更是路滑难行。王兆石一路上跌跌撞撞，好几次险些滑倒，可他却丝毫未放慢脚步，一直疾步朝前赶。到吴门景家时，天已漆黑，他发现吴家门前烧着一堆火，大门却紧闭着。推门进去，只见一位“鬼师”一面在屋里蹦蹦跳跳，一面口中念念有词，原来吴家正在请“鬼师”驱邪消灾。吴家的老人看到王兆石，脸上现出不欢迎的神情，“鬼师”看见王兆石，故意做出要走的样子，吴家老人却拉住“鬼师”不放。对吴家这种冷淡的态度，王兆石毫不在意，他疾步走到病孩身边，给她做了仔细检查。他发现孩子蓬乱的头发下有一个三厘米长的伤口，已经严重感染化脓，显然这就是病根。原来孩子前几天在山路口玩耍时，不小心跌了一跤，头撞在石头上，留下了伤口。家里人见出血不多，没在意，不料孩子竟病成了这副模样。吴家老人以为是鬼附体，所以请来了“鬼师”。王兆石知道，孩子的伤口显然是感染了破伤风菌，必须马上抢救，否则肯定会有生命危险。

他见老吴有些犹豫，便耐心地解释道：“‘鬼师’跳神是治不了病的，孩子的病根是因为细菌跑进了伤口，不是什么鬼附体。世上哪来的鬼呢！”经过他苦口婆心的劝导，吴门景才勉强同意把孩子送往医院。王兆石又连夜护送孩子赶回艮朝卫生院，此时已到子夜。他顾不得喘口气，立即对孩子进行了抢救，基本控制了病情。患破伤风的病人怕光、怕刺激，王兆石就动手布置了一间遮光隔音的临时隔离病房。他亲自守护在病人身旁，熬了七天七夜，眼球都熬红了。孩子的神智清醒了，有了进食的欲望，可由于连续许多天发高烧，又出现了便秘现象。在用药无效的情况下，王兆石就用手指一点一点地抠出来。孩子的病终于痊愈了。孩子的老父吴门景流着泪对人说：“我从来没有见过这样好的医生！”

三

无私的奉献，换来了真诚的报答。王兆石以自己的行动赢得了当地群众的心。无论他走到哪个村寨，人们都会争着请他到吊脚楼做客，请他喝米酒，吃糯米饭，尝腌鱼。夜晚出诊，群众还常常举着“松光”（松脂灯）给他领路送行。还常有人给他送鸡蛋，送腌鱼，如若不收，他们还真要生气呢。

这种热情，有时还使人挺为难。有一年上半年，坑洞公社一位侗族农民因脚底刺进了木渣等异物，伤口形成瘘管，一直脓血不止，一年多都未愈合。后来，他到岩洞区医院求医时，王兆石给他作了精心治疗，使他很快恢复了健康。每天要接触大量病人，这类病例，治过也就忘了。谁料那位病人却一直牢记着他。这年年底，他到坑洞公社巡诊，在街上正好迎面碰到这位侗族农民。这位侗族农民见到王兆石，不由分说地把他拉到自己家里，当即设家宴盛情款待。席间摆出了侗乡山珍腌老鼠。王兆石知道侗家只有来了最尊贵的客人，才会让腌老鼠上席。可他从未尝过老鼠，实在不敢下筷。那位侗族农民却热情地一再让他吃。难却盛情，他只得硬着头皮尝了一块……

在与当地群众倾心相交的过程，最使王兆石感动的是教他学侗话的侗族姑娘赵学兰。王兆石对侗族乡亲的那片挚情，使姑娘对他由敬重到爱慕。赵学兰的纯真、善良，也早就博得了王兆石的好感。

生活的道路是不平坦的。王兆石在上海时曾和几位同学一起讨论过红极一时的江青、张春桥之流，后来被别人揭发出来，王兆石被“审查”了。此时，赵学兰却对他表现出了胜于往常的温情。她知道他此刻最需要关心，便主动帮他洗刷缝补，同时还温情脉脉地向他表露了自己的心迹。

侗族姑娘真诚炽热的情感，打动了王兆石。他诚恳地对她说：“你知道吗？我也许会被定罪，送去劳改。以后恐怕也不能当医生了，你还愿意跟我？”

痴情的姑娘盯着他的眼睛说：“我看你不是坏人，我愿意跟你一辈子。你去劳改，我等你。当不当医生不要紧，种田也可以吃饭。”

他们很快结婚了。王兆石在侗乡建立了自己的家。

人妖颠倒的年代，善良正直的人们是难以逃脱厄运折磨的。王兆石和赵学兰结婚刚刚两个月，“审查”便升级了。1974年5月22日，王兆石由艮朝巡诊后回到岩洞区医院，刚想睡午觉，房门就被猛地推开了。几位公安人员闯进来，给王兆石戴上了手铐……

当天夜晚，岩洞区召开了群众大会，宣布了王兆石的“罪状”。使人惊讶的是，当台上高呼“打倒现行反革命分子王兆石”的口号时，台下竟无一人响应，这使王兆石深受感动。他知道当地淳朴善良的乡亲并未把他看成坏人。

是的，岩洞一带的乡亲有自己看人的标准。他们觉得，能关心普通人的疾苦，和普通人心灵相通的人，不会是坏人。王兆石被捕的第二天，岩洞区委常委、粮管所所长谢虎臣，特地赶到区里的临时关押地点看望王兆石。他没有多说什么，只是关切地凝视着王兆石，一再叮嘱他要多带些御寒的衣服。他的眼中，流露出了不便明言的同情和关怀。

王兆石被押解到黎平县看守所后，还有人冒着危险从岩洞赶来探望他。一天，他熟识的艮朝卫生院的侗族卫生员吴支干突然带着一帕子糯米饭出现在看守所内。王兆石吃惊地问他：“你怎么进来的？”吴支干悄声说：“有个看守我认识，是他放我进来的。”王兆石为他的安全担心，他却说：“我没啥。你进来了倒真得当心，千万别作践了身子，以后日子还长着呢！”王兆石顿时觉得有一股暖意从心里流过。

新婚乍别的妻子的绵绵情意，则使王兆石在剜心痛苦中又体味到了几丝甜味。王兆石被捕时，赵学兰已有身孕。王兆石被捕的第二天，她就去探望，王兆石说：“你以后日子可就苦了！”赵学兰坚定地说：“苦我不怕，我要等你回来！”说到这里，赵学兰的眼泪不由得刷地淌了下来。

王兆石被转移到黎平看守所前夕，赵学兰强压住悲痛，又赶来给丈夫送行，她给丈夫装好了干净的衣服，捆好了行李，一再嘱咐他要当心身体。一个月后，正好是端午节，赵学兰又特地到黎平来探望，带来了满满一提包粽子，还有好几斤白糖和腌肉，这些东西，王兆石一个月也吃不了……

这年九月，王兆石被判刑五年，送往丹寨汞矿劳改。服刑期间，王兆石没有灰心，每当想到侗族乡亲的关怀、同情和妻子的情意，他就有了信心。可以说，正是这些，支持着他度过了生命旅程中最艰难的一段光阴。

四

笼罩于中国大地上的妖氛被廓清后，王兆石的冤案得到了平反，1978年11月3日，在整整被关押了四年之后，王兆石回到了他朝思暮想的侗乡岩洞。

见到自己的“相恩赖”回来，侗族乡亲都感到由衷的高兴，但高兴之余，也难免有些为他难受。他的遭遇也的确令人同情。这几年，王兆石自己遭罪不算，连他的家属也遭受了不公正的对待。王兆石被捕后，赵学兰便失去了当临时工的资格，被遣送回乡，作为“反革命”家属，一边参加劳动，一边接受监督。孩子王海平出世后，满月不久，赵学兰就背着她下地了。那时正处在“农业学大寨”的潮头上，她每天四点起床，九点下工，来回都顶着星星走路。小海平早晚都要在妈妈背上睡觉。为了生活，她插秧、割稻、打谷，样样重活都咬牙挺着干。不幸的是，一次打谷时，谷芒进了她的右眼，引起了角膜炎。因未得到及时治疗，她的这只眼睛瞎了……

王兆石回来后，不少人说，他这个大城市来的知识分子，受了这种冤屈，只要提出来，组织上肯定会照顾他回上海。王兆石回上海探亲时，有些亲友也对他说：“你受了这样的罪，还呆在那不阴不晴的穷地方干啥？想办法调回来算了。在上海过日子，比那里惬意多了。”

王兆石却说：“我离不开侗乡，离不开那里的乡亲。”有人提到他受的冤屈时，他豁达地说：“我的遭遇，是特定历史条件造成的。和被整得家破人亡的许多革命前辈相比，我受的这点冤屈算不了什么。”

回到岩洞区医院后，王兆石和以前一样，又背着药箱，开始奔波在侗乡，为少数民族兄弟治病，无私地奉献着自己的力量。

崇高的境界和出色的工作，使他不但赢得了群众的赞扬，也受到了组织的信任。从1980年起，他先后担任了岩洞区医院副院长和院长。1983年，他加入了中国共产党。身上的担子重了，他工作也更加努力。除担负医院的领导工作外，他还一直坚持出诊。

1984年春，王兆石被调到黎平县医院当院长。岩洞的乡亲虽然舍不得放走自己的“相恩赖”，但为了全县的群众，他们只得忍痛割爱。王兆石离开岩洞那天，邻近的乡亲全赶来送行了，区医院门前挤得水泄不通。乡亲们送来的大米、鸡蛋、腌鱼，堆满了筐，装满了缸……

到县医院上任后，王兆石发现，这个全县最重要的医疗单位很不景气：环境脏，秩序乱，整个工作处于放任自流的状况，群众看病难，抓药难，住院也难。他想：这样怎能很好地为群众服务呢？他了解到，大多数职工对这种局面也很不满意。经过深入调查，并广泛征求群众的意见，他对医院的管理体制进行了大胆的改革，减少了行政人员，把院科股三级管理改为院科两级负责。与此同时，还在各科室建立了责任制，完善了各项规章制度。经过他和全院职工的共同努力，黎平县医院面貌迅速改观。门诊部过去常见的“长龙”不见了，群众看病方便多了，治愈率也明显提高，医院的病床也增加了50%，需要转院诊治的病人大大减少。院内的绿化也搞得很好，环境变得幽静而清洁，像小花园一样。

默默尽责和奉献的人，是不会被社会忘记的。1984年，王兆石被评为贵州省劳动模范；1986年7月1日，又被省委授予“优秀共产党员”称号。在荣誉面前，王兆石却始终保持自己的本色。到县医院后，王兆石工作很忙，仍一直坚持看门诊、查病房。许多群众进城看病，也总喜欢找他。只要找上门来，他哪怕再忙，也要亲自问诊检查。医院病房紧张时，他还将有的病人接到家中吃住。

王兆石对病人极为体贴关心，总是千方百计为他们排忧解难。今年初春的一天，他看到有一位侗族妇女背着一个三四岁的孩子，呆立在医院门口，面露忧色，就走过去和她攀谈。一打听才知道，她的孩子有疝气和肺病，是专程从几十里外的茅贡区赶来检查治疗的。因这一天县上停电，X光机无法使用，检查只能推迟。在城里等下去，她带的钱又不多，所以正在犯愁。王兆石十分同情，便让她晚上把孩子带到自己家，亲自给孩子作了检查，并安排了母子的食宿。

王兆石对群众充满了爱心，是因为他一直牢记着群众给予他的关怀。他忘不了这些，也忘不了景色明丽的侗乡山水。他已将对人和景的爱，融进了服务于侗乡的事业，融进了自己的生活。他像流经侗乡的流溪一样，是离不开侗乡的……

1987年

葛洲坝人的胸怀

如果你在葛洲坝二江大坝泄水闸前，看到过江流冲出闸门的壮观景象，一定会终生难忘的。那汹涌沸腾的江水，那激荡澎湃的波浪，还有那好似雨雾飞溅的水珠，都蕴含着一种难言的震撼人心的力量，把人带到一个宏大奇伟的境界。

在葛洲坝，更令我感动的，还是葛洲坝建设者的胸怀和境界。他们就像泄水闸前那些平凡的水滴，汇聚起来造就了不平凡的景象，点点滴滴都在阳光下放射着晶莹动人的光彩。葛洲坝砂石厂主任工程师陈岳元，就是平凡“水珠”中的“一滴”。

我第一次听到陈岳元的名字，是在砂石厂党委书记那里。他在介绍砂石厂领导班子的情况时，顺便对我说：“我们原来还有一位副厂长，叫陈岳元。由于他几次主动要求，不久前已退出领导班子。”

“是因为他到了退休年龄？”

“不是。他今年才58岁，照说还可以干几年。”

“那是为什么呢？”他的话引起了我的兴趣。

“开始我们心里也有些纳闷。因为他提升为副厂长才两年时间，板凳还没有坐热，怎么就自动抬屁股了呢？后来，他用自己的言行使我们理解了他。”接着他给我介绍了事情的前因后果。

原来，陈岳元是因为让贤才辞去副厂长职务的。在水利建设方面，陈岳元可以说是一个专家了。自1947年在江苏镇江的淮河水利专科学校毕业后，他一直在水利部门搞技术工作。解放前，他在国民党的扬子江水利委员会实习过。解放后，他先后在长江水利委员会下游局、黄河水利委员会测量队等单位工作。1971年五月，葛洲坝工程开工以后不久，他就来到了砂石厂，负责施工技术工作。多年的水利建设实践，使他积累了丰富的经验，技术上很有一套。照说，像他这样的知识分子，早就该重用了。可是，由于他家庭出身不好，加上极“左”路线盛行对知识分子的歧视和偏见，所以，很长时间里，只是让他搞搞一般性的技术工作，没有担负过重要工作。粉碎“四人帮”以后，知识分子的地位有了显著提高，陈岳元这才开始真正发挥出自己的作用。他不但担任了砂石厂的技术领导工作，当了主任工程师，还于1980年上半年被任命为砂石厂副厂长，参加了领导班子。

在别人看来，一个搞技术的人能有这样的身份，也就够体面的了。谁知，干了不到两年，他突然给党委打了一份辞职报告，要求免去他的副厂长职务，仅保留技术职务。党委的同志都有些奇怪，因而未将他的辞职报告转给上级组织部门。

陈岳元见没有动静，就再次打了报告，并主动找党委的同志谈心，向他们坦率披露了自己的想法。大家这才知道，五届人大四次会议以后，他就开始考虑这个问题了。他觉得，中央作出的精简机构、实现领导班子年轻化的决策的确英明。自己虽然还不到该隐退的年龄，但岁数毕竟大了。由于自己的存在，领导班子的平均年龄增加了两岁。为了有利于年轻同志的成长，他决定退出领导岗位，专心搞技术工作。

他这种出于公心、不计较个人地位的行为，使党委的同志们深受感动，只得如实向上级党委反映了陈岳元的想法，工程局党委经过慎重研究，同意了陈岳元的请求。

陈岳元在退出领导班子之际，向砂石厂党委举荐了两位中青技术干部。这两位干部一直在陈岳元手下工作。陈岳元看他们事业心强，踏实肯干，早就有意识地对他们进行培养。他的想法与党委正好不谋而合。经过上级党委批准，这两位中青年技术人员分别担任了副厂长和党委副书记职务。陈岳元之所以能这样做并非偶然。他的作风和品格，一向为人称道。陈岳元要求自己十分严格，从不为个人私事麻烦组织。他从事水电工作几十年，照说家属早就可以随迁了，可他却从未要求组织为他解决两地分居问题，直到不久前组织上知道了他家的困难，主动关心，他的家属才由老家宜兴调到工地。

他虽然是工程师，后来又当了副厂长，却没有一点架子，和工人关系十分融洽。这些年，他一直和工人一样，在砂石厂职工食堂排队吃饭。有时工作忙，来得晚了，炊事员要单独为他炒个菜，他都不让，买点剩菜剩饭就凑合着吃了。砂石场施工现场距住地较远，照说厂领导下现场可以用吉普车接送，他却从未享受这个特权，每天和工人一样，乘班车来往。

陈岳元的境界，还表现在对工作极度负责的精神上。长期以来，除了开会、生病，他几乎天天到施工现场，在第一线指挥生产。施工的紧张阶段，他常在现场吃住，不分昼夜跟班劳动，实在困了，就在工棚里和衣躺一躺。

正是这样一种严格要求自己，一心为工作着想的精神，支配着他退位让贤的。崇高境界中的行为，有时不一定会被人理解，但倘能驱除遮住眼睛的利己主义迷雾，就一定可以看清这光风霁月的品行之光华。

我也是在和陈岳元交谈之后，才理解他的。在一套朴素简陋的宿舍里，我见到了陈岳元。他面容清癯，神态和蔼。听说来意，他有些意外地说："要讲想法，其实很简单。人老了，总归要重返大自然的。对我来说，迟暮之年无非想多做一点工作。早点退下来，不但有利于中青年干部成长，也有利于自己发挥专长。我的事业是在大坝上。"

不多几句话，说得多么诚恳啊！他这样想，也是这样做的。辞去领导职务以后，会相应地开得少了，他更是一心扑在了技术工作上。

砂石厂原来主要承担为工程提供浇捣用的砂石料的任务。后来，由于施工任务越来越紧张，工程进度赶不上要求，而砂石厂的人力还有潜力可挖，工程局党委决定从砂石厂抽调一部分工人到施工现场改行搞浇捣。

从备骨料到浇捣，看起来相近，干起来却大相径庭。砂石厂的大部分职工过去一直搞砂石料的开采、筛选，根本没有浇捣的经验。陈岳元过去学过浇捣，在别的工地上也搞过一段浇捣工作，就理所当然地承担了培训任务。为了改行的职工尽快掌握浇捣的技术，他翻阅了大量资料，编写出了讲课提纲。编教材的那些天，他常常工作到凌晨。由于做了精细的准备，他把本来很费解的技术课程讲得深入浅出，通俗易懂，很受工人欢迎。砂石厂的工人们，很快领会了浇捣技术的要点。

队伍拉到第一线后，他们承担了二江泄水闸前护滩下海漫的浇筑任务。这对初次搞浇筑的砂石厂职工来说，的确是一场硬仗。所谓护滩海漫，要直接承受泄水闸里奔涌而出的激流的冲击，坚固程度和表面光洁度等质量要求极高。为了确保工程质量，负责技术指导的陈岳元想了许多办法。开始时，他几乎手把手地教工人施工，耐心帮助他们领会技术要领，掌握操作方法。护滩表面的混凝土磨平工作，按规定由机械进行就行了，可起初怎么也达不到质量标准。参与施工的干部工人都忧心如焚。陈岳元就和工人一道，反复琢磨研究解决方法，终于想出了人工抹平和机械找平相结合的工艺途径，使工程质量很快达到了规定标准。人工抹平是一项既细致又辛苦的工作，需要脱掉鞋子蹲在混凝土上，一点一点地抹。陈岳元在施工时和工人一样，拿把刮刀，赤着脚，在工作面上一干就是十几个小时。就这样，他们靠苦干和巧干相结合的精神，按期完成了艰巨的任务。

大江工程开始浇捣后，砂石厂的队伍又承担了一号船闸上游防淤堤护角槽的浇筑任务。这次他们承担的任务，工作量比上次要大，时间也更紧迫。一上工作面，遇到的第一个难题就是清淤。如果不把淤塞在地基的2000多方淤泥、垃圾清除出去，浇捣工作就无法进行。陈岳元此时虽已不担任领导职务，却仍很关心整个工程的进展。他冷静分析了面临的形势，计算了清淤需要的时间和人力，觉得单凭第一线的队伍，还无把握如期完成清淤工作。经过深思熟虑，他向党委提出了组织机关干部和其他非生产第一线的人员到前方突击清淤的建议。由于他对队伍组成和工作安排等方面考虑得都很周到，所以党委很快采纳了他的建议。结果，在各方面力量的协同配合下，他们只用了一个星期就完成了原需十几天才能完成的工作，从而保证了浇捣工作的顺利进行。

最难能可贵的是，陈岳元在工作中对已经担任领导工作的原下级十分尊重和支持。葛洲坝二期工程开工后，新提拔为副厂长的孙域担任了现场的领导工作。在现场负责技术工作的陈岳元常常主动向他汇报工作，并自觉协助他处理工作中出现的问题，和他配合得十分默契。对孙域在工作中注意不够的问题，陈岳元也常对他进行提醒或给他出主意。有一次，浇捣中供冷却混凝土用的冷水不够，孙域一时未注意到这个问题。陈岳元就告诉他，应该尽快设法增加冷水，解决混凝土制冷的问题，否则温度升高，将会影响混凝土的质量，给工程带来不应有的损失。经他提醒，孙域立即采取措施，解决了冷水不足的问题，使工程质量有了可靠保证。

这些年，一年四季，无论晴雨风雪，陈岳元总是坚持在现场工作。厂部的那间主任工程师办公室，除了他偶尔回厂开会时用一用外，平常难得开门。看到他在十几米至几十米高的浇筑部位爬上爬下时，人们都替他担心。有人劝他："陈工，你都快60岁了，手脚已不太灵便，老这样上上下下，多危险！你不用天天来，有事大家会找你的。"他却笑笑说："要保证工程质量，多一双眼睛总有好处。搞工程哪能怕危险，注意安全就行了！"

陈岳元虽然没有什么惊人的业绩，可是他朴实无华的言语，却反映了中国普通知识分子的崇高思想境界。采访结束时，面对气势宏伟的大坝，我领悟到：这样惊人的业绩，绝非任何伟人个人所能创立，它只能是千千万万像陈岳元这样的建设者共同建设的丰碑。正因为此，平凡的"水珠"也是值得赞颂的！

1984年

刘巧儿新传

50年代，评剧《刘巧儿》曾轰动一时，给千百万观众留下难忘的印象。剧本是根据1942年发生在陇东老解放区的一个真实故事改编成的。刘巧儿这一艺术形象的原型，就是现在甘肃省华池县悦乐公社上堡子大队妇代会主任封芝琴。

溯旧

艳阳天，我们沿着清粼粼的柔远河溯流北上，来到河西岸一个依山傍水的小村庄。这是上堡子大队张家湾生产队，“刘巧儿”封芝琴的家就在这里。

听说来意，封芝琴笑了笑说：“陈芝麻，烂谷子，不值得翻腾。”经不起再三恳求，她娓娓地说起了当年边区轰动一时的那桩故事。

那是1942年边区开展大生产运动的年代。华池县丈八塬村18岁的姑娘封芝琴，爱上了张家湾的小伙子张柏。虽说这一带是边区，可“自由恋爱”在农村并不时兴，因此，这在当时可说是少有的大胆举动。谁知封芝琴的父亲封彦贵嫌张家穷，不赞成这门亲事。钱财令他花了眼，他不顾女儿的幸福，将她卖给了地主的儿子朱寿昌。朱寿昌不但好吃懒做，还是个拐子。封芝琴没有屈从封建礼教的压力，她违抗父命，与张柏合计，利用过去存在的“抢亲”习俗，自愿被“抢”到张家。这一举动，惹恼了封彦贵和朱寿昌，他们告到县政府，说张家抢亲。县政府的个别领导人未作任何调查就扣押了张柏与张家参与“抢亲”的人，并不分青红皂白，判决张柏、封芝琴的婚姻无效。

封芝琴拒不服判，步行几十里，赶到陇东专署，作了申诉。专员马锡五深入张家湾等村庄调查，摸清了事情真相，作出了深得人心的判决：释放因“抢亲”被扣押的张柏等人；惩罚和教育了封彦贵、朱寿昌；准许封芝琴和张柏结婚。

封芝琴追求婚姻自由的大胆举动和马锡五专员的公正判决，受到了边区群众的赞扬，也叩动了许多青年的心弦。这桩新奇的故事不胫而走，边区的文化工作者根据它写出了故事，编成了剧本，解放后又搬上了银幕。

倡新

了解了她的过去，使人更渴望了解她的现在。那么，现在封芝琴的情况怎样呢？

解放这些年来，她一直在大队、生产队做妇女工作，现在是大队妇代会主任。她从自己的亲身经历体会到，解放后，妇女虽然在政治上经济上翻了身，可是旧社会遗留下来的旧思想、旧习惯、旧传统，并没有完全清除，它还像一根无形的绳索紧紧束缚着广大妇女。特别是前些年，由于林彪、“四人帮”的干扰破坏，许多地方，变相买卖婚姻盛行。有的人家为了娶一个媳妇，几乎倾家荡产，许多姑娘的婚事，完全听任父母包办。看到这些，封芝琴立志要改变这种风气。

1967年，封芝琴的大女儿张瑞萍从悦乐中学毕业后，与庆阳县玄马公社桑梨园大队的民办教师盖登举相爱了。小伙子忠厚老实，可是家境并不宽裕。瑞萍担心母亲不支持他们的婚事，可封芝琴却说：“孩子，你们的事我怎么会不支持呢？我只盼你们过得好，不图什么彩礼，要钱要物是把女儿当货卖。妈吃过这样的苦头，哪会这样做？在新社会这做法更要不得。”女儿办喜事之前，封芝琴又特别嘱咐女儿：“喜事一定要新办，可不能讲老一套，讲排场，摆阔气。”女儿、女婿记住了妈妈的告诫。迎亲那天，村里人原想赶红火，没料到只是新郎骑了辆自行车捎新娘回家，过柔远河时，因为水大，还是新娘自己挽裤腿蹚过河。村里有人数落：“封芝琴傻得没了相，把女儿白送人不算，还让新娘自己蹚水过河。过去新娘到婆家连地都不能沾，现在倒好，不但沾土还得蹚水，这成什么体统！”听到这些，封芝琴更觉得封建习俗流毒不浅，不宣传不斗争，新风尚就树不起来。

队里有个姑娘，认识了林场的一个小伙子，姑娘很中意，可家里嫌小伙子穷，出不起彩礼，坚决反对。封芝琴知道了这事，就多次利用空闲时间找姑娘的父母拉家常。她恳切地说：“旧社会的坏风俗是把女人当牲口看，只要有钱，就可以买来卖去。新社会党和毛主席提倡男女平等，婚姻自主，我们如果还搞买卖婚姻，咋对得起党和毛主席？”恳切的言词，终于打开了姑娘父母心上的锁。姑娘成亲后，不但家庭和睦，生活幸福，而且女婿和岳父、岳母的关系也相处得十分融洽。

1977年冬，青年社员张文汉打算年底成亲，父亲张发想舍本大办喜事，光酒席就想摆18桌，每席八大碟、两大碗，样样齐全。正在操办，封芝琴上了门，她开门见山对张发说：“现在该是喜事新办，你不该再兴那一套老规矩了！”张发说怕不办惹人笑话，封芝琴说：“如果是那些满脑瓜旧思想的人笑话，正好说明我们做得对。提倡喜事新办，不光为了省几个钱，也是为了把勤俭节约的新风传给后一代。讲排场，表面看红火，事后背一身债，几年还不清，这何苦？”张发想通了，没花多少钱，就给儿子办了婚事，村里大多数人都叫好。

易俗

有一阵，封芝琴发现，女社员陈桂英和媳妇李雪梅关系不好。仔细一了解，知道了问题所在。陈桂英总觉得自己是婆婆该享福了，媳妇是小辈，该对自己百依百顺，伺候到家，因此，每天的饭让媳妇做还不算，而且做什么都由自己定。封芝琴利用田间休息和晚上的空闲时间，多次给她们调解。她说：“新社会，人和人的关系是平等的，不兴过去那套伦理道德了。当婆婆的不能用‘三从四德’来要求媳妇，婆婆应该关心、爱护媳妇，媳妇也应该尊重婆婆……”经过她的劝解，陈桂英心里亮堂起来，媳妇也消除了委屈情绪，婆媳之间关系和睦了。

陇东这一带，重男轻女，“多生贵子多得福”的观念在有些人头脑里根深蒂固，计划生育工作较难开展。女社员李凤英才三十多岁，就生了四个孩子，可还不愿意计划生育。1976年，封芝琴多次上门做工作，劝她别再生了。头次吃了闭门羹，封芝琴仍不在乎，继续登门。李凤英被她的诚意感动，说了真心话：“大妈，我知道你是为我好，我也愿意结扎，可家里没老人，动了手术，没人照看。”封芝琴痛快地回答：“这事不用犯愁，有我呢！”李凤英做完了结扎手术，封芝琴立即买了点心，送给李凤英补养身子，还帮她料理家务，看管孩子，足足忙了一个多星期。这种舍己为人的精神，深深感动了上堡子大队的妇女们。这两年，全大队的计划生育工作开展得很顺利。她所在的张家湾生产队，连续几年人口增长率都保持在千分之十以下。

像这样的事，封芝琴干了多少件，人们数不清。封芝琴是个普普通通的农村妇女，她所做的事看来很平凡，而反映出的思想却是那样高尚，精神却是那样可贵。如果全中国的妇女都能像她那样，还有什么新风气树不起来呢？

1978年

拓荒之“牛”

珠江支流岐江之滨有一家企业，院门口竖着一座乌青色的铜牛雕像；总经理的办公桌上，也摆着一头小铜牛；说来真巧，这家企业背后的那座小山也叫牛山。牛在中国是最受人喜爱的动物之一，被看作是吃苦耐劳、开拓奋进的象征。这家企业的职工背地里也称他们的总经理是“开荒牛”，赞扬他身上有牛的可贵精神。此人就是广东中山市钢管工业集团公司总经理吴官富。

这家创办之时仅有三十几个人、二十多万元资金的企业，正是在吴官富这头“开荒牛”的带领下，经过十年的努力，发展成年产值四亿元、税利两千多万元，产品销售到世界二十多个国家和地区的大企业集团的。为此吴官富付出了多少艰辛，洒落了多少汗水，职工们最清楚。中国最早在商品经济风浪中经受洗礼的珠江三角洲的人都知道，商品市场就像一个广阔无垠的海洋，只有不畏艰险并善于搏击风浪的人才可能取得成功。吴官富正是这样勇敢坚韧的成功者。

信条：挫折不可怕，可怕的是被挫折打倒

吴官富人生的道路并不平坦。他的一位朋友曾开玩笑似的说：吴官富不算走运，却总能转运。

出身于华侨家庭的吴官富，本有许多到海外定居的机会。但他难离故土，从未有这样的打算。在校读书时，他是品学兼优的学生，一直担任学生干部。高中毕业那年，他是石岐一中校学生会主席、班团支部书记，本可保送到北京大学读书，由于有所谓的海外关系，未能成行。在老师的关心下，他参加了工作。教过几年书，打过几年杂，后来进了工厂。

他也一度少年得志，27岁便担任了有1000多人的石岐玻璃厂的副厂长、副书记。当时他便表现出了很强的事业心，上任后在老书记的支持下，大胆革新，从企业管理到技术改造都进行了新的探索。70年代中期，石岐玻璃厂的工艺水平还很落后。一天，老省长陈郁到厂里来视察，看到他们还在用煤作燃料，便提出可否改用其他燃料，如油母页岩或重油，以提高炉温。吴官富立即组织攻关小组，对炉子作了改造，先用油母页岩进行试验，没有成功；他们又改用重油再试，经过许多次摸索，终于获得了成功，建成了以重油为燃料的平板玻璃生产线。至今这个厂还在使用他们当年摸索出的工艺进行生产。

1977年，因为需要，他被组织上调到香港工作了一段时间，由于留恋在企业的生活，第二年他作出了常人不可理解的决定：要求调回内地。回到中山后，他被分配到了一家老厂，开始任副厂长，后来任厂长、书记。他是个不安于在旧轨道作惯性运转的人，总想寻求新的突破。接任厂长之后，他便乘当时正在全国兴起的改革的东风，着手对已经影响企业发展的旧的经营体制进行改革。改革总难免会触动一些人的利益，特别是在人们的观念还未发生变化，承受能力还不强的时候，吴官富的有些措施引起了部分人的不满。有一次，为了扩大业务，他在酒店请客商吃了一顿饭，正巧被对他有意见的人看到了。那些人抓住此事大做文章，到处写信告状，说他大吃大喝。当时又正好碰上在刹吃喝风，有的报纸便借此做了一篇文章。

不久又遇到社会上提倡民主选举厂长，他所在的厂也搞开了民选，经过有的人的一番活动，吴官富虽然在厂内业绩显著，却意外地落选了。说实话，这样的结果他也没料到。以往他总认为，自己只要勤勤恳恳的工作，老老实实的作出成绩，群众总会理解他的，岂料这次因一些人为的因素，他竟成了民主选举的牺牲品。这对他不能不算一个打击，但他没有被击倒。他对自己的所作所为进行了反思，感到自己的确有教训可吸取，但开拓改革的方面并没有错。他不但没有灰心，反而表现出了很广阔的胸襟。他向当选的厂长表示了祝贺，希望他带领全厂职工继续奋进。

群众有时虽然有盲目性，但总的来说还是通情达理的。吴官富落选后，有不少人对他表示了同情，更多的人则对他表示了信任，鼓励他不要灰心，不要被挫折击倒。市经委主任李添对他一直很了解，紧紧握住他的手，真诚地说："挫折算不了什么，关键不要被磨掉锐气！挺起胸来，我们信得过你。"不少工人态度十分鲜明地说："厂里不正好要上一条新的生产线吗？干脆另起炉灶重开张，你领着我们办个新厂算了。"

人在逆境时，信任比什么都更令他珍视，更令他振作。这个建议也正好和他暗地里的想法不谋而合，于是他坚定了另办新厂的打算。他找到经委主任李添，谈了自己的计划。李添正好也在考虑开拓新项目、建立新机制，听后高兴地说："好，我支持。吴官富到底是好样的！"

就这样，吴官富带着三十几个人、二十几万块钱来到了荒凉的牛山脚下，开始了新的征战。当时的艰苦是可以想见的。这样一点钱要办厂，按照思路只能慢慢滚动。这不符合大步迈进的吴官富的性格，他总觉得干事业要有只争朝夕的精神，要有宏大的目标。所以他打算，办就一定要办一个档次高的、现代化的新型工厂。可钱的问题怎么解决呢？想按计划经济的办法找拨款，已无可能；那就只能找贷款了。有人告诉他，贷款风险很大，搞好了个人没多少好处，搞砸了个人就倒霉了。吴官富想，干事业哪能不担风险，因为怕风险而不敢闯新路，那就太没出息了。他决意走负债经营的道路。

正巧这年国家为了支持引进工作，特拨了一亿多元外汇贷款给广东，并明确指出：这笔贷款必须用于补偿贸易项目或有创汇能力的项目。得到这一信息，吴官富立即向省政府有关部门递交了申请这笔贷款的第一份报告。由于吴官富事前作了认真的准备，报告有很强的科学性与可信度，所以很快获得了批准。

吴官富用获得的300万美元的贷款引进了意大利的高频焊管生产线和全自动热浸镀锌生产线，办起了中山市钢管厂。这是全市第一家负债经营的工厂。吴官富时间抓得很紧，在有关海外公司的支持协助下，1984年3月破土动工，1985年10月便告设备安装调试完毕。这样的速度，在大型工厂的建设中是不多见的。

他的大胆探索又引起了一些好事之徒的非议："瞧，吴官富这个落选厂长又成了负债厂长了！"吴官富把这无聊的议论当作耳旁风，一笑置之。他认为负债经营是一条新的经营路子，总要有人去探索，为此背个负债厂长的名声也没什么了不起。

目标：要以一流的质量，在市场上建立可靠的信誉

工厂投产后，吴官富抱定了一个目标：要使产品成为市场的畅销品。但是，愿望通往现实的道路往往是艰难崎岖的。

正当他准备冲刺时，遇到了银根紧缩，厂里得到的流动资金仅有20万元，还不够买一天所需的钢材。他估算了一下，全厂一年所需的流动资金少说也得1500万元。缺口实在太大了。怎么办？他苦思冥想了几天，终于想出了两个高招。他先找到国内生产钢板的大厂家，与他们达成了互惠协议：先由这些厂家给钢管厂供应钢板原料，钢管厂再以生产出的钢管作为补偿。用这个办法，他得到了一千多吨原材料。随后他又和有外汇的单位商量，请他们用外汇从境外代为购进钢板，钢管厂用生产出的钢管作为补偿。这两招很管用，流动资金缺少的矛盾很快得到了解决，大批优质钢管在先进的生产线上像流水一样地被生产出来。

吴官富对这些钢管寄托了厚望，希望它们能在市场竞争中取胜，所以给它们取名为"华捷"。但是，"华捷"牌钢管的亮相却并不理想。钢管运进香港市场后，吴官富立即发现市场早已被日本货占领，"华捷"钢管与日本货相比，无论在质量还是价格上都无法相争。别人的售价只相当于自己的生产成本，这样怎能在市场中站住脚？吴官富经过认真调查发现，要想在香港

市场取胜，必须上高品位的镀锌钢管。镀锌钢管在香港市场很抢手，年需要量约在32万吨左右，其中镀锌导线管尤其畅销。吴官富当即决定在镀锌导线管上下功夫。

但是，一开始便遇到了拦路虎。厂里引进的意大利生产线主要是生产水管的，用来生产导线管，由于管子口径小，去除内缝毛刺难度很大，原设备根本无法达到技术要求，而清除细管内缝毛刺，当时在世界上也是个难题。为了攻克这一难题，他们开始想依靠外国专家。谁知请来意大利专家，买来意大利刀具，仍解决不了问题，刀具一进入管子就断。意大利专家反复试验了20多天，只得耸肩摊手承认没有办法。由于20多天停工待产，全厂损失了40多万元。

吴官富不是个肯轻易认输的人，他不信外国人办不到的事，中国人就办不到。他决心亲自来啃这块骨头。为此他专门成立了一个攻关小组，自己带着铺盖住进车间，和攻关人员一道探寻解决办法。他们把土办法和洋办法结合起来，夜以继日地试验，经过许多次反复，终于找到了一种既简便易行又节约成本的办法。一批批高质量的导线管生产出来后，经国家和港英权威技术机构的鉴定，全部达到国际标准。他们生产的导线管顺利地打开了香港市场，受到了客户的普遍欢迎。

首战成功并没有使吴官富忘乎所以。他到过香港，知道国际市场竞争十分激烈，要想使产品站住脚，必须保持可靠的质量、良好的信誉；否则肯定会在无情的竞争中败北。为此，他眼光一直盯着国际市场，十分重视保持和提高产品质量，务求树立良好的形象。他首先在全厂抓了质量意识的确立，反复在全厂职工中强调“质量是产品的生命”的观点。为了保证产品质量，吴官富费尽了心机。在从境外引进先进设备时，他还有意识的引进了境外的先进管理经验。把这些经验和本厂实际结合，他和有关人员一道详细制定了各个岗位的管理制度，共达1000多条，对所有人包括他本人在内全部实行目标管理，奖惩和质量紧密挂钩。他懂得只有高素质才能创造高质量这个道理，所以在提高员工素质上也下了许多功夫，先后送了100多名工人到北京沙河钢管厂培训，派了五名技术人员到香港技术检测中心学习，还请这个中心的专家到厂里来给全厂中层以上的干部讲质量管理课。他还参加广东首批国际管理培训班，亲自到美国学习管理经验。

吴官富一再告诫全厂职工，国际市场的竞争是无情的，要想在竞争中取胜，必须使产品具有强大的生命力，而质量正是产品生命力的体现。因而一旦产品出现质量问题，一定要像救命一样采取紧急措施。他规定无论哪里出现质量问题，都必须由厂长、质检员和销售员共同处理，立即解决，并分清责任，实行奖罚。有一次，发往蕉岭县物资局的一批镀锌水管中有一捆次品，该局发现后立即向厂里作了投诉。吴官富马上派人去调查，很快查清了情况，原来并非产品本身的质量问题，而是由于管理人员疏忽，错把正品管的牌子挂在了次品的管捆上。吴官富认为这属于管理质量方面的问题，自己这个厂长也有责任，于是他带头扣发了自己的奖金。这件事在全厂引起了震动，使各个环节都形成了严谨的作风、严密的制度，产品质量进一步提高。

由于管理既科学又严格，“华捷”牌钢管的质量达到了国际先进水平，而且一直很稳定，在用户中赢得了良好信誉。然而，在市场经济的海洋中航行是不可能总是一帆风顺的，难免会遇到各种风浪的考验。正当全厂职工为产品打进国内外市场欢欣鼓舞时，传来了一个坏消息：1990年底深圳鹿丹村一栋新住宅的自来水管用了没多久就生锈，流出的水都是黄色的，严重影响人的健康，据说这些水管是他们厂生产的，不少投诉信已经寄到了市政府。听到这一消息，吴官富没有慌张，他对自己厂的产品的质量有充分的信心，他知道一定有人做了手脚。于是，他主动将深圳市处理此事的有关部门的人请到厂里来，向他们介绍情况，让他们参观生产线，检验产品质量，并出示了他们厂的产品质量保证书。来人和他们带来的保证书一对照，终于真相大白：原来是不法商人复印了他们厂的保证书，以劣质产品冒充“华捷”牌钢管，牟取暴利。

明了真相后，吴官富立即赶到深圳，召开新闻发布会，向社会公布了事件真相，揭露了不法商人的丑恶行径，维护了“华捷”钢管的声誉。

志向：要洞察市场风云，在竞争中不断壮大自己

“华捷”钢管的声誉日隆，吴官富却丝毫也没有掉以轻心，他知道市场风云变幻莫测，顾客的要求在不断变化，竞争也日益激烈，如果不能洞察市

场风云，小心谨慎地采取对策，不断在竞争中壮大自己，就难免遇到风险。

国际市场的竞争显然尤其激烈，吴官富在这种竞争中从不示弱。由于“华捷”钢管注重质量，各项指标均达到了国际标准，因而在海外市场赢得了一个又一个地盘，形势十分喜人，连承建香港会议展览中心的老板也决定使用“华捷”牌导线管。合同签订后，吴官富想到自己厂的产品很快将进入世界一流的现代化大厦，甚感欣慰。谁知晴天忽起惊雷。过了没多久，吴官富突然接到香港方面来的一个电话，说他们供给的导线管不合格，立即停止发货。他们的导线管香港方面是实地抽验过的，怎么会出问题呢？吴官富百思不得其解。随后，他想到了国际市场竞争的复杂性，于是立即带着产品赶赴香港，请商检部门和用户一同当场将“华捷”钢管与日本产品作对照检验。

检验人员各取了三段“华捷”钢管和日本钢管，同时用强力使其弯曲。当钢管逐渐弯曲时，现场气氛十分紧张，吴官富却不动声色、镇定自若。他对自己的产品有充分的信心。果然当钢管弯到七八十度角时，日本钢管经不住压力，管子锌层纷纷爆裂，而“华捷”钢管弯到90度角依然未出任何毛病。事实证明“华捷”钢管不但没有问题，而且质量比国外同类产品更好。用户单位的老板不由得涨红了脸，他气愤地责问下属：“明明‘华捷’的质量很好，为什么说有问题，要买别的产品？”下属不由得支支吾吾，不敢作正面回答。

原来是有关经办人员产生了私心，他们知道和中山钢管厂这样的国有企业打交道得不到多少个人好处，便想和其他单位做交易，因而故意诋毁“华捷”钢管。真相大白后，用户老板维持了原合同。“华捷”钢管非但在香港会议展览中心站住了脚，而且在海外赢得了良好信誉。

香港的这场较量并未使吴官富飘飘然，他又把目光投向了新的目标：美国。其时美国镀锌管市场大部分已被韩国产品占领，他国产品要想挤进去困难重重。果然吴官富第一次到美国就碰了钉子。到洛杉矶和一家公司洽谈时，他们一开场便诉说过去与大陆某厂的不愉快合作史。吴官富没有因此而懊丧，却由此看到了真诚合作在开拓市场中的重要性。他没有急着谈生意，只是热情邀请他们到自己厂里来做客考察。美国客人果真来了。他们认真观察了钢管厂的生产流程，检验了产品质量，甚为满意，第一次和厂里签订了

300吨钢管的合同。吴官富和全厂职工对这批合同都极为重视，他们知道这非但关系到产品能否进入美国市场，而且也和中国的声誉有关。为此吴官富专门在厂里进行了动员，要求这批产品不出任何差错，达到百分之百合格。他在重要的岗位都指派了技术能手把关，要求他们万无一失。在生产这批钢管的日子，吴官富几乎每天都泡在厂里，经常对各道工序进行抽查。一个月后，这批钢管运到了美国，这家公司开箱验货后非常满意，立即追加了4500吨订货。“华捷”钢管靠自己一流的质量终于进入了美国市场。

随着一个个国际市场大门的打开，中山钢管厂也迅速发展壮大，成为实力雄厚的集团企业。1992年，年出口创汇超过1000万美元。吴官富也赢得了创汇厂长的美名。

吴官富不是一个安于现状的人，这些成绩的取得并未使他满足，他又开始寻找新的突破点。他觉得钢管厂应当名副其实，满足各种用户的需要，而自己厂的钢管品种还不够齐全，难以达到这种要求。于是他又开始了新的畅想：如果能把厂里钢管的品种、规格配齐全，从手指般细的导线管到井口般粗的输水管都有的话，那就理想了。有的人对他的想法不以为然，认为增加品种谈何容易，单是生产场地就已无余地。吴官富知道这些话有道理，但仍在寻找机会。不久机会果真被他找到了。中山市民众镇的一家钢管厂因技术、管理等方面的原因，已濒临倒闭的边缘。得知这一消息后，吴官富立即前去考察了解，并与该厂的管理人员进行了交谈。经过他与同事们的再三努力，去年下半年他们用合理的价格买下了这家即将倒闭的厂。

随即他与技术人员一起进行了认真研究，反复考虑，制定了切实可行的方案，决定将这个生产普通钢管的厂改造成生产大口径螺旋管的厂。从确定方案、引进设备、基建改造、安装调试到投入生产，每一个环节吴官富都抓得很紧，几乎到了分秒必争的地步。经过他和筹建人员的努力，仅仅只用了几十天时间，就完成了这个大口径钢管厂的改建任务。今年春节刚过，各种大口径钢管就开始源源不断地从这个厂生产出来，其中最大的钢管直径达三米，小轿车可以顺利地从管内通过。这种一次成型的特大口径螺旋钢管的生产成功，为广东钢管生产填补了一个空白，更难得的是这种钢管不但口径大，而且质量好，全都达到国际标准。这种钢管问世后，立即成为抢手商品，供不应求。

正是靠这种不断进取的精神，吴官富带领全厂职工埋头苦干、奋力拼搏，才使自己的厂在很短的时间便成为同行业居领先地位的企业集团。如今，这个靠负债经营起家的企业已形成固定资产几亿元，1993年实现产值四亿多元，出口创汇1200多万美元；今年一至九月，在建材市场不景气的情况下仍完成产值3亿多元，销售产值比去年同期增长30%，出口创汇仍保持良好势头。

随着成功，赞誉如影相伴。吴官富没有在荣耀的光环下目眩神迷，他把眼光又投向了新的目标：把生产规模再扩大几倍，使自己的企业成为我国南方最大的钢管生产基地。为实现这个目标，他准备再埋头拼搏几年。

（此文系与张愈升合作）

1995年

架起心灵间的桥梁

一

他坐在沙发上，认真翻阅了我写的提纲，镜片后的双眼现出沉思的神情。随后，他放下提纲，靠双手帮助，把右腿架在左腿上，再从烟盒中抽出一支烟，用连在烟盒上的打火机点燃，深深地吸了一口。他嘴角漾出一丝笑意，直视着我，幽默地说："在理论上，我是个大老粗。有些问题，应该由理论家来谈。我过去谈到的一些问题之所以引起了一些人的兴趣，恐怕主要是因为讲了点实在的东西，讲了点真实的感受。我谈的东西，能起到抛砖引玉的作用，就心满意足了。"

他，中国残疾人福利基金会理事长邓朴方，约摸四十二三岁，身穿深灰色的西服；一张微黑的圆脸上，架着一副宽边眼镜，神态从容镇定。如果不是事先知道，乍一见面，人们很难想象他是一个高位截瘫的残疾人。饱尝过艰辛，备受煎熬的他，根据自己的切身经验，深感应该重视残疾人福利事业，关心他们的康复治疗。前年，他毅然决定献身这一事业。经过多方奔走努力，在有关部门和社会各界人士的支持下，他和另一个残疾人王鲁光以及一批立志献身于我国残疾人事业的同志一起，创办了中国残疾人福利基金会。转瞬间，这个基金会成立已近三年，为残疾人福利事业做了大量工作。最近，该机构召开了第一次经验交流会。在会议的间隙，邓朴方接受了我的访问。

这已经是我第二次采访他了。去年初春时节，他曾向我介绍过中国残疾人福利基金会的性质和任务。当时，他强调指出，残疾人福利事业是一项人道主义的事业。

这次，我们的话题仍是从人道主义开始的。邓朴方告诉我：对于人道主义，相当一段时间内，很多同志不敢讲，似乎成了一个禁区，原因是多方面的。对于人道主义的不恰当批判，是一个重要原因。这次，在党的十二届六中全会通过的《中共中央关于社会主义精神文明建设指导方针的决议》中，明确写了“在社会公共生活中，要大力发扬社会主义人道主义精神，尊重人，关心人，特别要注意保护儿童，尊重妇女，尊重老人，尊敬烈军属和荣誉军人，关心帮助鳏寡孤独和残疾人”。在我的印象中，把发扬人道主义这样明确地写进中央的文件，还是第一次。虽然是写在社会公共生活这一内容之中的，但我认为它是体现在整个决议精神之中的。如果精神文明建设没有发扬人道主义精神这一点，整个精神文明建设就缺了一大块。精神文明建设中强调了道德建设，提倡“五爱”和平等互助。之所以讲这些，基本上是强调社会上人与人之间要平等、和谐与共同奋斗，这中间就贯穿和包含着人道主义精神。

我问道：“是否可以说社会主义人道主义精神的充分发扬，是社会主义精神文明水平提高的一个重要标志？”

邓朴方不假思索地说：“这一点我看是没有任何疑问的。不讲人道主义，精神文明建设是搞不好的。精神文明建设的大量内容，都牵涉到人与人的关系。而人道主义精神，强调重视人的个体因素，强调发挥人的作用，强调尊重人的权利、人的价值，强调平等地处理人与人的关系。脱离开人与人之间的相互尊重，人与人之间不能建立融洽与平等的关系，哪里谈得上精神文明建设呢！”

二

我又问道：“那么你认为在发扬社会主义人道主义精神方面，目前在宣传和实践上有何不足呢？”

邓朴方答道：“不足之处是存在的。首先，理论界对什么是社会主义人道主义没有进行比较全面的阐述，对社会主义人道主义与资产阶级人道主义的关系，也还未作出深刻的揭示。我个人认为，社会主义人道主义与资产阶级人道主义是有延续关系的，它是在继承资产阶级人道主义的有益内容的基础上发展起来的。资产阶级人道主义也是人类进步史上的一笔宝贵精神财富，它在和封建主义作斗争时不只代表资产阶级的利益，还代表了广大劳动群众的利益，社会主义人道主义正是在延续它的精华的基础上发展起来的，所以才能站得高。”

“你认为过去是否有避而不谈继续和延续关系的倾向呢？”

“过去总片面强调它们之间的差异。实际上，正因为是延续的关系，它们之间有许多共同点。这几年，我由于从事残疾人福利工作，接触了许多国际朋友，他们不是社会主义者，但是人道主义者。我们在交往中发现，相互间有许多共同点。虽然我们是为社会主义服务，他们是为资本主义服务，但却有相通之处。在服务角度和思维方式上，双方都离不开人道主义的基本精神。由此不正说明两者有很多共同点吗？”

邓朴方性格十分爽朗，他笑着说：“深奥的理论我不懂，但我感到，资本主义的东西比封建主义的东西总要进步一些。在我们国家，目前影响社会进步的，主要还是封建主义的东西。”

他的话使我想起了一个问题：“你在会议开幕那天说，封建主义和资本主义腐朽思想，特别是封建宗法观念和习惯势力，还严重阻碍着改革和现代化建设的进行，也影响着残疾人事业的开展。你认为它们有何表现，是怎样产生阻碍和影响作用的？”

邓朴方严肃地说：“封建宗法观念的影响，实际渗透到了我们社会生活和工作的各方面。如有些干部用人就不是唯才是举，而专喜欢用自己身边的人，用与自己有关系的人，甚至用自己的老婆、子女。现在有人提出要在干部制度的改革中实行回避制度，这很有意思。回避的办法，是封建社会有些朝代的官制中实行过的。封建社会的统治，本身就是以封建宗法关系为基础的。当时之所以提出回避，主要是为了防止官员无限制地利用封建宗法关系，以致危害君主的利益。现在之所以提出，主要也是为防止宗法关系的发展，以至于危害党的利益；防止把党的利益拿出去，而代之以少数人的利益。封建宗法关系对干部队伍有极大的腐蚀作用。”

随之，他谈起了封建宗法观念和习惯势力对残疾人事业的影响。他告诉我，由于不少人头脑里缺少人道主义观点，他和许多残疾人都亲身感受过对残疾人的歧视与不尊重。现在情况虽有好转，但是在一些具体问题上，对残疾人不平等看待的现象依然存在。

在场的基金会的同志说明道：基金会收到过不少残疾考生的信。有的人考分很高，也适合上某些专业，可学校就是不收。前年夏天，邓朴方特地为此事拜访了教育部负责人，向他们反映了残疾考生的遭遇。经过他的多方努力，原来对残疾考生紧闭的大学殿堂的门，终于被挤开了一条缝。教育部连续两次向各地招生办公室发出通知，明确规定，在德智体条件相同的情况下，理应录取残疾考生。去年，国家教委又发了有关放宽残疾考生体检标准的文件。这之后，有许多残疾考生跨进了大学的校门。

邓朴方苦笑着说：“可今年又有新问题了，又有许多残疾考生在入学问题上遇到了麻烦。教育部门虽有明确规定，可学校强调困难，就是不收残疾考生。你有什么办法？残疾人就业，也有类似的障碍。之所以发生这类问题，和封建主义思想与习惯势力的影响有很大关系。封建社会是不尊重人的，是不在乎人的主体因素的充分发挥的。封建社会作为小农经济的制度，人与人之间的关系是一种依附关系，大臣依附君主，农民依附地主，奴仆依附主子，对于主体的积极性只是有限度地发挥，对人自身的权利是很不尊重的。残疾人作为生理功能上有缺陷的人，在这样的社会更得不到尊重，是属于被歧视的一部分人。随着社会的进步，在大工业产生和发展之后，特别是科学技术进一步发达后，人的作用，才被认真的提出来，人道主义才有了物质基础。社会主义正是在这样的基础上，需要充分发扬人道主义。但是新思想不会自然形成。现在有些人把残疾人列入另册，主要是思想观念上的问题。”

三

残疾人，不像健全人那样功能正常，行动方便，他们生活上有许多健全人难以想象的困难和苦恼，他们理应受到社会更多的关心和照顾。那么在精神文明建设的过程中，我们究竟应该如何发扬人道主义精神，加强这方面的工作呢？

邓朴方说：“首先，我认为应该教育健全人和残疾人相互理解、尊重、关心和帮助。这应当是精神文明建设的重要内容。这八个字中首先是理解。理解具有普遍的意义。残疾人与健全人之间，健全人与健全人之间，残疾人与残疾人之间，都需要理解。部门之间也需要理解。理解是沟通心灵之间关系的桥梁。对于残疾人，只有理解，才可能产生一种由衷的尊重；只有由衷的尊重，才能促使人们更好地关心和帮助残疾人。也只有在这个基础上的帮助才是真诚的、有效的。”

说到这里，邓朴方强调指出：“残疾人的处境很困难，但他们大多数有顽强的意志，有很强的自尊心，他们最需要的是尊重而不是怜悯。我认为，只要做到了‘理解、尊重、关心、帮助’这八个字，就会给整个社会文明带来进步。这几年，一些地方开展帮助残疾人的工作，收到了很好的效果。前几天我到太原钢铁公司去，那里的同志告诉我，他们那里，残疾人的轮椅摇不上去，马上有人主动上前帮忙。据我们了解，这个公司从1984年以来，兴办了一个千人规模的福利工厂，安置了455名残疾人就业，使残疾青年走上了残而不废，自立、自尊、自强，为国家创造财富的道路。这个公司全体职工都很关心残疾人福利事业，全公司职工每人都捐款十元，资助福利工厂的建设。公司设计院的领导和技术人员，利用星期天和节假日为福利工厂的建设提供无偿设计。在太钢全体职工的支持和帮助下，只用了一年多时间，福利工厂已发展成为拥有400多万元固定资产和经营十多种产品的社会福利企业。如果像太钢这样的单位多一些，我们国家的精神文明水平肯定会进一步提高。”

我说：“可惜目前能像太钢这样自觉关心残疾人的单位还太少。”

邓朴方说："类似大型企业还是有一些的，比如武钢、鞍钢、抚顺钢厂、东北制药厂。但从全社会的角度看，的确还少。应该说我国还缺乏人道主义的教育，歧视、嘲笑甚至虐待残疾人的事还时有发生。这些都需要在精神文明建设中加以注意。做好残疾人的工作，尊重他们的权利与人格，使他们各得其所，有奉献的机会，这本身就是在促进精神文明建设。"

四

"究竟怎样才能搞好人道主义的教育呢？"我又问。

"我认为应当从青少年的教育抓起。"邓朴方对此早已经过深思熟虑，他说，"社会主义人道主义是属于共产主义思想体系的，因此应该作为我们的基础思想教育来抓。从孩子们经常接触、感召力较强的帮助鳏寡孤独和残疾人这一环节入手，进行人道主义教育，会引起积极的社会反响。应该让青少年从小懂得，人与人之间需要相互了解，相互尊重，从而培养起理解、尊重、关心、帮助他人的良好社会风尚。同时，还要让青少年从那些身残志不残，顽强地同命运抗争，为'四化'建设作贡献的残疾人身上学到不畏困难、坚韧不拔的奋斗精神。只要从青少年入手，把社会主义的人道主义教育广泛地开展起来，对我国精神文明建设就会起到深远的影响。"

基金会的同志插话说："今年，在中央关于精神文明建设指导方针的决议通过之前，朴方同志就出面与教委、妇联和团中央等单位的负责人协商，建议教委发一个关于在青少年中进行社会主义人道主义教育的文件。在这之前，朴方同志还和王鲁光同志一道，写了六一儿童节前对青少年的祝愿和期望，重点也是讲对青少年进行人道主义教育的问题。"

邓朴方说："教育要从基础的工作抓起。我希望理论界能加强对人道主义理论的研究。加强这方面的论述，有利于澄清一些错误观念，让人道主义精神深入人心。我希望我们的社会能培养出一代又一代社会主义的人道主义者。"

后来，我从基金会有关同志那里了解到，邓朴方本人就是一个人道主义的身体力行者。他从事残疾人工作后，每天工作都达十几个小时。对广大残疾人的命运，他极为关心。几年来，他不顾自己的病残之躯，为残疾人福利事业四处奔走忙碌。他因公外出时，每到一地要看望当地的残疾人，和他们座谈，询问他们的情况。今年八一前夕，他专程到老山前线去看望了在对越自卫反击战中伤残的战士。在一间病房里，他看见一位坐着轮椅的伤员，便将自己的轮椅推过去，和他靠在一起。他得知这位伤员双腿截肢，便关心地抚摸着他的伤腿，像大哥哥对小弟弟那样亲切地说："你将来安上假腿后，比我还要强些。你看……"他用双手在自己胸部比画了一下说："我这里以下都没有知觉。"伤员不由得刷地流下眼泪。邓朴方忙笑着说："没关系！我们残疾人是同样可以为国家作贡献的。"他还几次和伤残战士座谈，鼓励他们在治疗期间，要抓紧时间学点知识，学点技术，还要锻炼身体，加速功能恢复，为将来继续工作创造条件。为了满足伤残战士继续为祖国作贡献的愿望，他多次和军内外的负责同志商谈为伤残战士开办职业培训班的事。

在老山前线慰问期间，由于过度疲劳，他彻夜难眠，可他仍一直坚持工作。任务完成后，当地领导同志劝他在昆明休整几天，观赏观赏云南风光。他却说："谢谢大家的好意！但我不能这样做。我要抓紧时间多做些工作。"结果，他第二天就回到北京，当天就参加了在人民大会堂召开的联合国残疾人十年中国组织委员会的成立大会。

通过和邓朴方的两次接触，我深感他是一个对事业有着执著追求的人。他追求的不是政治上的权力和生活上的享受。他希望人道主义精神能在中国发扬光大，他盼望能架起沟通健全人和残疾人心灵的桥梁。如果要讲追求的话，他追求的是人们之间的真诚的理解。

1986年

让理想导航

一

时令虽说晚了一些，但春讯毕竟姗姗来到了西北高原。如烟柳色，染绿了古城兰州的公园和街道两旁。漫步城郊，还可以同时看见晚落的嫩黄色的迎春花和早放的淡紫色的丁香花。那飘忽的幽香可以使人顿时领悟“春意醉人”的诗意。

抬头仰望，不时能发现有斑头雁、白天鹅从高空掠过。这些到南方度假的候鸟，凭着它们那神奇的导航本能，又追随着春天，来到了天广地阔的大西北。

传递春讯的又何止是花草、候鸟呢？那身着绿装，绿色自行车上满载着书报、杂志、信件的邮递员，不也像是春天的使者吗？人间春天的信息，是由他带来的报章上的一个个铅字，跳进人们的眼睑、沁入人们心田的。

难道春天所有的气息都是那样清醇？难道所有的人都对这如海春色同样依恋？显然不尽如此。

清脆的自行车铃声，伴着这位邮递员来到城西一所大学。他捎来了当天的报纸、新出版的杂志，带着油墨的清香，像春燕一般，很快飞进了各个办公室和课堂、宿舍……

手捧报纸的人们不约而同都注意到一则消息：

我省青年作者宜昌写作的中篇历史惊险小说《北极光下的幽灵》，即将由省出版社出版。宜昌是我省涌现出来的文坛新秀之一，近几年发表了不少脍炙人口的作品。他的第一部中篇科学幻想小说《V的贬值》，曾于1979年2月由三联书店香港分店出版，深受读者欢迎。

这条简讯之所以引人注目，是因为这位叫宜昌的青年作者近期创作活动颇为活跃。在《科学画报》、《科学实验》、《甘肃日报》、《甘肃文艺》等报刊上，经常可以看到他的科普作品和科学幻想小说。他那轻快流畅的笔调，奇巧大胆的构思，广博专精的学识，给人耳目一新之感。

香港出版的《V的贬值》，虽然多数人未能有幸浏览，但今年元月就已经开始在《甘肃文艺》上连载的《北极光下的幽灵》，却是众所瞩目的。这部以第二次世界大战为背景的中篇小说，运用大量珍贵的历史资料，活灵活现地展现了当年纳粹德国和盟国之间的斗争。纳粹海军总司令部为了确切掌握北大西洋的气象资料，使潜艇更好地攻击盟军舰队，派出气象间谍小组，潜入位于北极圈内的格陵兰东部地区，设立秘密气象站，测报气象，给盟军海军造成了严重威胁。盟军方面的搜索人员，在北冰洋地区令人难以忍受的风雪严寒之中，历尽千辛万苦，终于在空军的配合下，拔除了这个气象站。作品中描绘的瑰丽多姿的极地风光和纷纭莫测的战争场面，给人身临其境之感，使你很难相信这部以外国为背景的小说，是出自一位中国青年的手。

在一间宽敞明亮的教室里，就有一位戴眼镜的大学生从报纸上移开目光，提出了疑问。他奇怪地问旁边的一位同学：

“这些真是他自己写的吗？”

“谁知道呢！”那位小个子同学漫不经心地回答。

“我看不见得！”戴眼镜的同学神秘地说，“听说，这位宜昌是省委第一书记的儿子……”

“是吗？”听到这消息，马上又有几位同学好奇地围过来。

“嗨，哪用他自己写，他老子手下有的是笔杆子。只要……”

“吓，别人出力，自己出名，这买卖不错！”

此刻，请不要怪罪他们的情绪，也请不要因偏见和成见而看不清实情。须知偏见比无知离真理更远，偏见如同墨镜，会使人看不清事实的光辉。让我们还是沿着这些出版物形成的轨迹，去探寻事实的真相吧！

二

宜昌，确实是省委第一书记的儿子。但他走过的道路，却并非一帆风顺。

中学时代，他是在西安度过的。那时他在历史悠久的西安中学读书。宜昌和60年代初期所有的中学生一样，心灵中充满了美好的幻想，有着各种各样迷离而又真切的憧憬。他犹如一棵刚刚脱壳的新竹，在温暖的阳光、清甜的空气中，如饥似渴地吮吸着知识的雨露和养分。他热望自己能尽快长成挺拔之材，立即投身于祖国的建设。除了吃饭、睡觉和偶尔的遐想外，其余时间，他几乎都沉浸在书本的海洋里。自然科学领域，他涉猎范围很广：生物、化学、天文、地理、数学、物理等领域，无不好奇地进行过窥探——当时，他根本没有梦想过要走一条创作之路。他跳了一级，只用了两年时间就攻下了高中的课程，而且成了全校最优秀的学生之一。共青团西安市委，曾多次请他给其他中学的学生介绍刻苦学习的经验。

1966年春夏之交，他怀着忐忑而又兴奋的心情，投入了高考准备。

未来——这个披着炫目轻纱的女神，对他这种年龄的青年，有着特殊神奇而又迷人的魅力。面临选择志愿的时刻，他常常漫步在校园，仰望深邃的夜空，陷入对未来的幻想之中……

他，是爱幻想的——没有大胆的幻想，哪有更美好的现实呢！闪烁的星光，更激发了他丰富的想象力。他仿佛觉得祖国已经在召唤他，希望他插上知识的翅膀，去探寻像夏夜的星空那样深远而又灿烂的科学之谜……未来，一定是无比美好的……

骤然间，一场飓风般的政治风暴，席卷了中国大地。莫测的风向，变幻的气候，对人们的生活和心理，产生了难以估量的影响。一切，都在政治熔岩的喷发中变换了模样：美的，变丑了；红的，变黑了；圣洁的事实，被丢弃在政治的垃圾箱；谎言和空话，成了最时髦的装饰；无价的珍珠，被埋进了粪堆；描金的驴粪蛋，被供上了神龛……价值在变，传统的观念也在变。

宜昌，这个单纯的中学生，怎么可能逃脱这变幻的命运呢！上大学的愿望，当然像曾经放射过虹彩的肥皂泡一般破灭了。在西北局宣传部当领导的母亲，是第一批被揪出的“黑帮”，她被挂上了牌，到处游斗。父亲虽然一贯谦虚谨慎，也未能逃脱被“横扫”的命运，谁叫他是西北局计委主任呢。宜昌和他的弟弟，转瞬间也由令人羡慕的高干子弟，沦落为“狗崽子”。宜昌，这个学校的“尖子”，还多了一重身份：“修正主义黑苗子”。当母亲——这个“推行修正主义教育路线的牛鬼蛇神”，到西安中学来接受革命群众的批判时，他这株“小黑苗子”还得充当陪斗的角色。他低头站在台上，实在不明白自己究竟犯了什么罪，眼前的一切该如何解释……

岁月和青春伴随着动乱无情的流逝，两年多很快过去了。

1968年冬天，知识青年上山下乡的浪潮开始在全国掀起。宜昌怀着改造自己的愿望，真诚地报名响应。他觉得似乎只有这样才能改正自己并不清楚的错误。

他从抄家幸存的父母的书籍中，挑了一些，装在麻袋里，带着它们来到陕西省千阳县冠河公社孟家庄大队上河李生产队插队。

宜昌简陋的行装和那袋书是这样不相称，引起了有些人的奇怪，觉得他不合时宜，现在还读什么书，只管干活睡觉就行了！读这些“封资修”的玩意，说不定哪天又要遭殃。其实，宜昌也是下意识地这样做的，他自己也不清楚为什么要带这些书，读这些书又有什么用。

开始，他只是在劳动的间隙，茫然地翻阅着这些历史书、工具书。可是，越读他越觉得放不下，越读他也越觉得不理解，这些东西怎么会是“封资修”的黑货呢？为什么知识越多会越反动呢？

直觉和学过的有限的知识告诉他：这一切是不正常的。进步应当有知识和文明相伴，反动才会排斥知识和文明。他决心不畏风浪，继续在知识的海洋里遨游。

上山下乡的岁月，对千千万万青年的命运，曾经产生过何等深刻而又复杂的影响啊。当幻灭的理想和严酷的现实交织成心扉的第一张蛛网的时刻，有人颓丧了，消沉了；当辛酸的泪珠和心灵创伤上的血滴汇成人生的第一杯苦酒的时候，有人因绝望而轻生。宜昌和大多数同龄人一样，轻轻拂去了心扉上的蛛网灰尖，咽下了人生的第一杯苦酒，经受住了走向社会第一步的考验。他的理想没有泯灭。

虽然没有很明晰的目标，他依然如饥似渴地读着所有能找到的书。

他所在的生产队，是个半山区，条件较差，劳动很辛苦，一天下来，经常累得腰酸腿痛，可他仍坚持看书。夏季，他忍受着蚊蝇的侵扰，在昏暗的煤油灯下，一直看到深夜；冬天，刺骨的严寒常常冻得他双手麻木，他却依旧舍不得放下书本。季令交替，雁去复来，时光随着翻动的书页，一天天过去了。他看完了麻袋里所有的理论书、史地书和文学名著。周围能找到的书，他也全看过了。不系统的、零零星星的知识，开阔了他的眼界，也勾起了他的哀怨：面对知识的海洋，自己显得多么贫乏，多么需要学习呵！

有年夏天，宜昌和几个伙伴在一个山庄看管山地。这里离村子60里远，周围没有人家。一到夜晚，除了偶尔能听到蟋蟀和地蝼蛄的鸣叫声外，没有一丝别的声响。一种静谧的气氛，和夜幕一起笼罩着他们居住的土舍。寂静，往往更容易激起心底的烦恼。一天，宜昌抑制不住内心的烦乱，丢下书本，躺在门前的草堆上，望着满天繁星，独自出神。忽然，他看见一颗人造卫星慢慢从西天飞来。他入迷地望着这颗卫星，暗自猜想："这是不是一颗侦察卫星呢？如果是，那一定拍下了我国西北的荒凉景象。和发达国家相比，我们还是多么落后啊！"

想到这里，他精神骤然一振，对自己说："外国的卫星固然能拍下地面上的一切，可是它拍不出中国青年的心灵。我们这一代人是有雄心和理想的，是不甘落后的，我们只要不放弃努力，一定会赶上去！"

想到这里，一股勇气顿时充满了全身。他一跃而起，又进屋拨亮油灯，重新打开了书本……

三

两年以后，宜昌的生活发生了新的变化。

因为没有打倒的足够证据，爸爸和妈妈都先后"解放"了，被安排在兰州工作。念及老两口身边没子女，宜昌也被安排到兰州照顾，分配在黄河北岸的一家工厂当机修工。

上班时间，他拿着刮刀，给机床认真地研刮平面，全身心沉浸在这平凡的工作之中。工间休息和下班时间，他依旧钻在书本里。这时，条件稍好一些了，想找的书也容易找了，他开始较系统地看书。

他所在的工厂，因为工作的需要，订了不少外文期刊和资料。可在当时，有几个人肯冒风险去啃洋文呢？宜昌有一次到厂图书馆，看那些布满灰尘、无人问津的外文书刊，深感惋惜。他在中学时只读过俄文，而这些资料大部分是英文的。为了能看懂这些资料，他决心自学英文。他托人找了几本旧课本，跟人学了几天国际音标，就开始独自一人硬啃起来。经过一年多持之以恒的努力，他已能借助字典阅读英文资料了。从此，那些多年没人光顾的外文书刊，总算有了一名忠实的读者。自1972年起，宜昌一直坚持看西德出版的《国际航空》与美国出版的《航空周刊》和《空间技术》等杂志，从未间断。

国外最新的科学技术，进一步打开了他的眼界。他为人类的这些最新成果而振奋，同时也为祖国的落后而忧心。

有一天，他实在憋不住，回家向爸爸提出了这个问题。当时的父亲，日子过得很艰难。父亲没有正面回答他，起身在客厅踱了几步，声音低沉而又坚定地说：“一个国家，不掌握现代化的科学技术，后果是不堪设想的。总有一天，会给科学技术以应有地位。”

宜昌明白了父亲的意思，从这以后，学习愈加刻苦认真。只要看到有价值的外文资料，他总是尽量设法翻译出来。白天没有时间，他就利用晚上。为了多积累一些资料，他经常伏案到深夜两三点，熬得两眼通红，写得手臂发麻。三四年中，他积累了80多万字的科学技术资料。

风雪严寒毕竟只能一时封锁大地，春天终于又降临人间。粉碎“四人帮”以后，各个领域犹如复苏的大地，又呈现一派欣欣向荣的景象。曾经被划为禁区的科学技术领域，又重新向渴求知识的人们敞开大门。

宜昌，虽然也为在动乱中丢失的深造机会而深感遗憾，但聊可自慰的是，他还曾斗胆在禁苑中偷拣过几片花瓣，试尝过几个落果。

四

1976年底，由于工厂的推荐，宜昌得到了到西北工业大学进修一年的机会。

虽然只有一年，可对渴求知识却又一直未有机会的青年来说，却是多么宝贵的一个机会呵。

学校幽静的环境，浩繁的书籍以及众多博学的老师，使宜昌仿佛来到了知识的乐园，从心底感到陶醉，他全力以赴地投入了学习。

刻苦攻读之余，他突然产生了一种强烈的创作欲望，希望把自己懂得的知识，告诉那些和他一样渴求知识而又没有学习机会的青年。在这种冲动之下，他利用课余时间写了几篇科普作品。对这些东西有没有价值，能不能发表，他开始很没有把握，试探性地把其中的一篇寄给了上海的《科学画报》。

进修结束后，宜昌回到了兰州。春节前夕，意外地发现，那篇《导弹快艇》已经在《科学画报》上刊登出来了。

尝试的成功，意味着航道的开通，是最鼓舞人的。宜昌在兴奋之余，凭自己的直觉感到，搞科普创作，这应该是自己今后走的道路。就像神奇的生物导航仪为候鸟选择方向一样，宜昌胸中为祖国作贡献的理想，也为他指明了奋斗方向。

不久，宜昌被调到省科技情报所工作。这里的工作更符合他的志愿，也更有利于他能力的发挥。他在完成自己的业务工作之外，又利用业余时间很快写了六七篇介绍外国现代军事技术的科普作品。这些作品，也陆续被《科学画报》、《科学实验》等杂志刊登。

宜昌没有满足于这些成绩，开始向更高目标攀登。他把插队落户时的一个朦胧的想法，加以充实，构思了一篇中篇科学幻想小说。为了写好这篇小说，他翻阅参考了大量生物、医学等方面的科技资料。在这个基础上，伏案夜战了将近两个月，终于将构思变成了初稿。

五月，他趁到北京出差的机会，将这篇题为《V的贬值》的中篇科学幻想小说带给了一位懂文艺的熟人，希望得到他的指点。这位熟人开始没当回事，心想：毛孩子写作，一般是热情可嘉，效果较差。可是，当他漫不经心地打开第一页以后，就立即被吸引住了。小说虽然技巧还不够纯熟，可是构思新颖奇巧，透过字里行间，可以瞥见作者焕发的才思与渊博的学识。他一口气读完了这篇小说，并立即推荐给其他人欣赏。

几经辗转，小说落到了当时正好到大陆来组稿的香港《文汇报》主编的手里。正愁没有稿子的主编，看了十分赞赏。他认为这篇小说的题材适合在香港发表，但还需作较大的修改。他让人把宜昌找来，当面谈了自己的意见。

主编的话，使宜昌又惊又喜，他万万没料到，自己的习作会引起这样的重视，担心改不好会辜负别人的期望。果真，刚改了几天，就再也进展不下去了。他为使自己设想的人物栩栩如生地活动起来，而陷入极度的苦恼之中。他开始对自己的才能产生了动摇和怀疑。

这天，为了排遣苦恼，他漫无目的地步入住处附近的紫竹院公园。园内游客稀少，格外宁静。他缓步来到一个小湖边。在僻静的一角，蹲着一位心事重重的青年，正呆呆地望着几条悠游自在的小鱼出神。宜昌也不由自主地踱过去，蹲在一旁看起来。仿佛是心境相同的缘故，那位青年主动和他搭腔，介绍起自己的身世。原来，他是一个北京知识青年，也是“文革”中失去了求学的机会。虽说后来很快参加了工作，但渴求深造的理想却一直未在他胸中泯灭。多年来，他一直在学法语。经过努力，他学会了看和写，可是由于缺乏辅导，会话能力很差。高等学校恢复招生后，他满怀希望报考了外语学院，笔试结果不赖，谁知口试却砸了锅，他说的，老师不明白；老师说的，他听不懂。希望再次落空，使他十分难过。他还告诉宜昌，虽然这次失败了，也不会放弃努力，一定要想方设法把口语练好。

这位青年的一席话，使宜昌深受感动，他想：“‘四人帮’耽误了多少有志青年的大好时光呵！现在又有多少青年为了夺回被贻误的年华，在作艰苦的努力呵！”他暗自决心向这位青年学习，要用这种不畏艰难的奋斗精神，走出一条路来。

说也奇怪，回去后他茅塞顿开，文思如喷泉奔涌，下笔如行云流水，仅仅用20天时间，他就顺利完成了十几万字的修改任务。

从1978年7月2日起，宜昌的小说《V的贬值》开始在香港《文汇报》上连载。这部科学幻想小说，以外国为背景，主要叙述一个生物化学家发明了一种易容药后，让一个女大学生先后改容而引起的悲欢离合等传奇性遭遇，其中交织着爱与恨、美与丑、真诚与虚伪、善良与凶残、科学与愚昧、希望与失望等种种矛盾和冲突。小说不仅介绍科学新知，还倾谈人生哲理。从连载的第一天起，港澳读者就被小说作者丰富的想象、流畅的文思所深深吸引。当有人了解到这是大陆作者在港澳发表的第一部科学幻想小说时，都赞叹这是大陆给港澳文坛吹来的又一股新鲜空气。

由于读者欢迎，连载结束后，三联书店香港分店立即出版了这部小说。第一版印行后，很快销售一空。

五

1979年2月，宜昌意外地接到海洋出版社的一封来信，问他是否愿意承担编写一本书的任务。原来，这家出版社计划出一套介绍海战的丛书，一直找不到愿意承担《世界著名大海战》一书的编写任务的人。后来，编辑们注意到宜昌经常撰写介绍潜艇、海战等方面知识的科普文章，就决定写信问问他。

接到信，宜昌既感动又为难。感动的是自己并未做多少工作，就已经引起了有关部门的重视，为难的是自己这方面的知识并不全面。他弟弟看出了他的犹豫，鼓励他说："别人信任你，你就没有理由让人失望。"

弟弟的话使宜昌坚定了信心。他想："对呀！自己所以孜孜不倦地学习，不就是为了祖国，为了人民吗？现在正当需要你的时候，怎么能打退堂鼓呢？！"

他立即写了回信，表示愿意承担这一任务。允诺是容易的，因为它只需要勇气；践约却很不轻松，因为它更需要的是韧性和毅力。为了写好这本书，宜昌付出了巨大的努力。他用了将近两个月的时间做准备，参看了几百万字的中外资料。动笔之后，为了核实一个战例，他经常反复对照中外各种版本的书籍，博采诸家之说，力求史料细致准确。他在这本书中一共写了20个古今中外的著名战例，从古代萨拉米斯战役，写到现代的第四次中东战争；从中日的甲午之战，写到美国西班牙的加勒比海之战，场面之庞大，气势之雄伟，令人过目难忘。从接受任务到拿出22万字的初稿，他总共只用了四个多月时间。

六月，海洋出版社的编辑们看了由别人转来的初稿后，都十分满意，一致认为，宜昌写出的稿子，比他们原来设想的好得多。当他们了解到作者是一位年仅32岁的青年时，都十分惊异。因为他们由约稿到看初稿，都一直以为宜昌该是位年过半百之人，想不到竟这样年轻。由于校对核实的工作较繁重，目前，这本书还正在筹印的过程中。

宜昌未接到海洋出版社的任务时，就已经准备写一本以二次世界大战为背景的历史惊险小说。《世界著名大海战》一书脱稿后，他又投入了原计划中的另一项创作。因为背景资料搜集得较齐全，构想较成熟，三个月时间，他就写完了20万字的中篇小说《北极光下的幽灵》。由于初稿较理想，甘肃出版社立即同意出版，《甘肃文艺》也随即开始连载。去年六月，这部书已经在全国各地新华书店出售。

接踵而来的成功，并未使宜昌陶醉与松懈。现在，他又着手构思和写作一部长篇科幻小说。他觉得长篇科学幻想小说的创作，是我国科学文艺领域的空白，虽然难度很大，也应着手填补……

从1978年发表第一篇作品起，短短两年多时间，宜昌利用业余时间，创作发表了50多万字的作品，这对一个只有中学文化程度的青年来说，需要付出多少艰苦的劳动呵！

有人不理解地问宜昌："你父母职位不低，不愁吃穿，你这样拼命干，图啥？何苦没明没黑地累自己呢？干部子弟有几个这样自讨苦吃的！"

宜昌笑了笑说："干部子弟躺在父母的功劳簿上享福，是可耻的，我希望为我们国家的现代化多出一点力。只有在革命理想的支配下，像无畏的候鸟一样展翅飞翔，才是光荣的！"

候鸟是靠自身的生物导航仪导航，而宜昌，则是靠理想导航的。愿有志的青年，包括出身干部家庭的青年，都能像宜昌一样，用革命的理想来为自己导航！

1980年

“杉树之父”

1988年，僻处闽北山区的福建省林学院收到了英国剑桥国际传记中心寄来的一份荣誉证书。这份证书以恭敬的口吻宣布：该校俞新妥教授已被列入《世界名人录》。

现年六十六岁的俞新妥，整整四十年来孜孜矻矻地在中国林业科研领域作出了卓越贡献。

与杉木结下不解之缘

俞新妥出生在福建省永泰县嵩口乡。那里是山区，森林茂密、空气清新。山野的熏陶，使他对大自然产生了强烈的感情。告别中学时代后，他毫不犹豫地考入了福建农学院森林系。他如饥似渴地汲取各种基础知识和专业知识，还十分重视到野外实习和考察。森林系的一些老师都非常喜爱这位刻苦好学的学生。由美国耶鲁大学森林系留学归来的李先才先生对他尤为偏爱。李先生除了课堂上传授各种专业知识外，课余时间还常对他讲自己在美国研究森林的体会，告诉他，森林和一个国家的生态与经济有至为重要的关系，鼓励他为中国这方面的研究作出贡献。节假日时，李先生还带俞新妥到福州郊区的战坂等乡村种树、观测，手把手地给他传授栽培、嫁接等技术。

1950年，俞新妥以优异的成绩毕业，被母校留下任助教。他在准备教材时，发现有关林业的课本和参考书几乎都是外国的。年轻气盛的俞新妥有些不服气了：中国的森林资源也很丰富，干吗在中国的课堂上全讲外国货？他想到了家乡的山林树木，决定讲课时也要讲讲中国的树木，讲讲福建山区最常见的杉树。

为了编写教材，他开始了对杉树的研究。不料从此便和杉树结下了不解之缘。通过实地考察和翻阅古籍，他掌握了大量资料，对这种自己从小见惯的树木有了全新的认识。

据史料记载，中国古代人民早在唐代即开始用扦插的方法人工栽培杉树。唐代诗人白居易在江西九江任江州司马时，即写过一首诗《栽杉》。中国人很早即开始利用杉树，把杉木作为建筑和制家具的主要用材。杉木至今仍是中国木材的主要品种。

突破大面积栽培的难题

1952年，俞新妥注意到，山区的群众栽培杉树，仍一直沿用古代流传下来的扦插的方法。此法延续千年，固然有其可取之处，但此法也有明显不足，即不利于选优和大面积栽种。因而，直至40年代末期，中国的杉树林基本上仍处于自生自灭的状态。

俞新妥觉得，杉树是一种很有经济价值的树种，为了国家经济建设的需要，很有必要大面积人工栽培。要做到这一点，靠扦插自然不行。他打算通过人工育苗来解决这一难题。

从50年代初，他即开始探索杉木实生苗的培育技术。为了从众多的杉木种源中选择出良种，俞新妥最早着手进行的是“种源实验”。

在没有丝毫线索的情况下寻找良种，是一项异常艰苦的工作。教学之余，他几乎跑遍了中国大陆有杉木分布的12个省区的主要林区。每到一地，他都向群众打听哪里的杉树长得好。只要听说有高大挺直的杉树，哪怕再远，他也要翻山越岭去调查、观测、采种。经过艰辛的努力，他先后共搜集了数百斤杉树种。

在俞新妥进行种源调查期间，为了适应国家林业发展的需要，他所在的森林系由福建农学院分出来，迁到闽北山区，成立了福建林学院。搜集到种子后，他在学院附近找了一块山地作实验林地，劈净杂树野草、用火炼过山后，他带着学生开沟整畦，像种花一样，把杉树籽精心播种到地里。为了比较、鉴别，不同地方的种子都隔开一段距离，并分别插了标志牌。

最初播下的种子虽然萌芽出苗了，可是在病虫害和旱灾的袭击下，幼苗大面积死亡，存活的寥寥无几。有人断言：杉树可能不适合人工育苗，它也许只能自然繁衍或搞扦插。

俞新妥却不肯认输。总结了经验教训之后，他决定同时进行不同土质、不同时间、不同光强的育苗试验，探索杉木育苗的科学规律。第二年，他选定地址重新播种后，杉苗很快破土了。在杉苗尚很娇嫩的时期，他几乎每天都上山观测，小心翼翼地看护这些杉苗。50年代，进行野外试验无像样的设施。阳光强烈时，俞新妥便自己动手搭草棚为杉苗遮荫；天大旱时，他将水一桶桶提到山上，为幼苗浇灌。

经过整整几年的反复经验，俞新妥得到了大自然的眷顾：难度很大的杉木育苗试验成功了。一畦畦茁壮的杉苗证明，只要整好圃地、高床深沟、提早播种、适度遮荫、细致抚育，就可以从根本上提高杉苗的抗病抗旱能力。只要掌握这些规律，杉苗很好抚育。

俞新妥从未想过独占成果。他一方面将自己的研究成果写成论文，发表在《中国林业》杂志上，另一方面在林场、乡村大力推广杉木育苗技术，使这项科研技术很快闻名遐迩，成为社会的共同财富。杉苗的育成，为大面积栽种杉树创造了有利条件，在中国适宜栽杉的地区产生了巨大的经济效益。

寻找最佳的种源

在育苗的同时，俞新妥还在自己栽种的试验林中对不同种源杉树进行了长达十几年的观测对比，寻找最佳的种源。

1978年，俞新妥历尽风寒精心培育起来的试验林，一夜之间竟被人盗伐破坏了。对他来说，这真是一次沉重的打击。然而，挫折并未使他屈服和消沉。他对被破坏的实验林重新进行了整理和培育，并参照多年积累下来的数据和资料，进行了细致深入的统计分析，用科学的方法找出闽北、桂北、湘西南、黔东南等地的优良杉树种源。这一研究成果的推广，对优化南方诸省的杉树林，有十分重要的意义。优良的杉树种源可比普通种源增产木材40%左右。为此，1978年底他在福建省科学大会上获奖。

寻找到优良种源后，他并未就此满足，只要有机会，他便徜徉在杉树的海洋中，继续进行着寻找，以期优中选优。功夫不负有心人。这些年他在不同地区找到了好几棵杉树王。

80年代的一个初冬，他到闽西山区连城县考察时，听说该县曲溪乡黄胜地村有一棵杉树长得很大，就专程赶去察看。俞新妥沿着弯弯曲曲的山道，步行了40多里路，登上了一座山顶，发现山顶反而较平缓，视野也顿时开阔。这时，他突然看到远处长着一株大杉树。走近了看，它显得愈加粗壮高大。他高兴极了，忙开始测量。一量树径竟达1.9米，三个人也合抱不住；测高是34.5米。据计算，单株材积竟有28立方米，实在惊人。这株巨杉非常罕见，称得上是杉树王。

他给树拍照后，又赶到黄胜地村与群众座谈。由一位吴姓老者口中他得知，据老者祖上相传，此树早在宋朝天圣二年（公元1024年）即有。由此推算，这棵巨杉至少也有900多岁了。

这位老者告诉他，这个村的另一头还有一棵巨杉。听说后，俞新妥不顾劳累，立刻又让人带他去寻找。找到一看，果然又是一株杉树王。这棵树直径虽然只有1.37米，但高度却有36米，比第一棵树还高1.5米。

他为这棵树测量、拍照后，一再叮嘱当地群众，要好好保护这两棵价值非凡的巨杉。后来，他又让人专门为他采集了这两棵树的种子，播种后，对这优良种源进行了专门研究。

不断进行新探索

在科学的道路上，俞新妥40年来一直在不断进行着探索，实现一个目标后，立即又开始向新的目标进军。在研究中他注意到，杉树作为一种速生树木虽然适应性很强，但也并非在所有的地方都适宜。他提出了“适地适树”的设想。为此，他开始对杉木的生态环境进行研究。他和助手一道，对福建有代表性的9县、11个林场的416块样地进行了抽样调查，搜集了各地有关的气象、地形、土壤植被和杉树栽培历史、生长情况等资料，进行了全面的综合研究。研究后，他得出了福建的杉树栽培应分为中心产区、一般产区和边缘产区三个区的结论，并具体划出了这三个区的范围。

他还根据这三个区不同的气候、地理条件，分别提出了在这些区发展杉木生产适宜的规模和应采取的技术措施。他特别指出，福建省应该把位于中心产区的南平、三明两地区的11个县市建设成杉木商品材生产的重点基地。

福建省林业厅根据俞新妥的理论，对全省杉木用材基地作了调整，做到因地制宜、突出重点，从而使福建林业基地的建设更加科学、合理。1983年，他的这项成果获得了林业部科技成果奖和福建省林业技术推广奖。

俞新妥还特别注意把研究的重点放在解决生产中遇到的实际问题上。为了统一全省培育杉木速生丰产林的技术指标，他受省林业厅的委托，带领助手，先后调查了18个县市的杉木人工林，设置标准地608块，树干解析木148株，掌握大量第一手资料，通过归类计算和论证，终于制定出“福建省杉木速生丰产林标准”。这一“标准”有广泛的代表性，体现了较为先进的生产技术和经营水平。1985年11月28日，该“标准”通过省级鉴定，并经省标准计量局批准，在全省实施。根据该“标准”实施三年后的初步统计，其产生的直接经济效益高达5000万元以上。

近几年，他注意到，成片栽种杉树林，二三代后会出现地力衰退的问题，个别地方甚至有树木中毒现象。因何会出现这种现象，如何避免和防治呢？他发现，这主要是栽培制度不合理，树种单调，引起土壤中有毒物质沉积而造成的。要解决这一问题，显然只有改革栽培制度，按适当比例营造杉树和阔叶树的混交林。于是，这两年他又开始把精力投入这方面的研究。

俞新妥在绿色世界的“耕耘”，所获甚丰。这些年，他除发表了40多篇论文、60多篇科普文章外，还出版了两部有关杉树的专著。此外，还与人合著了三本有关林业的著作。

人们没有忘记他的功勋。1978年，他被评为全国先进技术工作者；1987年，被福建省政府授予五一劳动奖章；1989年，又被评为全国教育系统劳动模范。

他的学生都以他为荣，称他为“杉树之父”。这个称号他是当之无愧的。

1990年

仙游田野的书戏人生

思想影响行为，思想更影响作品。思索的深度，直接影响着作品的深度。郑怀兴的新作《血祭河山》，就是一部有思想深度的作品。在这部作品即将出版之际，我想起了与之交往的不少往事。

怀兴是我多年的老友。他特立独行，性格鲜明，不追逐名利，不仰慕权势。是少见的长期生活在基层的文化人。

我和怀兴上世纪80年代相识于福建，其时我在新华社福建分社工作。一次到莆田地区采访，遇见地委副书记黄诗筠，他是北大中文系的毕业生，由于经历相似，和我很投缘。除谈当地情况外，我们还天南地北地闲聊。在聊到文学艺术时，他突然说："这个地区的仙游县有个人物，叫郑怀兴，是写莆仙戏的，得过两次全国优秀剧本奖，值得你采访！"

在黄诗筠的推荐下，我见到了郑怀兴。我们可谓一见如故，自此成了朋友。了解他的经历后，我深感他成长之不易，追求之艰辛。

他的家乡仙游和莆田，位于东海之滨，古时称兴化府，文化传统深厚，有"文献名邦"之誉，出过不少文化名人。这里有一种独特的戏剧莆仙戏，是宋元时期南戏的遗响。正是这片土壤，使郑怀兴从小就对莆仙戏产生了强烈兴趣，附近村庄一有戏班野台，他都会跑去看。七八岁时，他便与小伙们组织了一个“孩子剧团”，到村后龙眼树下，用树枝当刀枪，用树叶编头盔，自编自演莆仙戏。在小学中学阶段，他也多次参加学校组织的文艺演出。

后来他当了兵，在部队还自编自演过活报剧。退伍回乡时，“文革”尚未结束。他钟爱的各个莆仙戏剧团，因演帝王将相、才子佳人戏而全被解散。全县只剩了一支既演话剧又唱京戏的文艺宣传队，剧目也是全国都在演的那八个样板戏。在那种历史氛围下，他仍保存了对文艺的爱好与追求。鬼使神差一般，他开始学习写现代小戏，向县文艺宣传队投稿。虽然一个也没被采用，还受到人嘲讽，他仍不改初衷，坚持创作。他的精神感动了当时的公社负责人，便推荐这位会编演唱材料的退伍军人到榜头农业中学当民办教师。至此他总算有了立足之地。

教书之余，他仍坚持写戏，创作了《嫁妆》、《挡马》等小戏，交给榜头公社的业余宣传队演出。由于这支业余宣传队中，有不少人是被解散的原县莆仙戏剧团的演员，小戏上演后，效果很好，在文化生活十分贫乏的当时，深受群众欢迎，每场戏都连续演出上千场。

1977年恢复高考后，郑怀兴考上了莆田师范专科学校。毕业后，他被分到县编剧小组工作，走上了戏曲文学剧本专业创作的道路。1980年后，他先后创作出了《遗珠记》、《新亭泪》、《鸭子丑小传》、《晋宫寒月》、《青蛙记》、《神马赋》、《要离与庆忌》、《乾佑山天书》、《叶李娘》等二十部戏曲作品。这些作品大都由县里专演莆仙戏的鲤声剧团排练演出，并多次参加全国戏剧会演。其中《新亭泪》、《鸭子丑小传》先后获全国优秀剧本奖。两次获奖为郑怀兴奠定了在中国戏曲创作界的地位，一时有“东郑西魏”之说。魏指的是四川也曾获全国优秀剧本奖的魏明伦。

获奖也为他带来了社会的肯定。他被评为一级编剧，担任了中国戏剧家协会理事、福建省文联副主席、福建省戏剧家协会副主席。此时，他有机会调到省城福州工作。但他舍不得离开生他养他的仙游。是这片传说神仙遨游过的土地，培养了他戏曲创作的爱好；是莆仙戏这古老的戏曲活化石，给了他戏曲创作的启蒙；是淳朴且有品位的仙游百姓，激励了他的创作热情。因而，除外出开会、学习、采风，他从未离开过仙游。正因为他一直扎根在仙游，故乡深厚的文化沉淀，丰富多彩的社会生活，鲜活多样的人物形象，给他提供了不竭的创作源泉和动力。

他的作品中，有由传统莆仙戏脱胎而来的新编历史剧，也有源于当地生活的现代戏，排练演出后，都取得了良好的效果。

进入上世纪90年代后，因社会生活的变化和演职人员的青黄不接，莆仙戏与其他不少剧种一样，陷于观众流失、票房不佳、难以为继的境地。郑怀兴的戏曲创作也因此进入低迷阶段。多年来，写戏已成为他生命的需要，不写就会非常痛苦。他多次对人说，除非生命力衰竭，否则他不会停笔。他坚持写戏，大戏难排，他就写小戏。1991年，他写了两个小戏《骆驼店》、《戏巫记》和一个现代戏《长街轶事》。几个戏排演后都取得了不俗的效果。

与此同时，创作上他开始考虑另辟蹊径。应有关部门的邀请，他开始涉足电视连续剧的创作。1992年，武夷山市约他写了《武夷山仙凡界》。这是一部根据武夷山神话传说写的连续神话剧，由于融入了武夷风光与传说，该剧在中央电视台播出后，收视率不错。

接着，他又专程到广东虎门等地采风，创作了电视连续剧《林则徐》。该剧投拍并在中央台播出后，得了好几个奖项。90年代中后期，他创作了电视连续剧《左宗棠》和《郑成功》，前者拍完后虽然得到专家学者的好评，却因特殊的原因，至今未能播出，后者在拍摄过程中，摄制人员对他的原著作了较大改动，播出后他一直不太认可。

去年，应北京一家影视制作公司之约，他精心研读历史，创作出了47集电视连续剧《袁崇焕》。那家公司审读后觉得不错，但考虑到拍摄成本，要求他压缩宁远大捷的内容。他因《郑成功》一剧的教训，一直未答应。

去年中央召开全国文艺工作者代表大会和作家代表大会期间，我与怀兴正巧都去参加会议，便相约抽空在北京一家饭店见了个面。说起近况时，他谈到了因电视连续剧《袁崇焕》引起的烦恼。怀兴告诉我，为写好这个剧本，他花了很大工夫。除查阅大量资料外，还对袁崇焕这个悲剧英雄的功绩和所处的时代背景，进行了深入研究与思考。他认为，袁崇焕最显赫的功绩，是在镇守辽东期间，把防线前移，重筑了宁远城，并以此为屏障，取得了宁远大捷、宁锦大捷，先后击败了努尔哈赤、皇太极统帅的后金大军的进犯。因此，他以浓墨重彩描绘了袁崇焕这一时期的所作所为。谁知那家制作公司却因考虑成本，要他压缩这方面的内容。他实在难以接受。

我主张他先将剧本改编成小说出版，再考虑电视剧投拍的问题。他接受了我的意见，很快改写出了长篇历史小说《血祭河山》。花城出版社编辑审读了书稿，当即决定尽快出版。

历史小说在某种意义上，就是解读历史。只有以严肃的态度认真研究与思索历史，才可能正确解读历史。读了怀兴这部小说，我感到他对明朝那段历史的研究是深入的，解读也是有深度的。他没有戏说历史，没有歪曲历史，靠自己深厚的功底，将那段历史娓娓道来。情节的设置，场景的描写，人物的刻画，都真实可信，读了有身临其境之感。相信许多读者读后，都会有这种感觉。

《血祭河山》是郑怀兴的第一部长篇小说，也是他创作转型的一个重要标志。由这部小说开始，也许他会创作出更多作品。期待他进入一个新的创作旺盛期。

2007年

热爱并感受生活

刘宁最近把他在美国求学期间横跨南部十三州的经历写成了一本书，书名很直白，像刘宁的风格，叫《感受美国的日子》。

浏览了他捎来的书稿，如同随他去美国游历了一趟。

我一直认同“文如其人”的说法。一个愤世嫉俗的人，他的文章必然会很激愤；一个心平气和的人，他的文字也一定会很稳健；一个热情洋溢的人，激情也自然会流露于笔端。这实际是思想观念、生活态度在字里行间的必然显现，是无法掩饰的。读了刘宁的书稿，更觉得“文如其人”有道理。刘宁的文字，其遣词造句的风格，用语行文的习惯，字里行间的信息，都明显带有刘宁的特点。熟悉他的人，看了这些文字，即便掩去署名，也一定会说，这口气像刘宁。

我熟悉刘宁，缘于老同学梁衡。五年前，时任国家新闻出版署副署长的梁衡到广东出差，我们约定要见个面。因日程对不上，联系了几次也定不下时间。快走前，他给我来电话说：“我今天在三水市活动，明天回北京，要不你也赶来一起吃晚饭。顺便介绍你认识一个很有个性的朋友，叫刘宁。”

于是，我便赶到三水荷花世界，和梁衡见了个面。同时也见到了负责接待的刘宁。其实，我和刘宁在一次朋友的聚会上已见过面，只是还不太熟悉。当时，刘宁是佛山市委宣传部副部长，还兼任着佛山文艺社社长。梁衡告诉我，《佛山文艺》创办初期，他就认识了刘宁，并一直在关注着这本刊物的发展。他原本只是想了解基层文艺刊物的走势，令他意外的是，在刘宁的操持下，这本地级市的文艺刊物新招迭出，深受读者欢迎。不到十年，在全国文艺刊物普遍不景气的情况下，已成为全国发行量最大的文艺刊物。在这个过程中，他也了解了刘宁并相互成为朋友。

梁衡的介绍，加深了我对刘宁的印象。因同在一个系统，工作时有接触，我和刘宁渐渐也成了无话不谈的朋友。他属于那种一眼就能给人留下记忆的人，身材高大，脸方额宽，鼻直口阔，眼大眉浓，一头浓密而自然卷曲的头发。他性格开朗，是那种热爱生活并很会享受生活的人，兴奋时眉飞色舞，高兴时笑声朗朗。但他又有很沉稳的一面，思考问题也常有独到之处。

一天，他见到我，以少有的严肃表情说，市委最近决定，宣传部负责人不能同时兼任事业单位的负责人。因而现在我面临着重要选择：是任宣传部副部长，还是任佛山文艺社社长？你看该怎么办？我觉得这的确是个两难的选择，便对他说，不能两全时，关键看你兴趣的天平偏哪一头，这得你自己下决心。他最终选择了老本行，继续任佛山文艺社社长。有朋友为他惋惜，我对那人说，这种选择，符合刘宁的性格。

后来，我听说，他在这个岗位上依然很投入，各项工作都干得风生水起。不料，过了半年多，他来广州参加朋友们的聚会，突然向大家宣布，经组织批准，他准备到美国去做一年半访问学者，想认真学习了解美国传媒业的发展情况。他的决定让不少人有些吃惊，我却感到，这像刘宁的决定。那次聚会后，他很快飞到了大洋彼岸，在朋友们面前消失了一段时间。

前年下半年，他学成归来，没多久就受组织委派，担负起了佛山珠江传媒集团的组建工作。在上级领导的大力支持下，不到一年，各种传媒资源即已整合完毕，一个全国首创的跨媒体经营的综合性传媒集团开始顺利运作。

他利用业余时间还写出了这本书稿。这是他留学生涯的副产品，也是他真情自然流露的一段经历。对我来说，读这本书稿，如同在感受刘宁，解读刘宁。刘宁仿佛跃然纸上，你能真切地感受到他的生活态度，性格、习惯和好恶。

他是个热爱生活的人。在资金并不丰厚，路况并不熟悉，语言也并未完全过关的情况下，他便敢于亲自驾车兴味盎然地横跨美国十三大州，行程一万多公里，相当于从美国到中国的距离。如果没有对大自然的热爱，对生活的热爱，如果不能领略其间的乐趣，他是不会这样做的。只有热爱生活的人，才会不畏艰险，去探寻大自然的多样风采，去体验不同的风土人情，真实地感受生活，体现生命的价值。

他也是个很会享受生活的人。一路上，他和同伴经过了各类迥然不同的地理环境，忽而上高原，忽而穿沙漠，还近距离接触了科罗拉多大峡谷。经历了多种复杂的气象，遭遇过风雪、暴雨、大雾。他们到过喧闹的大城市，也探访过偏僻的小乡镇。有时，难寻下榻之处；有时，难觅果腹之食。但无论在什么样的情况下，都没有影响他对生活的享受。他在朋友们当中有“美食家”之称，指的不是他爱吃，而是会吃。日常生活中，他善于品评各种美食，善于在各种不同的风味中寻找到享受。在美国，他则是从各种不同环境中寻找享受。再恶劣的环境和条件，都没有影响他的心情和胃口，而是过得有滋有味。亚特兰大的可口可乐世界，不少人都去过，在品尝厅几十种味道古怪的饮料中，多数人只会试尝几种，只有刘宁，把酸甜苦辣咸各种饮料都尝了个遍，直到肚子受不了，才结束这“痛心疾首”的“享受”。

他更是个爱憎分明的人。他对美国经济、文化和社会生活中积极、健康、包容和探索创新的一面，表现出了由衷的赞赏。文中看得出，他比许多中国人更能接受和欣赏美国人的生活方式和生活态度。如果让他在美国多生活几年，他融入美国社会的速度会比多数中国人来得快。但他对美国白人愚弄、掠夺、迫害印第安人的历史，和至今仍在一些地方残存的种族歧视的现象，则表现出了强烈愤慨。

他又是个性格爽朗、不拘小节的人。浏览书稿，随处可看到他不拘小节留下的痕迹。旅途中，他遭遇过尴尬，受到过盘查，招来过警惕好奇的目光，好几次都是因不拘小节引起的。在佛罗里达州，他曾尾随过处理紧急事故的警车，侥幸摆脱了堵车；还曾在送葬的车队中插行，被女警察瞪眼。看到有些地方，令人不由得不发笑。

书中的文字也如刘宁，奔放，自由，不拘小节。读起来很轻松。

刘宁告诉我，他还有一些在美国的感受也将成稿。期待着由他的视角，看到更多更精彩的美国风情。

2005年

洒脱一生

八月九日上午，接到一个朋友的电话，告知我陈学思在贵州遭遇车祸，昏迷十余天去世的消息。我惊愕许久，才反应过来：学思走得太意外，太突然了！按身体状况，精神状态，他不该走得这么早。

陈学思是新华社资深摄影记者，我认识他，是在我调到新华社广东分社工作后。之前，我已知道他的名字，看到过他发表在报刊上的摄影作品。印象中他是个很勤奋、很有特点的记者。

成为同事，我对他有了更多了解。他是个很散淡、很豁达、很洒脱的人，不太计较名利得失。在一次评职称的会上，我从其他同志口中得知，他工作十几年了，虽然成绩突出，还一直是个助理记者。我很意外，把他叫到办公室问原因。他满不在乎地说："我没申报过，所以助理到现在。不过没所谓了，助理又不影响发稿！"我让采编主任过问此事，他才由助理记者晋升为记者。过了几年，又到了评职称的关头，我特地叮嘱他，让他申报副高职称主任记者，不料他对我说："不用，有记者职称就够了，很好了！副高要报总社评，很麻烦。"他的话，让我哭笑不得。后来，又是采编主任帮忙，为他填写申请材料上报总社，他才拿到副高职称。我在新闻单位与新闻管理部门工作了几十年，对职称这样漫不经心的记者，只见过他一个。

陈学思又是一个很较真的的人，有时甚至较真到不讲理的程度。上世纪90年代，数码相机还未出现，记者使用的，还是装胶卷的相机。新华社摄影部对每个记者配备多少胶卷，每个胶卷发几张稿，都有明确规定。目的除提高记者摄影水平外，也是为了防止公家胶卷私用。总社胶卷下发后，分社摄影组负责人根据发稿任务，按季度将胶卷配发给每个记者。一天，我从办公室出来，见陈学思正在楼道上追赶摄影组长老刘，老刘见他直躲，便叫住他，问他干吗？他委屈地告诉我，他这个季度下乡多，胶卷用完了，想多要几个，哪怕预支也好，可老刘不肯。我觉得又可气又可笑，对他说，你和老刘好好商量嘛，追他算啥？别人还以为你要打架呢！他认了错，问题后来也解决了。

当年总社对沿海新华分社实行的政策是自收自支。为了经营，在省委书记谢非同志的支持下，广东分社创办了《体育参考》报。考虑到陈学思当记者多年，人脉广，分社党组任命他担任了报社总经理。他虽然不太愿意脱离业务，仍服从了组织决定，干得还挺认真。不到一个月，一天，有个记者冲到我办公室大声说："啊呀，不得了，陈学思和人打起来了！"我赶到事发地点，劝阻后，把陈学思带到我的办公室。问起事件起因，他告诉我，当了总经理，总得好好干，所以想发动记者，为分社出力，拉点广告。那人不想干也就算了，还非常傲慢，他气不打一处来，就……

那也不能打人啊！我狠狠批评了他。他也就此回到记者岗位。他松了口气，对人说，不干那种受鸟气的活，痛快多了！

作为记者，陈学思敬业，称职，责任心强，是个难得的优秀记者。他一年到头，相机不离身，大多数时间都穿着摄影服。他身手敏捷，遇到突发事件和精彩画面，一秒钟可以揿动快门好几次，就像手枪连发一样。我注意到，他的照片多数是抓拍来的，生动，形象，没有丝毫摆布的痕迹。他作风深入，每年都是下乡采访时间最长的记者之一，也是任务完成最出色的记者之一。

最可贵的是，他用自己的真诚，在基层和各个领域交了很多朋友。他与不少采访对象一直保持联系，有的长达二三十年。这在分社的记者中，只有少数人能做到。他从事文化报道时，认识了不少画家、艺术家。这些大师名家，对他十分信任，有时连私事也托他帮忙。佛山石湾是我国制陶历史最悠久的地区之一，明清时便以艺术陶瓷闻名于世。近百年来，这里陶艺大师的作品，倍受收藏家们青睐。陈学思在石湾采访时，结识了陶艺师刘传，此人是当代石湾陶艺大师中最有代表性的人物。陈学思便一直通过这一典型，用镜头追踪报道“佛陶”的发展历程。十几年不间断的报道，也使他和刘传成了朋友。1997年，刘传浸淫陶艺创作满七十年，想出本画册，展示回顾自己的艺术追求与成果。他向陈学思透露了自己的愿望，并希望他帮忙。陈学思用业余时间，整理了多年采访刘传积累的资料，并增拍了刘传本人收藏的代表作，精心编辑了一本画册。这本精选了27幅作品照、70幅艺术生活照的《刘传画册》出版后，刘传非常满意，认为画册再现了他的从艺人生。

采访中，陈学思还结识了岭南画派的代表人物关山月、黎雄才、林墉等人。他对这些大师级的人物很尊重，但并不敬畏，从不巴结。他也喜欢画画，把与他们的交往当作学习的机会。有时，他会带着自己的作品去向他们请教。一次，他让关山月看他的几幅新作，关老看他笔法稚拙，用色大胆，便劝他再练练基本功。陈学思当面没说啥，回去后对人很不服气地说：“他不懂！我就想这样画。”

他的直率、憨厚，有些倔头倔脑的模样，让关山月等人对他都有几分喜爱。他是大师们最信任的记者之一，采访时不需要预约。关山月外出采风，常邀他同行；关山月出画册，也委托他编辑。陈学思两次举办个人油画展，林墉都为他题了展名，写了前言。林墉还用自己的作品做交换，收藏了他一幅色彩很鲜艳、形象很夸张的油画。

陈学思热爱生活，兴趣广泛，大度洒脱，退休后热衷于绘画、收藏、采风，过得很充实。没想到他这么快就重返大自然了。新华社的同事与熟悉他的网友得知这一消息，无不为之惋惜，在微博自动上发了许多说他为人和善与世无争乐观豁达的赞语；给他送了许多蜡烛，让他一路走好！有一半以上的人都称他为陈大师，这倒是我不曾想到的。听说最终他回到了故乡海南——他一直魂牵梦萦的地方，也算是洒脱地回归吧！

2010年

第二辑　历史的足迹

这一辑里的人物，大都是毕生为中国革命与建设奋斗的政治家。他们青年时代就投身革命，许多人都经受过万里长征、抗日战争、解放战争和社会主义建设中千难万险的考验。他们每一个人的经历，都可以成为中国革命与建设史上的重要篇章。这辑里的文章，虽然写的只是他们光辉生涯中的一个片段，甚至是一次谈话，但从他们的行为处事、言谈话语中，读者仍能看到他们的广阔胸襟、高尚人格、深邃思想和一心为民的情怀。他们无愧是中华民族的顶梁柱。

同人民息息相通

中南海是令人向往的地方。这里翠荫绕水，风光旖旎。但它之令人向往，主要并非因为景色宜人，而在于它是党中央、国务院的所在地，是毛主席、周总理居住过的地方。

有人觉得，中南海四周的赭色宫墙，似乎给它蒙上了神秘的色彩，这是一种错觉。在这里工作的中央领导同志，通过各种渠道，紧密联系着广大人民群众，同他们的脉搏息息相通。

一

生活在这里的老一辈无产阶级革命家，虽然年事已高，却一直保持着密切联系群众的光荣传统，时刻考虑着国家、民族命运的大事，关心着群众的根本利益。党的十一届三中全会以来所制定的一系列深得民心的方针、政策，如平反冤假错案、落实知识分子政策、推广农业生产责任制、恢复高考制度等一切拨乱反正的大事，都是邓小平、叶剑英、李先念、陈云等我党老一辈领导人亲自设计，并在他们的关心下得以顺利进行的。

只要有机会，他们总是同人民群众保持接触。有一年夏季，邓小平同志到黄山时，对警卫人员说："要让群众上山游览，不要搞得戒备森严。"登山时，遇到身后有挑担的老百姓，他总是停在路边，并招呼随行的同志让路。他在山上遇见上海师大与复旦大学的几位学生，和他们进行了交谈。临别时，小平同志应学生们的要求，为他们一一签名留念，还和他们合了影。

邓小平同志对海外华侨、港澳同胞也一向诚恳相待。旅居海外的陈树柏教授是军阀陈济棠的儿子。当年陈济棠在广东和共产党曾经是对头。粉碎"四人帮"以后，陈树柏想回国旅游，有人劝他慎重行事。于是，他给小平同志写了一封信，陈述自己的家世、心愿和思想顾虑。不久，有关方面即通知他不必多虑。陈树柏回国后，邓小平同志接见了他，和他长谈一小时。小平同志还历史地、客观地谈到了陈济棠。临别时，陈树柏要求小平同志题字。四天后，他便收到邓小平同志亲笔书写的鲁迅诗句："度尽劫波兄弟在，相逢一笑泯恩仇。"对此，陈树柏深受感动。

叶剑英同志虽年逾古稀，行走不便，仍不放弃和群众接触的机会。前两年，他还抽时间视察了湖北、广东等地。他回到故乡广东省梅县时，有一天，还到东山中学观看了这个学校和丙镇中学的女学生足球赛。他和运动员们一一亲切握手，还手持话筒在看台上对全体师生讲了话，赞扬了他们生气勃勃的精神面貌。

有一年夏天，住在颐和园藻鉴堂的来自三省四市的十来位画家，得知叶帅在昆明湖垂钓，很想上前问候，但又怕惊扰了他，便聚在平台上眺望。叶剑英同志发现后，当即主动向他们招手致意，以后又特地抽了一个下午的时间去看望他们。见面后他听说老画家朱屺瞻已近九旬，便兴奋地说："你比我健康，我真高兴！"朱屺瞻也分外欢喜，当场拿起画笔，以《不老松》为题，画了一株挺拔的劲松，并题上黄庭坚的诗句："青松出涧壑，十里闻风声。"著名画家吴作人也当场作了画。叶帅一直在旁兴味盎然地观看。画毕，大家请他讲话，他兴致很高地说："给你们写一首诗吧！"于是当场写了"画家渔叟喜相逢，明媚湖山写意浓，清代兴亡昨日事，匠心钩出万山松"的诗句。放下笔，他又和画家们一起合了影，大家这才依依不舍地道别。

陈云同志多年来一直很重视到群众中作调查，并以此作为制定政策的依据。随着年事增高，外出调查的时间虽然比过去少了，但他依然时刻关心着群众的切身利益。去年秋末，北京、天津等城市秋菜即将大量上市的前夕，陈云同志特地为这个问题给中央写信说："霜降已过，11月8日立冬，今年必须避免烂菜。因此，生产、流通、消费这三个环节必须立即组织好"，"大白菜是北京市民当家菜类，因此必须安排在前"。北京市立即按照陈云同志的意见布置了秋菜的储存供应工作，使去年的烂菜现象大为减少。

这几年，陈云同志特别关心青少年的培养问题。前年，他在怀仁堂参加了中央书记处召集的首都中小学教师和幼儿教育工作者代表春节座谈会。今年8月4日，他又在怀仁堂会见了全国"快乐的小队活动"夏令营全体营员，向他们发表了热情洋溢的讲话。他还为孩子们点燃了夏令营火炬。

对群众的精神文化生活，陈云同志也很关心。近两年，他多次接见评弹工作者，对评弹工作的改革，发表了许多重要意见。他一再强调评弹要走正路，要用走正路的艺术去打掉歪门邪道，去引导和提高观众。他对思想文化领域精神污染的现象早就有所觉察。最近，他又对评弹书目和表演中出现的迎合低级趣味、单纯追求票房价值等现象提出了批评，指出必须切实纠正书目和表演不健康的问题，刹住这股歪风。

二

现行的各项政策，都是中央领导同志深入实际，倾听群众意见，再加以集中的结果。

为了制定和完善各种农业责任制，胡耀邦、万里等领导同志几乎走遍了祖国的东南西北。偏远山区、黄土高原、戈壁绿洲、森林草原、工矿农村，都留下了他们的足迹。有时，一个重要会议刚刚结束，第二天他们就出现在基层群众的面前。

去年秋季，胡耀邦同志到四川视察工作，他一直和大家一起坐旅行车。在攀枝花钢铁基地参观，他沿着雅砻江察看桐子林和二滩水电站的地质时，在江边一块石头上坐了下来，向筹建电站的干部和工程技术人员招呼说：

“我们就在这里开‘神仙会’，共商电站建设大计。”大家就在他面前铺开图纸，围着他席地而坐，你一言我一语地讨论起来。

这一年，他还到了内蒙古自治区巴林右旗巴音他拉公社草原。他在蒙古包里，和当地的同志围坐在毡毯上，品尝着奶茶，询问草原牧民的衣食住行情况。蒙古包里传出了欢声笑语，牧民们的心同中南海紧紧联结起来了。

今年7月31日夜晚，陕南安康县遭到了百年不遇的毁灭性洪水灾害。消息传到中南海，党中央和国务院的领导同志心情极为沉重。胡启立、田纪云等同志很快打去电话，转达中央领导同志的关注。8月2日，中央又派国务院副秘书长吴庆彤到安康查看灾情，指导救灾。随后，万里、李鹏副总理率领有关部门的负责同志前往安康灾区慰问。他们一下火车，没有休息，就踩着淤泥和瓦砾，来到受灾最重的地段。这一天，烈日当空，气候格外炎热，郁闷的空气中散发着难闻的气味。万里同志为了更好地和群众交谈，连口罩也没有戴，一路上，他不时停下来同受灾的群众交谈，询问他们还有什么困难，鼓励他们在国家的帮助下尽快恢复生产，重建家园。在安康铁路分局医院，万里同志一个病房一个病房地慰问伤病员。有的伤员激动地说，要不是党中央的关怀，我们不是淹死，也会病死、饿死。

万里同志已经67岁高龄，为了观察县城灾情，他沿着陡直狭窄的铁梯登上了地区电影公司职工宿舍四楼楼顶，随后又登上了十几米高的又滑又陡的城墙，观察汉江水情。从城墙下来，他又沿着被洪水袭击后到处是裂缝的护岸堤，观察汉江水位。随行的同志告诉他，护岸堤很危险，千万不要站在堤边。万里同志却说：不亲自看一看，怎么行呢？慰问结束时，万里同志的内衣已被汗水浸透。

安康的救灾工作进展十分顺利。灾区人民在恢复生产、重建家园的日日夜夜里，怎能不时刻想着中南海送来的温暖呢！

三

中央领导同志对身边的工作人员一向和蔼可亲，平等相待。

李先念同志当选国家主席后，第一次外事活动是接待中非共和国总统。

那天，他送别了中非总统，特地同前往采访的记者们一起，参观钓鱼台新落成的国宾馆，一边走一边聊天。他很了解市场的行情和群众的反应，从西瓜的供应一直谈到市场管理。他说："应该严厉打击市场上的不法分子，加强市场管理，稳定价格，保证消费者的利益。"

中央领导同志在群众中交了许多朋友。这些朋友范围很广，有他们在青少年时代的同学、乡亲，有战争时代的老房东，还有在工作中相知多年的一般干部、知识分子，也有文化大革命期间"靠边站"时认识的普通百姓。

王震同志和诗人艾青是1943年在延安认识的老朋友，1957年艾青同志被错划为右派分子后，王震同志安排艾青到归农垦部门管的北大荒工作。艾青动身前，王震同志把他请到家里，和他谈心。后来，艾青调到新疆建设兵团，王震又鼓励他把主要精力放在创作上。

1975年夏季，艾青因患眼病到北京治疗，借住在朋友的一间十分狭小的房子里，境况十分窘困。王震同志闻讯后，虽然自己当时的处境也并不好，还是立即要有关部门尽快把艾青原有的房产归还给他。

艾青同志在北大荒和新疆时，王震同志就一再说："艾青到这些地方一定能写出好诗。"今年开春，王震同志特地给艾青写了一封信，信上写道："亲爱的老艾，黑龙江有三江平原，现在要全面开拓。我带去的那些英雄的抗美援朝战士们开垦了北大荒。这些老同志对你还是好的，他们把你作为好友看待。这些同志已有孙子。请你写诗歌颂他们，歌颂这些开拓的先行者，但请莫挂上我。你的老友王震。"随后，他又把艾青同志请到他家，满怀感情地告诉艾青，自己之所以有这种想法，是因为现在北大荒有些人忘记了老一辈开拓者的功绩。所以想请在北大荒生活过的诗人做些宣传。他相信艾青一定能把这件事做好。这样一种诚挚的信任和热切的期望，诗人能不答应吗？

正是这种联系群众、联系实际、调查研究的传统作风，使党中央和国务院的领导同志在繁忙工作中，保持着清醒的头脑，掌握着前进的航向，指导着十亿人民为建设具有中国特色的社会主义的壮丽事业而奋斗。

1983年

不平凡的路

回忆长征，不少当年一方面军的老同志都记得队伍里有一个叫阿香的女战士。她那天真纯朴的模样，活泼而又倔强的性格，他们至今还有印象。但是，许多人却说不出阿香的真实姓名，更不知她以后的下落。她像一朵小小的火花，融进了革命战争的烽火和硝烟之中……

阿香是谁？她从哪里来？又到哪里去了？半个世纪以后，人们才确切地知道，她原来是前中央人民公安学院副院长谢飞。

命运的选择

1913年2月3日，海南岛文昌县湖山区茶园村一个农民家庭生下一个女孩子，父亲给她取了个好听的名字：琼香。她从小性格开朗、倔强，六岁就主动帮家里干活，放牛割草。七岁时，她成了茶园村大宗小学唯一的女学生。

后来，她又就读于海口市海南公学。这是一所进步学校，校长和教务长都是共产党员，老师们常向学生传播革命思想。琼香在这里受到革命的启蒙教育，幼小的心灵种下了反帝反封建的种子。她曾作了一篇作文，题目叫《中国茶叶之盛》。老师看了以后非常赞赏，说文中充满了中华民族的自豪感和反帝信心。

1926年，小琼香考入了海南第六师范学校。当时正值国共合作，北伐的浪潮冲击着摇摇欲坠的反动军阀统治，国民革命军也打到了海南岛，盘踞在海南的大军阀邓本殷被消灭。共产党领导的反帝大同盟、妇女解放协会、学生会等群众组织非常活跃，经常组织各种活动。琼香就是这些活动中的积极分子。1927年二月，十四岁的琼香加入了中国共产主义青年团。

蒋介石发动“四一二”反革命事变后，琼香回到了家乡。当时，在县委和区委的领导下，农村的革命力量迅速发展，各种革命团体相继建立，她三哥是区委委员和武装队长，男青年除参加农会外，有不少人参加农军，琼香的三个哥哥和她都是农军战士，她全家也都加入了农会。妇女除参加农会外，还参加妇女协会，极个别的也是农军战士。小小的琼香当上了区妇女会主任。她利用村里的祠堂办起了平民妇女班，在课堂上讲革命道理，宣传妇女解放和男女平等。逢上区里或乡里开大会，她还大胆上台演讲。乡亲们很爱听她讲话，都说：“别看琼香人小，道理还懂得不少！”

1927年八月，琼香由共青团员转为中共党员。这年年底，广州起义失败了。此后，广东形势愈加险恶。琼香的家乡被反动派占领，她全家都受到反动派的通缉。琼香转移到当时广东省委的所在地香港，从此，她走上了职业革命者的道路。

到香港后，琼香成了一位姓宋的女同志的“表妹”，她在家干家务。这个“家”实际上是广东省委的开会地点，琼香的真正任务是站岗、放哨，保护机关的安全。她年龄虽小，却聪颖机敏。她知道自己的工作责任重大，事无巨细，样样都处理得自然而得体。

1929年初，由于工作需要，琼香被调到中国共产党南洋临时委员会。

新加坡近郊的一所草房里，出现了一个由五个素不相识的人组成的“特殊家庭”。琼香的公开身份是户主老邢的妹妹，她还有一个“表弟”叫阿富，会讲一口流利的马来语，熟悉当地风俗人情。对外的许多事都靠他俩出面应酬。这个“家庭”实际上是中共南洋临委的秘密印刷所，在华侨中影响很大的《南洋工人报》就是在这里印刷的。在这里工作，不仅随时有被捕的危险，而且生活条件十分艰苦。机关的费用除了依靠党员的党费外，再也没有其他来源。因而每人只能维持最低的生活标准，每天两顿最简单的饭菜。没有油、没有肉，更没有零用钱。有个时期，党费一时收不上来，印刷所断绝了经济来源，连续四天没有饭吃，只靠喝一点水坚持着工作。到第四天，阿富跑到附近一家咖啡馆，赊购了一点咖啡和花生米，每人分了几粒，才坚持下来。

琼香1932年一月回国。两年后，她被分配到江西中央苏区国家政治保卫局工作。不久，由于第五次反围剿的失败，中央红军开始了战略大转移。

万里长征的见证人

经过严格挑选，琼香成了三十名被允许参加长征的女战士之一。她所在的卫生队是一个由知识分子和老弱病残组成的集体。徐特立、董必武、成仿吾等同志，都在这个特别连队。他们要克服更大的困难才能跟随大部队前进。女战士们还要负责找向导、请民夫照顾伤病员。

过大渡河时，由于过度劳累加气候不适，琼香掉队了。但她硬是咬着牙，一步一步往前挪。过铁索桥了，她感觉浑身发烫、头晕目眩。她手抓铁索、冒着随时可能因晕眩跌入湍流的危险，一步一步地爬了过去。等她赶上部队时，已经是宿营两个多小时之后了。

第二天，她发高烧，只好把背包交给民夫，自己拄着棍跟随部队前进。不料中途遇敌机轰炸，民夫不见了，她的背包也丢失了。寒冷的夜晚，战士们头顶蓝天露宿。对于疾病未愈又丢失了御寒衣物的琼香来说，夜晚成了最难捱的时刻。贺子珍同志有一条毛毯，常让琼香与她挤一起。但是贺子珍同志刚负过伤，毛毯又小，琼香怕碰到她的伤口，总是不肯。

过草地时，气候变化无常，大家的衣服湿了干、干了湿，没有好受的时候。最危险的是脚下的泥淖，不小心踩偏了，就会陷进去，随时有被吞没的危险。不少人带的干粮吃完了，只好啃皮带、嚼草根。

琼香和她的女同伴们，凭着顽强的意志、惊人的毅力和高度的革命乐观主义精神，总算坚持下来。她们相互间十分友爱，贺子珍同志有块油布，下雨时常支起来让大家挤在一起避雨。有时，琼香还把脸盆顶在头上，挡雨防晒……

就这样，她们一步步走完了万里征程。

英姿飒爽的女“团长”

中央红军胜利到达陕北以后，琼香和刘少奇同志结婚，后改名谢飞。

两个月之后，她随刘少奇同志秘密到达当时中共北方局的所在地天津从事地下工作。刘少奇担任北方局书记。和他们在一起的还有北方局的其他负责人彭真、林枫等。

在斗争实践中，谢飞深感到革命理论的重要。她申请到延安中央党校和马列学院学习革命理论，得到批准。两年内，她学习了哲学、政治经济学、国际共运史、党的建设等课程。1939年四月，当谢飞穿上新四军军装奔赴抗日前线的时候，已经是一个相当精明干练的女干部了。她曾在鄂豫皖区党委与郑维三、张劲夫同志一起工作。此后，她又到了皖南新四军军部，与刘少奇、叶挺等同志一起工作。

一次，谢飞坐小船渡过长江去执行任务，到了苏南地区。由于敌人扫荡、交通断绝，她被滚滚长江隔在南岸，无法回返，失去了与刘少奇同志的联系。当时已是抗日战争后期，苏南地区正需要干部，谢飞就留下来，担任了中共余上县委（余姚与上虞两个县）书记兼独立营政委。因为营长有病，部队实际由谢飞同志指挥。

谢飞领导着这支近600人的部队，先后与日寇和伪军战斗20余次，经常打胜仗，最多的一次歼敌300多人，缴获50多支枪。每次战斗，她都和战士们一起冲锋陷阵。她身穿新四军的灰制服，腰挎驳壳枪，英姿飒爽，当地群众都亲切地称她为“谢团长”。

抗日战争胜利后，谢飞领导的独立营编入了新四军浙江纵队，后改编为第二十军，她本人则留在华东局，任华东妇联常委兼组织部长。

理想变现实踏入新征程

1949年四月，谢飞来到已经和平解放的北平，在刘澜涛同志领导的华北革命大学任三部副主任。这一年的十月一日，她和她的战友们一起到天安门广场参加了开国大典，她亲眼看到广场上升起了第一面五星红旗，亲眼看到自己为之奋斗多年的美好理想成了活生生的现实。

解放后，离家二十余年的谢飞惦记着家乡的亲人，她多么想回去看一看啊！但是，紧张的建设、繁忙的工作使她脱不开身。她记起在海口市有一个同族人开的小旅店，于是就给旅店写了一封信，希望旅店能帮助自己找到亲人。

信寄出不久，果真接到了回信。得到的消息却使她心痛欲碎：父母亲由于贫病交加先后去世；大哥二哥被反动派抓走，死在监牢里；三哥谢冠洲在担任中共文昌县委书记时，不幸受到王明路线的迫害，蒙冤而死；她的姑姑、嫂嫂、姐姐、姐夫等十余位亲人都先后惨遭反动派的迫害和屠杀。家里的房子被反动派烧了三次，早已荡然无存。

她沉浸在万分悲痛之中。但她很快擦干眼泪，投身到建设新中国的事业中。她知道这样做才对得起死去的亲人。

1950年，中国人民大学组建，谢飞担任了专科主任。谢飞深深感到，要建设好自己的国家，光靠革命战争时期的那套经验是不行的，此时，知识显得更加重要。她不甘心当外行，一面担任领导职务，一面刻苦学习文化，上夜大学。后来，她看到国家需要法律人才，便决定报考法律系研究生。当时有人劝她："都三十七八了，还上什么学？"还有人说："如果考不上，看你的脸往哪儿搁。"

谢飞并没动摇。她认为自己有一定的政治理论素养，从事法律完全可能。就这样，1952年，她考取了中国人民大学法律系研究生，主修法理和宪法，还选修了国际法、语言学等。搞了几十年革命，她又重新做了一名学生。她刻苦钻研，每一门学习成绩都是优良。

四年后，这位法律系的研究生担任了中央政法干部学校的副校长，负责教学工作。除了审查教学大纲，她还亲自写讲稿、给学生上课，成了一名懂业务的领导干部。

路遥知马力逆境见忠诚

1959年，谢飞去广东开会，顺便回到了阔别31年的家乡。当时正值困难时期，家乡群众生活很苦，每人每天只有三两至半斤口粮，许多人面黄肌瘦。谢飞看到后心里十分难过。家乡人民曾为革命流血牺牲，付出了沉重的代价，盼的就是能过上好日子。可如今，他们的生活仍这般艰苦，怎能不叫这个海南女儿伤心呢？

回到招待所，她对秘书讲了自己的看法。她说，海南人民生活苦，主要是领导的责任。这里自然条件好，土地肥沃，只要领导得好，生产一定会上去的！

没想到这些话成了她反对三面红旗的罪状。回到北京不久，秘书贴出小字报揭发她，紧接着各种“大帽子”接踵而来，她成了右倾典型、“彭德怀式的人物”。

以后，她不能再分管教学工作，只能管养猪等杂事了。然而，比起她在十年动乱期间的遭遇，1959年的这一段经历似乎又算不了什么。

1968年3月，一天深夜，一辆警车秘密开到谢飞家门口，几个军人打扮的壮汉闯进谢飞的卧室，把她押上警车。警车行驶了一个多小时，来到一个拘留所。经过搜身之后，她被关进牢房。

原来，“刘少奇问题专案组”为了诬陷刘少奇同志，捏造了刘少奇在北方局工作期间被国民党逮捕，写了自首书叛变的谎言。这一时期谢飞正好跟刘少奇在一起。他们想让她成为诬陷刘少奇的活证人。

谢飞虽然在1940年就与刘少奇分开了，但他们之间并没有什么个人恩怨。谢飞没有发现刘少奇被捕过，因而一直坚持叙述当时的实际情况，不肯按这些人的要求提供证词。诱供、逼供都没有得逞，惹恼了这帮家伙，他们就用法西斯手段折磨谢飞，对她采取车轮战术。不让吃饭、不让睡觉，甚至连厕所也不让去，一审就是十几个小时。

这样前前后后审问了二百多次，得到的仍是那几句话：当时刘少奇没有被捕过，更没有叛变革命。

谢飞与刘少奇一起生活总共不到六年的时间，却因此坐了近六年监狱，在狱中受尽折磨。

监狱的冬天，屋里既无炉火又无暖气，只有一条破被和一条破毯，监狱里的伙食也非常差，一日两餐，两个小窝头。夜里睡在冰冷的水泥地上，冻饿难耐。

面对非人的折磨，谢飞进行了合法斗争，不仅据理力争，还两次绝食，终于使监狱对她的待遇好了一些。

重见光明再焕青春

几年监狱生活的折磨，使谢飞瘦得皮包骨头。后来，由于周总理的过问，“四人帮”的爪牙迫不得已才于1973年国庆节前释放了谢飞。出狱后不久，她又被下放到北京郊区的“干校”劳动。当她得知是因为周总理亲自关心她才重见天日时，激动得流下了热泪。

“四害”横行的岁月结束以后，谢飞才真正在政治上翻了身，重新焕发了青春。她又担任了中央政法干部学校（后改为中央人民公安学院）副校长。她虽然年迈体弱，仍积极投入工作，经常带领少数民族学员外出参观学习，对他们进行革命传统教育。

现在，谢飞已退居二线，不再担任公安大学领导职务，但仍是全国政协委员，公安部咨询委员，中国法学会理事和北京市法学会副会长。她晚年的生活很幸福。她现在和养子谢冰一家生活在一起，每天除了撰写回忆文章外，还经常参加各种会议，生活的弦绷得很紧。她最大的愿望，就是利用有限的时间，多为党做点工作。

1986年

信念始终支撑着她

1988年四月的一天，离休在家的北京军区后勤部原副政委李开芬，接到了中央军委的通知，宣布：军队离休干部李开芬享受副兵团级待遇。

看了通知，李开芬不由得思绪万千，夜不能寐。使李开芬激动的，并非仅仅因为她的待遇提高了。谁都知道，全国能享受副兵团级待遇的女同志可谓凤毛麟角，得到这种殊荣，她自然感到高兴，但是，了解她的人都知道，她激动，不仅仅是因为荣誉，还因为她在重重磨难中创立的功勋得到了最终肯定。

这一天，她是在追忆往事中度过的。难忘的岁月化作一个个镜头，在她脑海中掠过。她的一生是够曲折够艰难的了，然而她却从未停止过自己前进的脚步。现在回想起那种苦、那种难，都会产生一种后怕，可她却挺了过来。作为女子，她自然有柔弱的一面，她之所以能从那种艰难的日子里熬过来，靠的是信念。可以说，是革命的信念、共产主义的信念，支撑着她走过了那段凶险迭起的征程。往事不堪回首，却又不免回首……

一

1931年，李开芬还未满14岁，就在家乡四川达县女子高小参加了革命活动，并且很快入了团。1933年，红军到达县后，她又立即参加了红军。她年纪虽小，对革命道理却领悟接受得很快，懂得了要铲除世间的不平，要让受苦人过上好日子，就要推翻旧社会，消灭人剥削人的制度。她尚未成年，就已初步确立起了革命的信念。她怀着满腔热情，投入了打土豪、分田地，建立苏维埃政权的活动。

但是，她不曾料到，因自己的家庭出身，她参加革命没多久就面临了严峻的考验。在她的家乡达县蒲家场，她家的确可算一户殷实人家，有几十亩地，雇了几个人耕种。但到她懂事时，家境实已破落。此外，其父出于维护破落地主利益的本性，还当过一段时间的团总。后来，这两点因素成了她倒霉的根源。

1933年冬，“左”倾机会主义路线刮起的肃反扩大化之风，在四方面军所在的川陕根据地愈刮愈烈。家庭较富裕，又有一点文化的人，无一例外都成了“肃反对象”。年仅16岁，只有高小文化程度的李开芬也未能幸免。一天，她去参加大会。在毫无思想准备的情况下，在一阵口号声过后，突然听到自己和其他几个人一道被宣布为“肃反对象”。顿时，她惊呆了，她不相信自己的耳朵。当看到周围有人投来仇恨的目光，继而又有人来推搡她时，她明白自己确已被扣上这荒谬的帽子。面对可怕的现实，她既委屈又害怕，委屈的是，自己小小年纪怀着真诚的信念积极投身革命，不料却莫名其妙地成了“肃反对象”；害怕的是，只要被推出会场，便等于被推进了死亡的大门，连辩解的可能都没有。许多人正是这样含冤而去的。求生的愿望化作了呐喊的声音，她拼命挣扎，泪流满面地朝着主席台哭诉道：“我不是混进队伍里来的呀！……不要让我走吧，让我到战场去拼去死吧！……”

她稚嫩的声音是那样委屈，那样悲切，闻者无不动心。喊口号的人沉默了，他们的心被刺痛了：她还是个孩子呀，哪会是混进来的反动派呢？莫不是搞错了吧？虽然许多人心中都存着疑惑，却没有一个人敢站出来替李开芬说话。当革命热情和疯狂的情绪掺杂在一起的时刻，有谁敢为顶着“反革命”帽子的人辩解呢？有勇气向被疯狂情绪煽起的烈焰泼水的人实在太少了。谁都知道，哪怕只要对“反革命”流露出些许同情，自己也很可能被这股烈焰吞没。

李开芬的哭诉，没有感动在主席台就座的成员，他们如石雕的人像，对这未成年的女孩未表示出丝毫同情。李开芬绝望了，神智陷于麻木，眼前一片漆黑，只得听任别人将她往会场外拖。这时，突然响起了急促的马蹄声，一队人马踏起飞扬的尘土，从远处疾驰而来。到会场跟前，骑手们同时勒住缰绳，翻身下马。尘埃散去，会场上的人惊异地发现，面前是清一色的背短枪的女红军，她们个个英姿飒爽，精干利落。为首的那位年近三十，短发齐耳，面色红润，一双漆黑的眸子炯炯有神；一身军装非但未掩盖她匀称的身段，反而把她衬托得更健美动人，插在她腰际宽皮带的两支手枪，则为她添了一股逼人的英气。

这位女红军显然是一位首长，她向前迈了几步，皱起眉头，用严厉的声音命令押解李开芬的人：“把她放了！”

那几个人一下都愣住了，相互望着，不知该怎么办。其中有个人蛮横地说：“她是反革命，她老子是团总！”

那位女同志立即驳斥道：“老子是团总，女儿就一定是反革命？这是哪家的道理？”接着她又说：“她老子是当过团总，不过据了解，人家曾掩护过革命同志，让我们的人在他家里隐蔽、开会，还把枪借给我们的人用。这样的人会是反革命吗？而他的女儿小李是自愿放弃读书、离家参加革命的。哪有这样的反革命？”

押解的人无言以对，但仍不肯放人，沉默了片刻又强辩道：“那她是投机分子！”

那位女同志十分生气地说：“荒唐！红军还没有入川，这小鬼就参加了秘密工作，为革命站岗放哨，她投的什么机？”

押解人的理屈词穷，却又不肯认输，便用挑衅的口气问道：“那你到底是什么人？”

女同志答道：“我叫张琴秋，和你一样，是只打敌人不打自己人的红军战士。”

原来她就是四方面军总政治部主任张琴秋。押解人这才不敢再纠缠，只得乖乖放开了李开芬。从惊恐中清醒过来的李开芬一下扑在张琴秋的怀里，号啕大哭起来。

张琴秋十分理解她的心情，轻轻拍着她的肩膀安慰道：“小鬼，别哭，你没事了！小鬼，别害怕，再也不要参加这个会了，等我给你安排。”接着，她派警卫员将李开芬送出了会场。

李开芬被带到离会场不远的一间房子里休息，当天晚上张琴秋来看望了她。像见到久别的亲人一样，李开芬扑到张琴秋怀里，泣不成声地哭诉道：“我不是反革命，真的不是！”

张琴秋一边给她擦眼泪一边安慰她道：“小鬼，别害怕，也别伤心。你的情况我都知道，你不是反革命，也不是投机分子，你是小地下工作者，小共青团员。”

然后，张琴秋又劝导她说：“干革命也难免要受委屈，千万不要因此而动摇自己的革命信念。小鬼，你暂时不要回基层了，去办列宁小学吧，那里也需要有文化的人。”

于是，李开芬到了列宁小学。事后她才知道，张琴秋大姐当时处境也很困难，她因反对张国焘的“左”倾错误路线也遭到了残酷斗争和无情打击，刚刚被解除了职务。大姐是在身处逆境的情况下保护自己的，这需要何等的勇气呵！大姐的榜样使李开芬消除了委屈情绪，进一步坚定了革命信念。

二

危险虽然暂时躲过去了，可李开芬在很长一段时间仍被当作“肃反”嫌疑对象看待，未彻底摆脱受监督、被提防的境况。1934年春季的一天，有人到列宁小学通知她：“你不是有‘病’吗？收拾一下到医院养病去吧！”

李开芬知道自己仍未被信任，因而没有辩解，默默地服从了。就这样，她和另外几个有“病”的人一道，来到了工农总医院病号八连的所在地肖口染村。

从到医院那天起，李开芬就明白，自己既要担任医疗护理工作，又要在政治上接受别人的“护理”。她想起了张琴秋大姐的话，压住再度泛起的委屈情绪，一心一意投入护理红军伤病员的工作。她平常很少吭声，遇到脏活、苦活就抢着干。她相信革命队伍里的兄弟姐妹们是了解自己的，组织上也总有一天会信任自己的。她决心无论遇到什么挫折，都不动摇自己的信念，都要坚定不移地在自己认准的路上走下去。

谁知到医院没多久，她真的成了病号。在她拼命干活时，病毒、细菌已悄悄地向她进攻，吞噬着她的健康。她染上了伤寒病。病来势很猛，李开芬一直呕吐、泻肚、发烧不止，人已处于半昏迷状态。

在病痛折磨她的同时，另一种折磨又开始了。一天深夜，她正因为连续不退的高烧而头痛难熬时，突然感到有几个人影站在她床前。继而她听到有人用恶狠狠的声音逼问她道：“你父亲是干什么的？”“你家有多少地？”“你读过书吗？”……一连串逼供的问题，重重地敲击着她的耳鼓，李开芬反倒清醒了，冷静了。她知道这些人想利用自己神智不太清楚的机会诱出他们需要的话来，因而决定一声不吭，她年龄虽小却已懂得了沉默常可护身的道理。那几个人见李开芬一言不发，不由得恼羞成怒，便高声骂道：“李开芬，你为什么不回答？你是死了，还是聋了？”

正在此时，房门被推开了，闯进来一个年近二十的姑娘，她个子不高，却举止老练。她就是病号连连长王长德。看到这些人正在逼问李开芬，她不由得怒火中烧，大声责问他们道：“她才是个小姑娘，怎么会是反革命呢？即使她老子真是反动分子，也不该整她！她病得很重，正在发高烧，生命还很危险，你们怎么还能这样干呢？你们还有人道主义吗？”

那几个人慌忙反攻，呵斥道：“你为什么要包庇她？”

王长德把双手往腰上一插，理直气壮地说：“我是连长，我要对病人负责！你们想怎么样？我是穷丫头出身，不吃你们那一套！”

那几个人无计可施，只得灰溜溜地走了。

李开芬又遇到了一位小大姐的保护，激动得热泪盈眶。她深深感到，革命队伍里不乏理解自己的同志。她暗自告诫自己：不能像有的同学那样。和她一起参加革命的同学，有的因吃不了苦，逃离革命队伍；有的因受不了折磨，走上绝路。这些同学的遭遇从反面帮助她进一步坚定了自己的信念。她暗自下决心：一定要干出个样子来，让那些怀疑自己的人看看，究竟我是不是真来革命的！

病尚未痊愈，她就挣扎着从床上起来，不声不响地和姐妹们一起，给重病号端水送茶，洗衣倒尿，搞清洁卫生，样样活都抢着干。

但是，光凭意志不能战胜病魔，没几天她又躺倒了。为了让李开芬避开审查，安心养病，细心的王长德将她转移到了连部，和自己住在一起。在王长德的悉心照料护理下，李开芬的病渐渐好了。为了躲避上面来审查的人，王长德还让她继续装了几天病。

风声不太紧了，王长德便对她说："现在病好了，我看你就不要再到别的地方去了。我和上级领导讲了，先留你在医院剧团工作。你到那里，我可以经常看到你，同你说说话。"

就这样，李开芬留在了医院剧团。她性格内向、平常很少说话，周围的同志都叫她"小尼姑"或"小哑巴"，在剧团也演不了主要角色，只能跑跑龙套，搬搬道具。在这里她常见到王长德，并受到她的照顾。她没想到，王长德竟然还是剧团的台柱子，吹拉弹唱样样在行，演剧也十分出色，而且总在《送郎当红军》、《十劝郎君要革命》、《看他革命多勇敢》等节目中扮郎君。一次演完节目后，王长德盯着李开芬看了半天，忽然和她开玩笑说："'小尼姑'，你真像活菩萨，你长得真好！我要是个男人，一定要作你的新郎公！"

她的话使李开芬羞得满脸通红，连头也不敢抬，周围的人则开心地笑了起来。笑声稍停，李开芬才抬头慢吞吞地说："王连长你的话真孬！"王长德更开心了，故作惊讶地说："啊，'小哑巴'开腔啦！"周围的人不由得又哄堂大笑起来。

开心的日子没过几天。一天，医院的墙壁上突然发现了"打倒红军"等反动标语，李开芬又首先成了嫌疑犯。保卫部门的人把她叫去问道："反标是你写的吗？"

李开芬立即答道："不是！"

"你是'肃反对象，又有文化，不是你会是谁呢？"他们企图迫使她承认。

李开芬毫不犹豫地回答道："不知道！"

"那你比着反标重写一遍，看像不像你的笔迹。"他们又使出了新的花招。

李开芬看出了他们的阴谋，坚定地说："想让我这样干，办不到！"

他们仍未死心，就让李开芬拿出笔记本来核对笔迹，结果否定了他们的看法。

这年秋天，在王长德和医院政治部主任李植林的关心下，李开芬得到了到医院医务处学习外科医术的机会。她十分珍惜这次机会，如饥似渴地学习各种知识，每堂课都作了详细笔记，每次实习都一丝不苟。经过刻苦学习，她以优秀的成绩毕业，被分配到工农总医院万源分院搞医务工作。

李开芬满怀着希望来到了新的工作岗位，决心用自己的工作来冲淡以往不愉快的记忆。她万万没有想到，不负责任的流言，很快就像病毒一样传播到了这里，毒害了一些思想幼稚的人。她到万源分院没几天，这里的人就都知道她是"肃反对象"了。开始有人三五成群地到她工作的药房看热闹，讽刺、谩骂、挖苦、讥笑的声音不时刺激着她的神经。她只有用老办法——沉默——来作无声的反抗，心中却像打翻了五味罐一样，很不是滋味。

一天，她正在干活时，又来了一些围观的人，她照例不闻不问，埋头干自己的活。这时她感到有一个人竟走进了药房，肆无忌惮地打量她。她猛地一回头，心想就让你看个够吧，不料来人是王长德。李开芬惊喜地叫道："大姐，原来是你呀！你怎么到这里来了？"

王长德笑着说："我来这里办事，听人说分院来了个'肃反对象'，还是个女的，整天有人围着看，就估计可能是你，所以特地赶来看看。"接着，她走到门口对探头围观的人们耐心劝导说："她不是坏人，她是我们的姐妹，是个很好的同志。今后你们不要再来围观了，不要影响她的工作。"

她一番话，使那些人都不好意思地走了。从这以后，来看热闹的人明显少多了。李开芬在这里安心工作了一段时间。

三

1936年春，由于敌人的围剿，红四方面军决定突破敌人的封锁，挥师北上。李开芬和工农总医院一道，跟随部队强渡嘉陵江，开始了举世闻名的万里长征。

她穿着草鞋，打着绑腿，身上背着粮食、草药和饭锅，生气勃勃地走在行军路上。路途的艰难辛苦，她全不放在心上，脚上打起了血泡，踩破了疼得钻心，她咬着牙坚持走；夜行军被石块绊倒了，爬起来接着走。一路上险象丛生，前有伏敌，后有追兵，头顶有敌机的空袭，李开芬全不放在心上，一直镇定自若，无所畏惧。长征开始后，她心情一直很愉快，她把艰难困苦看作是对自己革命信念的考验，她要用自己的行动证实自己是真心实意来参加革命的。

长征途中，工农总医院在少数民族聚居的绥靖地区驻扎了一段时间。当时，条件已十分艰苦，队伍既缺吃又少穿，伤病员也与日俱增。为了挽救伤病员的生命，李开芬和同志们每天都要外出挖野菜，找粮食，搞中药。

有一天夜里，她和医院的王秘书一道，带着主要是女同志的三十几个人的小分队，摸黑爬上一座大山，来到了一个敌人控制的寨子跟前。此时，东方已露出鱼肚白。李开芬当即决定，先由侦察小组分两路进寨子探路，右路由正面搜索前进，左路从侧面摸进；自己带十几个人，悄悄尾随着左路侦察兵进寨；王秘书和一部分同志留在原地等候，如有意外，立即进行掩护。李开芬从左路插进寨子后，夜幕已渐渐消退，鸟儿也开始在晨光中鸣叫。探路的侦察员回来报告说，前面拐角处发现磨房，未见人影，但有牲口在转，守卫的敌人还正在睡觉。李开芬立即带人疾步奔向磨房，将刚磨好的面粉和尚未磨的粮食迅速装进口袋。这时，从正面摸进的小分队被敌人哨兵发现，双方打了起来。李开芬立即组织人背粮往回撤。她们避开听到枪声从房子里窜出来的敌人，及时撤出了寨子。她让人尽快将粮食背下山，运回医院，自己则和王秘书带了几个人在后面作掩护，边打边往回撤。

这一次，李开芬她们共抢回了上千斤粮食，自己却没有什么伤亡。这批粮食救了医院的急，上级表扬了她们。

1936年夏季，工农总医院离开绥靖，继续长征。过党坝、黑水、芦花后，向北又走了一段路程，部队开始过草地。

泥泞的草地，本无路可走，只能踩着草根，探索着前进，稍不留神，就会陷入泥沼，如果不及时挣扎出来，就会越陷越深，遭遇灭顶之灾。李开芬背着饭锅，小心翼翼地行进在队伍中。她平时不言不语，行动却十分机警灵活，过草地时从未失足掉进泥潭，也从未掉过队。不过，路上她也真尝够了苦头。她背的东西很沉，一天行军下来累得腰酸背疼。一次宿营，她和几位姐妹背靠背坐在一块干一点的地方休息，劳累使她们很快进入了梦乡。睡得正甜时，李开芬隐隐约约听到有人叫她的名字。她猛地睁开眼睛，只觉得眼前白了。同志们早晨起来没看到她们，正在着急地寻找呢。她立即从雪堆里站起来，并拉起另外几个姐妹。大家见她们几个像雪人一样，不禁都哈哈大笑起来。李开芬和姐妹们相互拍干净身上的积雪，整理好行装，又跟着队伍出发了。

草地行军的最后几天，李开芬和同志都已被拖得精疲力竭。此时，绝大多数人的干粮袋都已空了，只能挖野菜、草根充饥。疲劳、饥饿使许多同志倒下了。有个同志饿昏了，李开芬虽也已饥肠辘辘，但毫不犹豫地把仅剩的一点炒面喂给那个同志。因为饿，李开芬眼前一阵阵发黑，脚底也轻飘飘的，她咬着牙紧了紧腰带，硬挺着往前走。实在饿得不行了，她就蹲下来拔点野葱、野菜吃……

就这样，她和同志们一道走出了草地。1936年秋天，红四方面军历经千难万险，到达甘肃会宁，和一、二方面军胜利会师。由于在异常艰苦的环境中表现出了革命的坚定性，李开芬终于完全得到了组织的信任，解脱了“肃反对象”的嫌疑，并被送到由红军大学改建的党校学习。她用自己的行动证实了自己，也在这一过程中进一步坚定了自己的革命信念。

四

1936年深秋，李开芬在党校学习了一段时间后，被调到西路军妇女先锋团，任秘书并兼保卫营分总支书记。她随西路军渡过黄河，开始向河西走廊进发。前几次战役，西路军都取得了胜利。但是，由于敌我力量相差悬殊，西路军在装备精良的敌骑兵的围追堵截下，虽浴血奋战了几个月，终因弹尽粮绝而陷于失败的境地。

1937年初，李开芬和妇先团的战士在团长王泉媛的带领下，冲破强敌的几道包围圈，从临泽突围，随总部退到了倪家营子。当时，西路军还剩了一万多人马，全拥到倪家营子，吃饭喝水都很困难。每人每天只能分到一两把谷子或荞麦；妇先团全团每天只能分到一桶水，分到连里每人只能喝上一两口。因为缺水，人人的嘴唇都裂开了口子，舌头干得打不过弯来，连说话都困难。大家的肚子虽饿，可分到的一两把炒谷子却又干得咽不下去。李开芬和她的姐妹们开玩笑地把每天的吃饭叫“第一战斗”。

为了解决水的问题，妇先团决定把敌人填死的一口井挖开。李开芬也参加了挖井突击队。经过大家十几天的苦干，终于挖到了井底。可每天只能舀到一两桶泥浆，根本解决不了部队的饮水问题。为了生存，部队就组织人到敌人封锁的老塘里去挖冰。为了挖冰，经常有人伤亡。挖回来的冰也不多，每人只能分到核桃大小的一两块。每回分到冰块，李开芬都像吃冰糖似的含在嘴里，让冰块慢慢消融，湿润自己冒烟的嗓子……

在这样困难的条件下，西路军战士仍和不断进袭的敌人展开顽强的拼搏，消灭了许多敌人，因敌人的援兵又不断增加，在倪家营子集结的西路军残部，终于被数倍于自己的敌军击溃……

四月初，李开芬和妇先团的十几个女战士及其他部队的十几个男战士，跟随着王泉媛，突出敌人的包围圈，沿着祁连山向东行进，准备回黄河以东去找主力红军。大家在冰峰雪岭间与搜索的敌军进行了周旋。为了避开敌人，王泉媛带大家在人迹罕至的山梁上摸索前进。经过连续二十几天的行军，大家已累得挪不开步。一天傍晚，她们在一座荒山脚下发现了三孔无门无窗的破窑洞。王泉媛见大家实在太累了，便决定休息一下再走。二十几个人横七竖八地躺在窑洞里，很快就睡着了。李开芬陪王泉媛拴好马，安排好哨兵，才挤进窑洞，和小战士吴秀珍躺在一起。很快她也进入了梦乡。她梦见大家找到了主力红军，高兴得欢呼跳跃……在这时，她觉得被人在肩上狠狠推了一把。她猛地睁开双眼，发现几把明晃晃的刺刀正对着自己的胸膛.就这样，李开芬、王泉媛等二十几人同时被捕了。

李开芬和先后被捕的100多名女红军都被押解到了河西走廊东端的凉州（现名武威），集中关在国民党地方武装头目马步青临时设置的一座监狱里。马步青打算用恐吓和“感化”来逼这些女战士就范，然后把她们“赏”给自己的部下当太太。为此，他想出了许多花招：“慰问”、“开导”、“参加”、“游览”，发衣物，送好吃的……李开芬一开始就识破了敌人的花招，她和曾广澜、沈秀英、王子俊等同志进行了秘密串联，决定组成新的战斗集体，带领大家和敌人开展斗争。敌人白天刚“劝导”完，晚上她们就分散到群众中去，给大家讲革命故事、唱革命歌曲，鼓舞大家的斗志；敌人组织“参观”，她们就让大家装病。为了早日返回革命队伍，她们还作了越狱准备，并已和外面的同志接上了关系，此时，她们也已知道国共第二次合作的消息，李开芬便代表大家给党中央写信、给马步青写信，坚决要求重返红军队伍，奔赴抗日前线。她们利用接上的关系，把信及时送了出去。

但马匪却很快施展了恶毒的花招。八月的一天上午，马步青把100多名女红军全部押到了军部大院。马步青先假惺惺地胡诌了几句“关怀”的话，接着便开始宣布“释放”名单。每念一个女红军的名字，就立即有一名军官站在一旁。李开芬看出敌人的险恶用心，立即从队伍中跳出来喊道：“同志们，不能上敌人的当，同他们拼呀！”

刹那间大家全惊醒了，100多个战士纷纷喊道：“要杀就杀，要毙就毙，宁死不受侮辱！”她们一边喊，一边又咬又踢，和凶残的敌人进行了扭打……

敌人见软的不行，就换了硬的，恶狠狠地宣布：“谁要是不听话，就抽了谁的脚筋，就把谁分给士兵们‘共妻’，然后再吊死，喂狼狗。”敌人还变换策略，采取分化瓦解、软硬结合、零敲碎打的办法，把女红军们三个一批、两个一伙地“分”出去。

对带头“闹事”的李开芬，马步青使出了更阴险的一招。他让人对她说：“马军长知你知书达理，想请你当秘书。”李开芬宁死不从，毫不畏惧地说：“要杀要砍随你们便，想让我当秘书、当老婆，休想！”面对无畏的战士，敌人无计可施，便用马棍、马鞭对她进行毒打，妄图用毒刑制服她。李开芬便赤手空拳与敌人进行搏斗，结果被敌人打得皮开肉绽，昏死过去。

李开芬被打伤后，敌人将她暂时安置在城郊的一所民房里。有一段时间李开芬连动也不能动，只能趴在炕上。吃饭、换药、梳洗，全得靠姐妹们照料。敌人见她已不能动弹，也暂时放松了对她的看管。李开芬经过这次磨难，逃跑的决心更坚决了。她自己不能动，就通过和自己关在一起的沈秀英做工作。经过努力，终于感动了一个传令兵。在此之前，狱外的同志也早已设法把八路军驻兰办事处的地址转告李开芬。于是，李开芬决定趁敌人暂时放松监视的机会逃跑。

九月的一个夜晚，乌云遮月，天黑得伸手不见五指。那个同情她们的传令兵趁夜阑人静之机，打开房门，和沈秀英一道挽着李开芬下了炕，扶她走到不远的一道沟里。传令兵事先已在这里备好马。他和沈秀英一道把李开芬架上马背，然后让沈秀英也骑在后面，抱住李开芬。一切停当后，传令兵就带着她们从野外悄悄绕过凉州城，向东疾驰。

为了对付敌人的搜查盘问，路上李开芬装成了官太太，沈秀英则扮作她的丫环，传令员冒充护送兵丁。就这样，他们顺利通过了好几道关卡。昼夜兼程地走了几天，终于到了兰州。不料上了黄河大桥，守桥的警察不信他们的话，硬是扣押了他们。面临功亏一篑的危险，李开芬十分镇定。她亮出了自己的真实身份，并告诉他们自己要去八路军驻兰州办事处。她还说出了办事处的门牌号码，同时警告敌警察所所长，如果故意刁难、阻挠，一切后果由他负责。敌方警察见她如此强硬又如此了解情况，怕承担“破坏国共合作”之责，只得给他们放行。

一到八路军驻兰办事处，党中央代表谢觉哉、“兰办”主任彭加仑、秘书长朱良才、工作人员王定国迎了出来。就像久别的孩子见到自己的母亲一样，李开芬只说了“我——回来了！”就一头扑在王定国大姐的怀里，泣不成声了。

谢老轻轻抚摸着在王定国怀里痛哭的李开芬，疼爱地说：“一个女孩子，不仅自己逃出来，还带回来一个小战士，争取了一个马步青的人参加革命，真不容易啊！真是个坚强的革命女战士！”

第二天路过“兰办”准备去莫斯科的贺子珍听说此事后，特地来看李开芬，将她拉到身边仔细打量，发自内心地称赞道：“年纪不大，能从敌人的虎口里逃出来，真不简单！”没多久，组织上就恢复了李开芬的党籍，并将她留在“兰办”工作。年龄尚幼的沈秀英被送到延安学习。

五

后来，李开芬和“兰办”秘书长朱良才结为伴侣。一年以后，党组织又将她送到延安抗日军政大学学习，结业后留在抗大当抗大医院的指导员。由于她工作认真负责，被评为模范干部。

1940年，她被调到晋察冀军区工作。从这以后，很长一段时间，她一直在部队做组织工作和党的工作。她进步得很快，成了十分称职的军队党政干部。1949年，她担任了华北军政大学大队政委。

建国以后，李开芬先后担任过华北军区直属政治处主任、国务院二机部干部司副司长、三机部十局副局长、四机部政治部副主任等职务。在这些岗位上，她一如既往，始终勤勤恳恳地工作着，默默地为自己年轻时代就确立的共产主义信念进行着不懈的努力。

世事纷纭难测，谁也不会料到，李开芬那段光荣的革命经历，在文化大革命中竟成了问题。以颠倒黑白为能事的江青，对革命老干部怀有难言的刻骨仇恨。一次，她对造反派信口雌黄地说："朱良才是张国焘的人，他老婆李开芬是大叛徒。"于是，造反派对李开芬的审查升了级，立即给她扣了"阶级异己分子、叛徒、假党员、黑干将、走资派"等五顶帽子。

对他们混淆是非的荒唐行径，李开芬嗤之以鼻。这位饱经风霜、几经生死的老战士对此根本不在意，她坚信有些人倒行逆施的日子长不了。1967年，造反派将她非法关押在一间阴暗的小屋里，进行了刑讯逼供。他们使尽各种手段，想让她承认自己是"大叛徒"，但没有达到目的。他们还让她"立功赎罪"，揭发一位老红军战士是"假党员"。她非常肯定地告诉他们："1933年他就是一个真正的党员，几十年他一直不怕抛头颅洒热血为革命斗争，怎么会变成'假党员'了呢？我证明他是真正的共产党员。"

面对她的一身正气、铮铮铁骨，造反派既恐慌又吃惊。他们毒打了她一顿，她仍不改口。

李开芬又一次在危难中挺了过来。"四人帮"以紫夺朱的岁月告终后，组织上彻底给她平了反，推翻了造反派强加在她头上的各种诬蔑不实之词。

后来，她重新回到了部队，在北京军区后勤部任副政委。她一门心思扑到了工作中。她经常深入到基层进行调查研究。她分管的医疗卫生部门，几乎每一个科室她都去过。她非常注意倾听基层群众的意见，实事求是地解决基层的问题，因而广受好评。北京军区261医院是在一座破庙里起家的，前些年在中西医结合和针灸治疗方面颇有建树，被评为艰苦创业的模范单位。

她到该医院调查时，发现那里工作条件和生活条件很差，连一幢像样的房子都没有。该院群众都向她反映，希望上级能拨款帮助他们改善一下医院的条件。李开芬经过实地调查，认为该院群众的要求是合理的。但当她与有关同志商量时，他们都面有难色。他们认为，该医院是艰苦创业的典型，理应保持艰苦奋斗的传统，盖楼不符合艰苦奋斗的精神，似不盖为宜。李开芬却不同意他们的意见。她认为，盖楼改善工作条件与保持艰苦奋斗的传统并不矛盾。发扬艰苦奋斗精神也应注意实事求是。有可能改善条件时不应为图表面形式而不求改变。艰苦奋斗是一种精神，而不是一种形式。从261医院的实际情况看，他们的条件确需作一些改善。她说服了这些同志，给上级有关部门打报告，要求拨款帮261医院改善条件。报告批准后，261医院很快盖起了一座医疗大楼。李开芬大姐实事求是的精神，给医院的同志留下了很深印象。

1983年，因年轻化的需要，李开芬退居二线。离休以后，她仍关心着革命事业，在可能的情况下，经常参加各项社会活动。平常日子，她悉心照料着患病的朱良才将军。他们有四儿一女，六个孙儿、孙女，家庭生活十分和谐。李开芬的晚年生活是幸福的、充实的。此时，组织上又提高了她的待遇，给了她很高的荣誉。她想，这或许是信念给自己的一种补偿和报答……

1988年

面对艰难生活的考验

一

1930年春，中国工农红军的一支队伍开到了江西省于都县桥头乡。赣南这偏僻的小乡镇立刻欢腾喧闹起来。这一带虽说山苍水碧，田产富饶，可由于地主的盘剥，老百姓的日子仍然很难熬。大多数人家一年到头面朝黄土汗浇苗，可吃的仍然是照得见月亮的清汤饭。听说别处"闹红"，打土豪、分田地，让老百姓都能吃饱饭，这里的青壮年早就跃跃欲试了。现在红军果真来了，大家能不高兴吗！

红军到达后，立刻开展了宣传发动工作。别看这里的"老表"文化低，红军讲的道理他们却点点滴滴记在心里，犹如久旱的草木遇上了雨露，瞬间便萌生了希望的新芽。

在红军宣传队的帮助下，村镇里很快组织起了农会、赤卫队、妇女会、少先队、儿童团等群众组织，许多人都踊跃报名参加。

这天，妇女会的报名处来了一位姑娘。她约摸十四五岁，长得很壮实，红扑扑的脸蛋、一双明亮的眼睛、一个鼻翼略显得宽大的鼻子，表情淳朴善良。一进门，她就迫不及待地向负责登记的红军女干部表示，她想参加妇女会。

那个红军女干部高兴地说："好哇！你叫什么名字？"

谁知这句普通的问话却难住了这位姑娘，她迟疑了一会说："我是赖家的，没有名字。"

这下可轮到负责登记的女红军为难了。再三询问，她才弄清这位姑娘的来历。原来她是一个童养媳，娘家是桥头乡火草坑村一户贫苦的农民。因家境贫寒，在她八岁时，父母便将她许给同乡老屋场一户姓赖的人家做童养媳。幸亏这户姓赖的人家还比较开明，一直把她当亲闺女抚养，她还未吃多少苦。这家人家境虽胜过她娘家，可日子也很清苦。因此对红军的主张很拥护，所以她也多少受了点影响。加上比她大两岁的未婚夫又一直在外读书，回家时也给她讲些革命道理，所以她很醉心于参加红军开展的活动。

听了她的介绍，那位女红军干部说："你想参加妇女会，这很好，可总得有名字呀！这样吧，给你取一个。你娘家姓什么？"

"姓钟。"

女干部思索了片刻，干脆地说："就叫钟玉林吧！"

就这样，她十五岁时有了自己的名字。后来，她嫌玉字俗气，又把自己的名字改成了钟月林。自从有了名字，钟月林仿佛变了个人。她觉得自己瞬间长大了，真正开始了生活。加入妇女会后，她把整个身心都投入了革命运动。红军号召的每一项活动，她都积极参加。宣传反封建，动员适龄青壮年参加红军，慰问红军，她都举着小旗、扛着梭镖走在前面。红军的大部队经过时，她还和姐妹们组织了洗衣队，主动帮助红军战士洗衣服。

那个火红的年代，给她留下了多少美好的记忆呵！红军的到来，当时犹如在漫漫寒夜燃起了一堆篝火，给像她这样长期生活于冰凉的黑暗环境中的人们，带来了光明与温暖，使他们眼界顿开，热血沸腾，产生了一种渴盼新生活的强烈冲动。她觉得浑身有使不完的劲。

一天，她和伙伴们听说离老屋场20里路的平安寨有一所红军的医院，就立即把平时省吃俭用攒下的一点零用钱筹集起来，买了一些鸡蛋、果品、糕点，赶到那里去慰问红军的伤病员。慰问品虽并不贵重，可她们那一片赤诚的心，却使红军的伤病员分外感动。

1931年春，钟月林加入了共产主义青年团。这之后，她的思想升华到一个新的高度，懂得了许多新的革命道理。她的工作热情便高了，样样事情都抢着做。

这年夏秋之交的一个夜晚，钟月林突然接到通知，让她第二天一早赶到设在平安寨的区委去，接受重要任务。钟月林兴奋得连晚饭也没吃，便开始收拾随身带的东西。姓赖的这家人此时全家都已参加革命活动，对她当然是支持的。这一夜，钟月林久久未能入睡，她本能地感到，她朝自己向往的目标又迈进了一步。

第二天清晨，赶到区委后她才知道，原来团中央的冯文彬同志到这里视察工作后，决定挑五六个优秀团员到县上去工作。她二话没说，就跟着冯文彬上路了。这一天，他们整整走了90里路，傍晚才到达于都县城。从此，钟月林成了职业革命者。开始，她在县上的工会和妇女会工作，负责到各区去组织妇女、青年，还深入到各村镇去宣传革命主张，动员青年参加红军。在走村串户动员、大小会上演讲的过程中，她渐渐地成熟了，老练了，她决心把自己的一切都奉献给革命事业。

人的一生，都要多次面临选择。钟月林在她的生活道路上，很快遇到了一次重要的选择。

1933年春，她在小溪区搞妇女工作。几个月后因开会回到了县城。这天，她遇到了一位熟识的女同志。这个人告诉她最近党中央有一个通知，凡属中央或中央所属部门派出的干部，要尽快到瑞金去。她属于团中央冯文彬带来的干部，也在应到瑞金去的名单中。

到中央苏维埃政府的首府瑞金去，对这位年仅十八岁的姑娘来说，有多大吸引力啊！她按捺住自己的激动心情，耐心地等待着组织的通知。可几天过去了，却丝毫没有音讯。她忍不住了，跑到团县委问有没有这回事。团县委组织部长犹豫了一会才告诉她，确实有这个通知，但组织上不同意她走。钟月林一听，急得在屋里直打转。她问为什么不让她走，组织部长不肯说。经过她再三追问，组织部长才告诉她，因为赣南军区一位负责同志看上了她，想和她建立感情，结为伴侣。

听到这个消息，钟月林着实吃了一惊。这位负责人，她当然是很敬重的，但在这大革命的年代，在形势这样紧迫的情况下，她有权利处理自己的个人问题么？她觉得没有。经过考虑，她向那位组织部长明确表示，她不想这样早就解决自己的个人问题。

也许是她的坚决态度起了作用。隔了一段时间，组织上终于同意她到瑞金去了。这一年秋天，她来到了红都瑞金。

二

到瑞金后，钟月林在中央妇女部工作，任务和过去相似，仍是到乡村动员青壮年参军，组织妇女做军鞋。其时，正是第五次反“围剿”期间，由于“左”倾错误路线的破坏干扰，红军蒙受了严重损失，形势很危急。妇女工作也比过去难做。但钟月林此时也已锻炼成为一个老练的党的工作者。1934年春夏，她接连参加了两期扩大红军突击队工作。她深入到妇女当中，发动妇女动员丈夫参军，成效十分显著。

1934年秋天，在粉碎敌人第五次“围剿”的希望完全丧失之后，红军决定开始长征。

长征前夕，妇女部的领导将这一消息告诉钟月林，并问她能不能经受得住途中的艰苦考验。钟月林知道前面的道路险关重重，但她抱定了献身革命的决心，因而坚定回答说：“再苦，再危险，我也跟定了红军。”

为了防止途中发生意外，准备参加长征的女同志都进行了体检。最后，有三十人被正式批准随一方面军行动。钟月林也是其中之一。

看到部队在秣马厉兵，准备行装，钟月林不禁心潮激荡。她虽然明知征途会遇到千难万险，仍兴奋得如同儿时过节。她再次本能地感到，这次重大的行动将影响她一生的道路。

谁知，临出发前，一向身体很好、从未生过病的钟月林突然得了病，拉痢不止，浑身无力。部队已整装待发，这可怎么办呢？钟月林内心焦虑如焚，可一声也不敢吭，仍强打精神做各种准备工作。因为她知道，这种情况，只要被领导知道，肯定要动员她留下的。不巧的是，有一天她迎面碰到了董必武同志。董老是她所属的中央纵队直属队的负责人，为人非常细心。他发现钟月林脸色不对头，忙关切地询问她是不是病了。实在瞒不过去了，钟月林只得如实讲了病情。

董老听后，沉吟了一会，对她说：“我看有病就别随部队行动了，留下也照样可以干革命。”

钟月林一听慌了，忙说：“我要和部队一起走，这点病我扛得住。”

董老有些为难地说：“路上太艰苦，你又生病，我怕你途中吃不消，跟不上队伍。”

钟月林坚定地说：“我不愿意留下，一定要跟部队走！走到哪里算哪里。哪怕死在路上，我也心甘情愿。”

董老被她的精神感动，不再坚持自己的意见，但却叮嘱她道：“不过有病总得吃药，硬挺不是办法。”

随后，他叫来医务人员，给钟月林看了病，留了药。

这时，中央一声令下，千军万马便浩浩荡荡地出发了。钟月林拖着有病的身子，行进在队伍中，一种自豪感油然而生，顿时觉得身上有了力气。路上，钟月林只吃了几次药，病就好了。是良好的身体素质使药发挥了神效，还是昂扬的斗志战胜了病魔，就说不清了。

病固然好了，但她却很快尝到了征途艰辛的滋味。

长征开始时，由于当时的中央领导人在军事上又犯了逃跑主义的错误，致使红军损失惨重。在突破敌人湘江封锁线时，许多同志在敌军重兵追击下伤亡，12月，敌人又调集40万军队，准备围歼向湘西转移的我军。在这危急关头，幸好中央接受了毛泽东同志的正确主张，改向敌人力量较薄弱的贵州挺进。

在敌人围追堵截的这些日子，部队常常急行军，有时一天要走一百多里路。加上为了避开敌人的重兵，部队还常要在夜间摸黑行动，走的又都是人迹罕至的地方，有时要翻越根本找不到路的荒山野岭，有时要行经悬挂于峭壁悬崖的羊肠小道，稍不留神，即会出现危险。更险恶的是，还常常要与敌人遭遇。在这种形势下行军，其艰险与困苦是可以想见的。行军刚开始的那些天，钟月林的脚上每天都要打起一串血泡，走起路来疼得钻心。她虽说过去常到乡村去做群众工作，可这种艰苦的滋味却第一次体会到。她咬着牙，不停步地走着，一次也没掉队。

除了行军外，钟月林和直属队的部分女同志还担负着沿途搞宣传、请民夫的任务。由于战斗伤亡，部队减员严重，一度很需要民夫帮助运弹药、担粮食、挑文件、抬担架。可因为敌人的威胁恫吓和反动宣传的影响，民夫很难请到。钟月林她们就深入群众家中，反复宣传，耐心说服，终于请来一批同情红军的群众，保证了部队行军的需要。

遵义会议以后，党中央确立了以毛泽东为代表的正确领导，长征开始由被动转向主动，然而途中的困难却有增无减。离开贵州境内后，部队一直在自然条件十分恶劣的地带行军，忽而激流拦路，忽而险峰挡道，更何况前有拦截的敌人，后有穷追不舍的追兵，每前进一步，都要付出巨大的努力。过雪山、草地，更是苦上加苦。钟月林和她的伙伴们，没有被这些困难吓倒，始终顽强地长途跋涉。过雪山时，钟月林身上穿得很单薄，冻得双腿麻木，连迈步都没有知觉，稀薄的空气又使她胸闷气短，晕晕乎乎的，疲惫也在严寒的驱赶下向她袭来。她多么想歇歇脚呵，可她知道不能。她当时只有一个念头：坚持住，不停步！她终于翻过了雪山。过草地时，大家的干粮已所剩无几。最后的那几天，钟月林常饥肠辘辘，饿得浑身无力脚发软。好几次她的腿都陷入烂泥中，她总是一次又一次地奋力挣扎出来，继续朝前迈进……

正是靠一种坚定的信念和一往无前的精神，她走完了万里征程。1935年10月到达陕北后，她大病了一场，在瓦窑堡的窑洞里躺了很久。但她内心却感到一种从未有过的欣慰："我挺过来了，我胜利了！"

三

1938年八月的一天，天气晴朗。一列拉着密封的铁皮车厢的火车长嘶一声，缓缓驶离西安车站，逐渐加速向东疾驰。这种车叫闷罐车，是装货用的，可在抗日战争时期也常用来当客车。其中一节"闷罐"中，坐着一位打扮得十分精干利落的八路军女战士。她坐在行李上，一手托腮，似乎在想心事。她就是钟月林，正在奔赴抗日战争第一线。

闷罐车里又闷又热，空气很不好，可钟月林却丝毫没有难受的感觉。她想到这运动着的铁罐将把她带到抗日战争的火热战场，就觉得浑身的热血在欢快地奔涌；列车发出的单调震响，在她听来，却是最激动人心的进行曲。列车载着她风驰电掣般东进，她内心却仍在嫌慢。和飞逝的时光相比，列车的确太慢了……

列车飞奔时响起的旋律勾起了她对一桩桩往事的回忆。到达陕北那年，她才仅有二十岁。这一年，她由共青团员正式转为共产党员。

年底，她同在长征路上认识的宋任穷结为伴侣。和那个年代的所有革命者一样，他们的婚礼十分简单，夫妻俩吃的仍是便饭。婚后第四天，因工作需要，她就下乡去做妇女工作了。

她走后，宋任穷的战友们一起凑了三元钱，买了一只羊，大家一起吃了一顿，算是对他们婚礼的祝贺。

随后，宋任穷同志很快到了前方，投入了繁忙而紧张的军队生活。他当时是红军干部团政委，刚到陕北时，经常在第一线指挥战斗，连抽空回家看看的时间都没有。一度，钟月林由于长征后身体十分虚弱，连续犯病，咳嗽不止，走起路来头重脚轻，连在平地上走路也摔跤。宋任穷得知后十分焦急，但仍抽不出时间探望她，只能派警卫员回来看一看。

他们夫妻虽难得见面，却情意笃深。第二年他们结婚的周年纪念日，宋任穷正在前线，仍拨冗给钟月林写了一封情真意切的信，来表达自己对她的思念。

陕北的岁月，对钟月林来说，精神生活与感情生活无疑是充实的，可物质生活仍是艰苦的。到达陕北的第一个冬天，钟月林连过冬必需的棉衣也没有。北方刺骨的严寒对这个自幼生长在南方的姑娘是极大的威胁。再说，因长征途中身体亏损很大，也很需要补养。有一阵，她在乡镇集市上看到人家卖小米麻糖和红枣，就产生强烈的想尝一尝的愿望，可手中连一个铜钱也没有，只得饱饱眼福。

后来，毛泽民同志了解到她的困境，给她开了张条子，让她到后勤部门领了一块蓝布和几元边区政府发行的纸币。这下钟月林算发了“洋财”。她用这块布做了一件棉衣，过冬这才有了保证。有了钱，她还第一次到集市上品尝了陕北的小米麻糖和红枣，那香甜的滋味她至今记忆犹新。

过了一段时间，中央在延安办起了党校。为了提高钟月林的文化水平、理论水平，组织上调她到党校学习了几个月。学习结束后，钟月林被先后调到靖边、定边、保安等地搞妇女工作。她常深入陕北农家的窑洞，和妇女拉家常，话年景，并给她们介绍革命形势，讲革命道理。妇女们都觉得这位南方姑娘和蔼可亲，讲的话入情入理。这一阶段，她工作的地点距宋任穷所在部队的驻地不远，夫妻见面的机会多了一点。

1936年八九月间，钟月林怀了孕。她考虑到形势较紧张，想不要这个孩子，就找到马海德大夫，想求他帮自己引产。马海德考虑到她的身体，加上缺少器械，便劝她将孩子留下来。谁料到，第二年夏天孩子出生后，因窑洞顶上的灰土落在了脐带上，得了破伤风，只活了七天。

丧子当时，她考虑得最多的是如何为革命多贡献一点力量。身体恢复了一些之后，她进了通讯学校，学会了无线电通讯技术。毕业后在延安电台工作。

抗日战争爆发后，宋任穷担任了八路军一二九师政治部副主任，东渡黄河，奔赴抗日战争第一线，转战于太行山区。

钟月林自七七卢沟桥事变后，一直盼望能奔赴前线，为抗日战争出力。亲人奔赴前线后，更勾起了她这一念头。她鼓足勇气去找了毛主席，要求到前线去。毛主席让秘书和前线联系后，同意了她这一请求，决定就让她到宋任穷所在的一二九师去。

就这样，钟月林和江华等同志一道，由延安来到了西安。经八路军办事处的安排，搭乘上了东去的闷罐车……

车到山西境内，她下了车，开始向一二九师所在的黎城进发。半路上，她遇到了邓小平同志，小平同志见到她很高兴，但同时又告诉她，宋任穷同志最近病得很重，正需要她照顾。她一听急了，昼夜兼程赶到了黎城。

见到宋任穷同志，望着他因劳累和病痛的折磨而凹陷的面颊，泪水不由得在她的眼眶中打转，心头可谓悲喜交加。悲的是他病得这样重，喜的是久别的亲人今后可以经常见面，并肩战斗了。

在钟月林和其他同志的照料下，宋任穷的病很快好转。钟月林此后被安排在部队的电台当报务员，一直工作到全国解放。

四

全国解放以后，钟月林随着宋任穷，到好几个省份工作过。建国后，战场是不同了，可他们工作紧张繁忙的程度也不亚于战争年代。1951年在云南，宋任穷抓省委的工作，她筹建省保育院。工作刚有了头绪，第二年就调到了西南局。1954年，他们又一起被调到了北京，宋任穷先后在中央干部部门和二机部工作，她在中央组织部搞档案工作。六年时间很快在操劳中过去了。60年代初期，他们来到了设在沈阳的东北局。宋任穷主持东北局的工作，她给宋任穷当机要秘书。

在“四人帮”得志猖狂的文化大革命期间，钟月林和宋任穷一起，曾遭到过无情的迫害。1973年年底以后，他们的境遇才稍有好转。粉碎“四人帮”后，他们才真正获得了“解放”。

现在，钟月林已经离休，但仍担任着全国政协委员的职务。她晚年的生活是幸福的。她和宋任穷共同生活了半个世纪，依然相敬如宾，这或许可以说是艰难曲折的生活给予她的最大慰藉。虽然钟月林已不再担负具体工作，可她对国家大事却照样十分关心，每天清晨都要坚持听新闻广播。她还常年坚持锻炼。她虽已年过七旬，身体还很健康。对前景，她充满了美好的憧憬，她希望能亲眼看到四个现代化在中国的实现。

1986年

德馨文间

人的品格、情操是无形的，但却有强的感染力。和章蕴同志有过接触，并了解她的经历的人都会被她的高尚品格、可贵情操吸引，钦敬之情油然而生。采访章大姐时，我们就有这种体会。

一

我们这次采访章大姐，是因一篇文章引起的。今年《红旗》杂志第十期上，刊登了她的文章《全面提高党员素质是党风根本好转的坚实基础》。文章发表后，引起了人们的普遍关注。该文观点鲜明，逻辑清晰，有理有据，用大量事实说明，端正党风必须表里兼治，要在刹歪风、堵漏洞、查要案的同时，在提高党员素质上狠下功夫，只有这样，才能收到“固本祛邪”之效。

这篇文章引起了中央领导同志的重视，《红旗》杂志根据有关方面的建议，已编成《章蕴谈党的建设》一书，即将出版。

为了解这方面的情况，在北京西郊一个清静的大院里，我们访问了章大姐。在客厅落座后，章大姐微笑着询问了我们的来意。

她银丝满头，面容慈祥。从墙上的一幅“寿”字中堂，可知大姐已至耄耋之年。这幅“寿”字，是去年大姐80寿辰时，康克清、罗琼、田秀娟等13位同志联名赠送的。章大姐是湖南望城县人，说话带有浓重的乡音。她是1925年入党的老党员，至于今已有61年党龄。早在大革命时，她就出生入死为党工作。抗日战争时期，她在新四军中担任过苏中地区的地委书记等职，曾被人称作“铁大姐”。建国后，她担任过全国妇联副主席等职务。她长期从事党的政治工作，积累了丰富的经验。

如今，她已年迈，耳朵也有些背，我们只有坐在她身边，对着她的耳朵大声讲话，她才听得清。但她思路依然很清晰，谈起话来措词准确，有条不紊。

听清我们的来意后，她取出一份影印材料，递给我们说：“原先我并未想到编书。是党中央的领导同志看到我那篇文章后，给中办和中宣部、中组部的负责人写了一封信，建议编书。在他们的关心和督促帮助下，我才决定这样做的。”

我们接过材料，发现这是一份亲笔信的影印件，上面写道：

“发表在《红旗》上的章大姐的这篇论文，我读了一遍，的确写得好。请中宣部和中组部考虑，可否在你们的内部刊物上写篇短文向广大干部和党员推荐一下。

“章大姐是个爱动脑子想问题、遇事又很认真的人，她调来中央之后，所写的东西，我是每篇必看的，而且印象很好。

“章大姐重新工作之后，不顾年老体衰又写了几篇好东西。请你们每个部考虑一下，可建议她收集整理整理，看能否编一本小册子？”

章蕴同志的秘书张实英告诉我们，大姐的文章受到中央领导同志的好评，这不是第一次。1983年四月，章大姐曾先后深入到山东、北京、天津等省市的一些街道、机关、厂矿、农村，调查了解这些地方的整党试点情况。回来后，她写了《关于京津鲁三省市整党试点情况调查报告》，反映了不少重要情况，并对整党工作提出了一些有益的意见和建议，为中央领导修改整党决定提供了很有参考价值的材料，受到好几位中央领导同志的好评。薄一波同志在中央顾问委员会成立一周年时曾说：“章蕴同志‘不敢白发言倦’，亲自到北京、天津和山东十几个试点单位作了调查，写出了有见地的报告。”

1984年4月19日，她又写了《增强党性，克服派性》一文。此文也曾在《红旗》杂志上刊登。几位中央领导同志看到后，赞扬说，章蕴同志这篇文章对派性作了具体分析，有见地，是当前整党工作中的一篇好教材。其中一位领导同志还说，我们有些人写论文，不研究问题，当“文抄公”，说空话，这个风气很不好。此文在改进文风方面对我们也是颇有教益的。

这几篇文章，也都收在了《章蕴谈党的建设》一书中。

二

章蕴同志斜靠在沙发上，对我们说：“我现在身体不好，眼睛看不清，《全面提高党员素质是党风根本好转的坚实基础》可能是我写的最后一篇文章了。”

我们问她，是怎么想起写这篇文章的？章大姐敛起笑容，严肃地说：“关于这个问题，其实我很早就开始考虑了。我经过多方面的调查和接触，深深感到，之所以存在党风不正的问题，和我们4200万党员素质的不平衡有关。当然，首先应当承认，党中央的党员素质，特别是领导核心这个‘龙头’的素质，是非常好的，质量是很高的。正因为有素质高的党中央的正确领导，才使被文化大革命搞得一团糟的局面很快改观。但是，中央并不等于全党。我们还必须看到，有些地方党员的素质的确不高。这些素质不高的党员分布在哪里，就影响哪里的党风。”

她接着又说：“因此，我一直认为，端正党风，争取党风好转，与党员素质有密切关系。党风好坏是党员素质的反映，提高党员素质是搞好党风的一个根本保证。要端正党风，必须从这一根本抓起，要从提高党员素质抓起。端正党风是治表，提高党员素质是治本，表里兼治，重在治本，以治本为主，只有这样，党风才有可能根本好转。”

她告诉我们，正是出于这样的考虑，她决定就这个问题写篇文章，为端正党风尽绵薄之力。从张实英那里我们得知，章大姐办事是非常认真的，她觉得，要写好这篇文章，必须掌握大量第一手材料。因而，去年10月到今年4月，她一直在调查基层党组织的状况和党员素质问题，先后在江苏、河北、北京等省市开了许多座谈会，听取了工业、农业、财贸、机关、学校、街道六条战线的党委和基层支部的汇报。

她调查的第一站是南京。去年10月，章蕴同志不顾年迈体弱，毅然登上了南行的列车。长途旅行，对健康人来说，也是件很劳累的事；对于章大姐这样的老人来说，则是一件很苦的差事。她患骨质增生、食道裂孔疝等多种疾病，平时就常感不适。在疾驰的列车上，疾病开始加倍折磨她。在不停晃动的车厢中，她感到浑身疼痛，坐不稳，睡不着，辗转反侧，难以忍受。实在不行时，她就起身捂着胸口，吃力地在车厢过道上缓缓走动。就这样，她挺到了南京。她不顾加重的病情，抱病召开了几个座谈会。后来，实在挺不住，病倒了，才回到了北京。

在病榻上，她仍在惦记着党风和党员素质的问题，她觉得南京的调查材料还不够，还应多掌握一些细致具体的材料。病痛稍轻，她又在北京和河北开始了调查。

在北京调查一个来月，适逢寒冬腊月，章大姐常常冒着刺骨的严寒，准时赶去参加基层党组织召开的座谈会。有时，她还去参加基层的支部大会、党小组会，和党员们一起过组织生活。

去年12月3日下午，天气特别冷，满街的人都缩着脖子，在匆匆赶路。章蕴同志身穿呢大衣，头戴黑色绒线帽，手拄拐杖，缓缓走进西单商场侨汇商店的一间地下会议室。会议室里，商店党支部16名党员正在开支部生活会。他们看到这位白发苍苍的老人来参加自己的组织生活会，又惊又喜。商店主任史义甫对章蕴同志说："大姐，天气这么冷，你来参加我们的会议，真使我们受教育。"这位52岁的党员刚在支部会上检查了自己有退坡思想，对照章蕴同志，他深感自己差得太远了。

调查期间，章蕴同志先后参加过海淀区一党支部、北京汽车制造厂锻造车间支部、宣武区工会支部、清华大学精密仪器系支部等单位的组织生活会。有的基层支部开会的地方没有暖气设备，老人家就穿着大衣，戴着手套，同年轻党员一起，认真讨论党内问题。她耳朵听不清，就请发言同志坐在她的身边，大声地讲。她眼睛不好，作记录看不清楚，便像写盲文那样，摸索着在本子上记下要点。几个月过去了，16开的记录簿足足记了四大本。

1985年12月26日至今年1月26日，她又在河北搞了一个月调查，召开了22次不同类型的座谈会，同60多人进行交谈，阅读和记录了25万多字的材料。

有的同志对她说：“您老这么大年纪，为革命操劳了一辈子，现在退下来了，该过一个幸福愉快的晚年了！”章大姐听了笑笑回答说：“年纪大了，从实际出发，找点合适的事情干，为党和人民的事业尽我之所能！”

正是靠这样一种艰苦细致、认真负责的精神，章蕴同志掌握了有关党风和党员素质情况的大量第一手资料。这些材料，实在来之不易，每一字、每一行，都凝聚着一位老共产党员对党的事业的忠诚。

三

材料搜集齐后，为了写好这篇文章，章蕴同志又耗费许多精力，克服了许多常人难以想象的困难。

章蕴同志在豫皖苏分局任宣传部副部长时，曾主办过《雪枫报》；解放战争时期又在山东曲阜担任过第三野战军妇女干部大学校长。她有很强的驾驭文字的能力，要在过去，写篇文章并非难事。可如今，大姐已届81岁高龄，右眼已完全失明，左眼视力又只有0.06，要再写文章，的确困难重重。

春节刚过，章大姐即开始和秘书张实英、助手陈麒章一起认真“消化”调查材料。然后，她亲自确定了文章主题，草拟了提纲，开始了写作。

为了写好这篇文章，她熬过了多少不眠之夜呵！她眼睛不行了，只能凭手感写字，每写一个字都很费力气。有时，她白天伏案一天，已累得腰酸背痛。夜深了，该休息了，可躺在床上，她仍在思考文章的结构和细节，久久难以入睡。有时，她在某一点上忽有所得，便立即披衣起床，戴上眼镜，打开台灯，伏在桌前，左手拿着放大镜，右手拿着笔，一字字记下来。有一天晚上，窗外飘起了纷纷扬扬的雪花，凛冽的寒风不断呼啸，室内气温骤然下降，可她毫无觉察，在窗前一直写到天明。

写好的初稿，经张实英、陈麒章抄写整理后，她常常还要逐字逐句反复推敲、修改。

就这样，经过一个多月的呕心沥血，终于写成了这篇文章。张实英告诉我们，近几年，章大姐好几篇有影响的文章，几乎都是这样写出来的。

了解到这些后，我们对大姐产生了由衷的敬佩。大姐却谦虚地说："我已经老了，这是我为党应尽的责任。"她还告诉我们，在纪念中国共产党成立65周年前夕，党内的一些老同志给中央直属机关党组织和全体党员寄语时，她写了这样一段话："共产党的入党志愿书上无不写着'为共产主义奋斗终身'和'全心全意为人民服务'两句誓言，我要和全体共产党员一道，时刻不忘这两句誓言，用自己的行动实践对党的承诺，不以假话骗党。"章蕴同志爽朗地笑着说："我是经过调查后才决定这样写的。"

原来，去年12月底到今年一月底，大姐在石家庄作调查时，她请省委组织部门收集了抗日战争、解放战争、建国初和文化大革命等各个时期的党员入党志愿书各一两份。她从中发现，不同时期的党员志愿书上，都写着"为共产主义奋斗终身"和"全心全意为人民服务"这两句誓言。尽管抗日战争和解放战争时期，入党志愿书纸的质量差，填写也简单，但同样也有这两句话。因此，她觉得有必要重提这两句话，并用以和全体党员共勉。

其实，章蕴同志参加革命以来，一直是按她的寄语中所写的那样去做的，1921年她在长沙求学时，就接受了革命思想的熏陶。1925年她为了追求妇女解放和革命真理，来到汉口，几经周折，终于找到并参加了中国共产党。后来，党派她担任国民党汉口特别市党部的妇女部长。

北伐成功后，党调她到汉口硚口工人区搞工运工作。在此期间，她和特区党委书记李耘生同志结了婚。李耘生同志是山东广饶人，1924年入党，是山东最早的党员之一，曾参加过党的八七会议。1932年，由于叛徒告密，李耘生同志不幸被捕。敌人无法确认他的身份，便把他的两岁半的幼儿带去见他。孩子太小了，一见到李耘生，就抱住腿大喊爸爸。李耘生见已无法隐瞒，就抱起孩子亲了亲。不久，他在南京雨花台英勇就义。当时章蕴同志因怀孕即将分娩，组织上让她转移到了湖南老家，敌人没有找到她。她没有被敌人的屠刀所吓倒，分娩后，就带着孩子到长沙接上了党的关系，并担任了湘潭地区一个中心县的县委书记。抗日战争爆发后，她到了新四军，在中央东南局妇委工作。她不畏艰险，几次穿越敌人的封锁线，往返于大江南北。

1947年，章蕴同志参加了中央在平山县召开的土地工作会议。野心家康生怀疑她知道自己的老底，企图杀人灭口，诬陷她出卖了自己的丈夫。文化大革命中，康生又再次对她进行迫害，致使章蕴同志遭到严重摧残，几乎被折磨致死。直到党的十一届三中全会，她才重新恢复工作。此时，她已是70岁的老人。

中央纪律检查委员会成立后，章蕴同志担任了委员会副书记。她经手过不少大案，曾多次北上黑龙江，南下福建，东至浙江、上海，西到新疆，亲自作调查，亲自了解案情，与地方党委商议研究，把案子办得干净利落。

章蕴同志始终保持着旺盛的斗志。她用自己的行动证明，她一直在实践着“为共产主义奋斗终身”和“全心全意为人民服务”的誓言。

我们起身告别时，大姐又对我们说：“我们共产党员是不应该忘记自己的誓言的。我的文章和寄语，如果在这一点上能起点提醒作用，我也就满足了。”

听了大姐的话，我们不由得又望了望客厅里挂着的那幅国画。这是大姐50寿辰时，廖承志的母亲何香凝亲笔为她作的一幅红梅图。图上梅花风骨清奇，傲霜怒放。1976年，大姐71岁时，赵朴初又在上面补题了一首诗：“矫矫一株梅，心壮暮年笔。画骨铁铮铮，着花光弈弈。念兹烂漫春，多少霜雪历。珍重岁寒姿，永葆贞刚质。”

这画，这诗，不正是章大姐品格的最好写照？

（此文系与郭远发合作）

1986年

宋平纵论国情

“关于当前我国的经济情况，总的来看，形势是喜人的。第六个五年计划（1981年至1985年）规定的工农业总产值指标，去年就已经达到。这表明，党的十二大提出的到本世纪末工农业年总产值翻两番的奋斗目标，是很有希望实现的。但是，我们的头脑还必须清醒，要看到，还有些重要的经济指标与“六五”计划还有较大差距，我们面前还有许多工作要做，还有许多困难亟待克服。”国务委员、国家计委主任宋平同志，是在他家的客厅里对我讲这番话的。

一

“你能否具体谈谈吗？”

“可以。你先喝茶，我们再慢慢谈。”安详，沉稳，颇有长者风度的宋平同志，待人十分亲切。他拎起暖瓶，给我的茶杯添满水，然后在自己的杯子里也添了一点。

我和宋平同志并非初识，早在他担任甘肃省委第一书记时，我就曾多次采访过他。他是山东省莒县人，今年66岁。抗日战争以前，他是清华大学的学生。“一二·九”

运动中，他和许多进步学生一道，投身革命洪流。和许多知识分子出身的干部一样，他熟悉马列主义的经济理论，加上解放以后一直在经济部门工作，所以，他可以算是我们党内“懂经济”的高级干部中的一个。在甘肃工作期间，他那渊博的经济学知识，丰富的经济工作经验，实事求是的工作作风，给当地干部群众留下了深刻的印象。后来，他因工作需要，再次被调到国家计委工作。这次，因本刊想介绍当前我国的经济情况，他特地抽晚上的空，在家里约见了我。

他啜了口茶，沉思片刻后说：“去年我国国民经济的发展情况，许多方面的确比预计的要好。农业、工业、国内市场、固定资产投资、财政收支、科学教育文化卫生体育事业、人民生活等方面的情况，都比前两年好。这是很不容易的。

“你可能知道，去年我国许多地区都遭受了严重的自然灾害。夏季，华南暴雨，洪涝灾害危及长江中下游大片主产粮棉的地区，连陕南安康等地，也遭洪水袭击。东北黑龙江三江平原也因阴雨连绵，洼地积水，涝灾严重。六、七、八这三个月，各地报灾和要求救灾的电报纷纷而来。但是，由于各级党组织和政府积极领导农民抗灾，以及联产承包责任制的普遍实行，粮、棉仍然获得了大丰收。去年全国粮食总产量超过7400亿斤，比前年增产400亿斤以上；棉花产量超过8000万担，比前年增加1200万担以上，比1978年增加一倍。工业形势也很好，去年工业总产值比上年增长10.2%，其中，重工业增长12.1%，轻工业增长8.4%。在主要的工业产品中，煤炭、石油、钢铁、水泥、硫酸、塑料等的产量，都超额完成了计划。”

他告诉我，关于我国工农业生产指标提前两年达到“六五”计划指标的情况，邓小平同志在会见美国著名物理学家、纽约州立大学石溪分校教授杨振宁时，就已经正式宣布。接着，宋平同志又说：“由于轻工业生产继续保持了较高的增长速度，加上农副产品供应增多，1983年社会商品零售总额也比上年增长一成以上，速度是不低的。肉、禽、蛋等食品销售增长较多。入冬以来，轻、软、暖的各种羽绒、腈纶棉服十分畅销。人们对耐用消费品的要求越来越高。去年小商品在放宽价格管理以后，生产和供应情况有所改善。随着职工教育、读书活动、科学种田的开展，各种图书、课本和科普书籍销售量增长了很多。市场物价稳中有涨，价格上涨较多的主要是蔬菜、鱼类等副食品。”

他还说：“财政收支的情况也基本上是好的。在农业继续获得丰收、工业生产持续增长的基础上，去年的财政收入继1982年回升之后，继续有所增长。尽管财政支出增长较快，由于收入有所增长，加上中央采取了集中资金的若干措施，从而保证了国家重点建设和各项事业发展的需要，去年财政收支仍然保持了基本平衡。”

二

“为什么在很短时间内会出现这样喜人的局面呢？”

宋平同志高兴地回答说：“这是全国人民认真贯彻执行中央制定的各项方针政策，努力奋斗辛勤劳动的结果。”

他指出，农业形势一年比一年好，这对整个国民经济形势的好转有很大影响；而农业形势好，又是和中央制定的各项农村政策分不开的，他说：“最近整党学习时，我把三中全会以来中央发的有关文件通读了一遍，感到这一系列政策的确是非常正确的。这几年，农村政策调动了农民的积极性。而过去，由于农民的积极性起不来，国家花了很多钱，费了很大劲，也未起到多少作用。我听杜润生同志讲，现在农民种地也比过去种得好，不但种得多了，而且种得密了，也种得细了，边边角角全利用上了，这实际等于面积增加了。”

随后，他又具体分析了政策对农村商品生产的影响和农业对工业的促进。他说，放宽政策以后，农村商品生产发展很快，许多过去多年抓不上去的项目，也很快上去了。养鸡、养鱼是成效较明显的两项。农村商品生产发展以后，不但农民收入增加了，农村多余劳动力也有了出路。过去，所有人都困在土地上，转不开身，聪明才智得不到发挥。如今，这种状况已有很大改变。农村商品生产的发展，对整个经济的发展有显著促进作用。农民手里有了钱，购买力自然高了。手扶拖拉机成了农村的热门货，化肥更是供不应求。农民生活水平提高了，盖新房的相当普遍，水泥、玻璃等建筑材料，也成了农村的紧俏物资，许多农民不惜出高价争购。这些，无疑促进了相关工业的发展。

“至于整个工业，明显是中央制定的调整、改革、整顿、提高的八字方针起了作用。”宋平的话锋转向工业，他说，“由于重点扶持轻工业，结果轻工业增长不慢，重工业增长也很快。钢铁工业节能效果相当显著。去年钢铁产量增加了400万吨，能源消耗却未增加。这也充分说明计划经济为主的优越性。当然，计划必须符合客观规律，实事求是。但根据多年经验，经济生活中有许多预料不到的因素，因此，计划要稳妥可行，要留有余地。计划留有余地，特别在我们经济还在调整时，更有必要。近三年的计划是留余地的。执行结果，超过了计划指标，事实证明，并没有限制整个工农业生产的增长。反之，像过去那样搞高指标，弄得全面紧张，效果并不好。这一条，在今后的经济建设中，是值得牢记的。”

三

也许是多年担任经济部门领导的缘故，宋平同志思路清晰，记忆力甚强。他讲话语调平缓，措词严谨，手头并没有任何资料，可在谈话中引用大量数字却准确无误，剖析问题条分缕析，颇具说服力。我在甘肃采访他时，对这一点就有很深印象。此刻，在这方面我对他依然不得不内心折服。

在介绍了我国经济的喜人形势之后，宋平同志又对我谈起了当前经济发展中值得重视和需要解决的问题。他说，形势固然很好，但我们的头脑仍需保持冷静，应该清醒地看到存在的问题。这样，我们才能毫不松劲，乘胜前进。中央领导同志多次提醒我们，要重视过去这方面的教训。社会主义改造完成以后，我国形势很好，结果由于不谨慎，头脑发热，搞了“大跃进”，造成了严重困难。遇到困难，头脑冷静了，进行了调整，1965、1966年形势不错。此后，又不谨慎了，使全国遭到了一场更大的浩劫。粉碎“四人帮”后，形势很好。1978年，又有些不够谨慎，也办了一些带盲目性的事情。这一次，党中央、国务院吸取了过去的教训，主动地、坚决地进行了调整，这才又出现了当前这样喜人的形势。因此，我们决不应该忘记历史的教训。在成绩面前我们要看到不足，要看到潜在的问题，牢记历史经验，谨慎办事。

关于存在的问题，他说，目前能源、交通方面不能满足经济建设的需要，供需矛盾相当突出。“因此，要进一步提高经济效益，改善能源和交通的不适应状况。如果这两方面的情况更好一些的话，我们企业的生产潜力还可进一步发挥出来，经济效益也会更好一些。能源的这种状况如不尽快改善，以后工业生产的增长速度就会受到影响，经济发展就没有后劲。当然，提高经济效益还得靠加强经营管理和科学技术的进步。

“科学技术水平的提高，同样是紧迫的任务。现在我们有些同志对产量、产值兴趣大，重速度、轻效益，忽视现有企业的技术改造，忽视科学技术水平的提高。这是不行的。光有速度和产量，而没有科学技术的进步，科学技术还停留在原来的水平，即使产量翻了两番，也不能算现代化。现代化的核心是科学技术的进步，四个现代化的关键是科学技术的现代化。所以，我们非下决心搞技术改造不可。许多企业设备陈旧，工艺落后。如果我们适当集中财力、物力，把广大科技人员很好地组织起来，对现有企业抓紧进行技术改造，那就会产生非常显著的效果。搞工业技术现代化，是要引进先进的技术和必要的设备，但光靠引进不行。靠买是买不来现代化的，引进技术，停留在原有的水平，也很快会落后。拿30万吨乙烯设备来讲，我们引进以后，人家又搞了多次改造，能耗大大降低，如果我们仍然停留在当初引进的水平上，不是又落后了吗？所以，必须加强我们自己的科研和技术开发工作，把技术改造工作不停顿地搞下去。”

说到这里，他特地叮嘱我道：“这方面有许多问题值得研究，你们当记者的应该注意这方面的问题，搞些调查研究，从各方面促进科学技术的发展，这方面是大有可为的。你们应该发挥你们职业的长处。”他还不无羡慕地说：“当记者是很不错的工作，我是很喜欢这个职业的。”我早就知道，他抗日战争时期曾在重庆新华日报当记者，在周恩来同志身边工作过。看来，他至今还在留恋这个职业。

宋平同志告诉我，他今天白天特地同几位参加科学院学部会议的科学家座谈了一天，听取他们关于如何加速科学技术进步的意见。现在看，科学技术上，我们有一定的攻关能力，只要很好地组织起来，是可以做成很多事情的。但对中间试验和技术开发重视不够，许多工作跟不上，科研成果不能很快转化成生产力。科学技术的推广应用工作搞得不够好。我们的电子计算机虽然不多，但利用率一般很低。他强调指出，现代化的科学技术发展非常迅速，有人说，过去十年一小变，现在三年一大变。例如，电子工业发展很快，在发达国家微处理机已普遍应用，不仅用于生产和管理，而且已大量用于生活服务等方面。还有生物工程、光导通讯、海洋工程等，正在成为当代科技的热门。如果我们不急起直追，迎头赶上，就会远远落在别人后面。我们不能一切照搬外国，但必须看到问题的紧迫性，一定要根据我国的实际情况，创出一条适合我国国情的发展科学技术的新路子来。

1984年

特殊而又光荣的职责

对某些人来说，时光的逝波，可以载浮走他们的年华，却不能磨损他们金子般的心。记者最近见到的几位担任顾问的老同志，就是这样的人。

让经验丰富的老同志退居二线，担任顾问，这是党和国家体制的重大改革。党中央、国务院率先进行机制改革，普遍设立了顾问。虽然这样的改革实行以来，时间还不算长，但是，已经可以看出这一改革的成效。可以这样说，顾问在某种意义上是一个极为重要的特殊而又光荣的岗位。

记者访问的这几位担任顾问的老同志，原来都是党中央和国务院系统里部委一级的领导人。这几位老同志任顾问以来，很短的时间内，就适应并胜任了这项工作，受到了周围同志的赞扬和钦佩。

他们对中央设置顾问这一决定的意义，有着深刻的认识。中共中央组织部顾问、青年们很熟悉的老革命家帅孟奇同志，在接受记者采访时，就深有感触地说："设顾问是新形势下提出的新问题。建党初期，党的干部年龄都轻，记得我在湖南汉寿县入党时，县委书记也才20来岁。那时，当然不存在设顾问的问题。此后，中国革命的历程很长，斗争很残酷，牺牲了很多同志。一些同志牺牲了，又补充进许多新鲜血液。所以，在斗争岁月中，干部队伍的老化问题并不显得突出。现在情况就不同了，解放后的和平环境下，干部队伍的更新不像战争年代那样迅速、频繁，因此，很多领导同志年龄渐渐老了。岁月不饶人嘛！

“但是，目前我们处在新的历史时刻，各方面的工作都很繁重，需要有更多的德才兼备的、有专业知识的干部到领导岗位上来。这就要有一批同志从第一线退下来，让年富力强的同志来挑起重任。老同志退下来，于党、于国、于人民、于自己都有利。老同志也并不是什么工作都不要做了，老同志的丰富经验，可以给年轻同志以帮助。顾问的担子也不轻，不是听听、问问就行了，还要继续学习，要有‘朝闻道，夕死可矣’的精神。只有这样，才能和中央保持政治上的一致，才能更好地尽到当顾问的责任……”

听着帅孟奇同志这番高瞻远瞩的话，记者感到她那颗为党为国的赤子之心，依然充满着青春的活力。帅孟奇今年已届85岁高龄，可在革命队伍里，人们却依然尊敬地称她帅大姐。她1924年就参加了革命，是我党最早的女共产党员之一。1928年，她受党的派遣到苏联留学。回国后到上海从事工人运动。1932年，她在领导丝厂的罢工运动中，由于叛徒出卖被捕。在监狱中，她受尽严刑拷打，敌人用毒刑损坏了她的左眼和右腿。她虽然遍体鳞伤，却视死如归，坚贞不屈，充分表现了一个共产党员的坚定信仰和崇高气节。过了五年的铁窗生活，她出狱后又回到家乡从事革命活动。1940年，她作为党的“七大”代表，来到延安。后来调到中央部门工作。八大以后，她一直担任中央组织部副部长。帅大姐的革命精神，长期以来深受同志们的崇敬。李伯钊同志曾根据她在狱中斗争的感人事迹，写了一本《女共产党员》的书，这本书激励和教育了无数青年人。

如今，年高德劭的帅大姐虽然腿脚已不太灵便，但革命精神却不减当年。她当顾问以来，从未放弃自己的责任。今年四五月间，她不顾自己体弱多病，还专程到湖南农村进行调查，就实行责任制后基层党支部如何发挥作用的问题，给组织部门提供了很有参考价值的意见。她对记者说：“当顾问也得负责任，这个责任有一条就是提意见。前次沈鸿同志到我这里来，对我说，当了顾问，他什么都不要，但还要一点权——提意见的权。”说到这里，帅大姐笑了：“据我看来，有这种想法的同志，就能当好顾问了。”

帅大姐称道的沈鸿，是机械工业部的顾问，他的确是一个好顾问。沈鸿同志是我们党内高级干部中具有专业知识的一位老同志。少年时代，他在上海一家布店当学徒时，靠自学掌握了英语和数理化方面的知识；成年后，他曾和别人合办了一个小五金厂，自己设计制造出各种精美的产品。抗日战争爆发后，他感到“实业救国”的路走不通，唯有革命才有出路，就毅然带着十台机床和一批学徒奔赴延安，担任了延安机器厂的总工程师。全国解放后，他先后担任过煤炭部副部长、一机部副部长等多种领导职务，每到一个岗位，都努力使自己成为内行的领导，他曾首倡并领导了我国第一台万吨水压机的设计制造工作。机构改革中，他主动退居二线，在顾问的岗位上，也照样不知疲倦地工作。有人说，他这个顾问也当得十分称职、懂行。

那么，当顾问究竟怎样才算称职呢？记者在沈鸿同志的家里向他提出这个问题时，他爽朗地笑着说：“这可是个难题。我当顾问的时间不长，没有多少发言权。来，咱们先吃西瓜再说。”说着，他招呼老伴吴平同志从冰箱取出西瓜，切开让我们吃。吃罢西瓜，他这才说：“顾问这差事，不顾不问，很容易当；要顾要问，还真得有点学问。当顾问正确的做法应该是：重大事情，参与研究，提供参考性意见；具体问题，不要纠缠；签字批文，最好不管；平时加强学习，关心和思考一些方针、政策方面的问题。

“顾问不能忘记自己是应该提供意见的。顾问不怕多，可以七嘴八舌，讲各种意见，给决策的人参考。决策的人呢，一定不能多。决策的人多，就会影响效率。我不久前看了美国人彼得·杜拉克写的《有效的管理者》一书，很受启发。杜拉克是管理顾问专家，知识丰富，他特别强调效果，认为效率只体现数量，效果才体现质量。他还认为，三个臭皮匠也许不如一个臭皮匠，因为他们会各行其是，结果反而因扯皮影响效果。”

接着他又告诉记者，他最近一直在考虑两件事：第一件事，提请国务院尽快成立成套设备调查研究组。这是他在今年年初决定当顾问时就开始考虑的。他从某基地自力更生造出本来需要进口的一米二风洞主体柔壁喷管的事，看到有必要正确认识和处理引进与自力更生的关系，就给薄一波同志写了一封信，提议国务院组织有关部委和省委的领导人，对50至100个引进和自造的成套项目进行调查分析，认真总结经验教训，以便今后在引进外国技术的同时，更好地坚持自力更生的原则。薄一波同志把他的信又转给了国务院负责同志，这些同志原则上都同意他的意见，并要他拿出一个调查组的组建方案。现在，他正打算进一步就调查组的组成等问题，提出具体建议。第二件事，争取提前出版由他主编的《中国大百科全书》机械工程分卷。谈到这里时，性格活跃的沈鸿同志让记者进入他的书房，参观他所收藏的《大英百科全书》、《苏联百科全书》和《美国小百科全书》。他正在研究这类书的编法，以资借鉴。他之好学与钻研，由此可见一斑。

道别的时刻，沈鸿对记者说："我今年76岁了，现在别的都不想，就想抓紧时间多做点工作，尽到当顾问的责任。"

像沈鸿同志这样想和这样做的人，在第一批担任顾问的老同志中，还真是不少。国家体委顾问荣高棠同志，也是其中的一位。今年70岁的荣高棠，是全国人民熟悉的部委一级领导人之一。自体委成立以来，他一直担负着体育界的领导工作。他虽然已到古稀之年，霜发满头，可看上去却仍是那样硬朗，腰板挺直，步态矫健，看得出他年轻时有着很好的锻炼功底。偶然和必然之间，常会有很微妙的联系。他大概没有想到，年轻时对体育的爱好，竟会使他在革命胜利以后成为这项事业的领导人。

荣高棠是河北霸县人，早在上中学的时候，他就迷上了篮球。1932年考上清华大学以后，他成了校篮球队的成员。当然，这只是他的业余爱好。那时，他最关心的还是国家的前途和命运。上清华不久，他就参加了地下党。从此，他踏上了艰苦的革命斗争历程。抗日战争爆发后他受党派遣，和陈荒煤、杨易辰、张瑞芳等人一道参加了"北平学生移动剧团"，到山东、河南等地宣传抗日。后来，他到了延安，在马列学院学习。以后又到西南去搞了一段时间的地下工作，并在周恩来同志身边工作了几年。北京解放后，他当过北京市青委书记、团中央书记、秘书长。看来，他以后注定要和青年们打交道了。可是，一个偶然的机遇，改变了他的道路。原来，国家体委成立的时候，大概由于人们知道他早年有这方面的爱好，在团中央时又分管过体育工作，把他调去当了体委秘书长，两年后任副主任。他协助贺龙同志领导国家体委期间，成绩很显著。文化大革命中，他也因此而备受迫害，直到党的十一届三中全会以后才恢复工作。

按理说，荣高棠同志继续担任体委的领导工作是很适宜的。可他考虑的不是自己的职位，而是党的利益。他觉得自己年龄大了已不适合在第一线工作，应该尽快地让中青年干部上来，于是主动向中央提出退居二线当顾问的请求。

去年八月，他担任国家体委的顾问以后，在这新的特殊的岗位上，工作得依旧很出色。他到底是怎样处理各种关系的呢？记者在荣高棠同志的办公室里见到他时，他说："当顾问我也没有经验，只是觉得要注意做好这几点：第一，对在职班子，既支持又不干扰，要让他们独立处理和解决问题，不能不放心，不撒手。第二，也要利用老干部的身份，帮助在职班子做一点适合自己做的工作。如去年欢迎女排归来的大会上，我担任了体委党组交给我的向欢迎者介绍女排成员的任务，起司仪作用。做这类工作可以帮助在职的同志减轻具体事务的压力。第三，经常深入基层，了解情况，发现问题，提出意见。去年以来，我先后到了四川、江苏、湖北等省，每到一处我都给体委党组写了调查报告，以便使在职领导干部更多地了解基层情况。第四，运用自己的经验，研究实际问题，注意给在职干部提出一些带战略性的意见和看法，供他们决策时参考。我曾根据以往的经验，提出了体育战线应该放眼三年、五年、十年，抓好优秀运动队、业余训练、学校体育这一、二、三线的建设，培养后备人才的意见，受到了体委党组的重视。我主观上是想努力做好这几点，但能不能做好这个参谋，也还是在实践和学习中。"

对这几位老同志的访问，不但增添了记者对革命前辈的敬意，也加深了记者对顾问作用的认识。实践证明，中央决定设置顾问，是切合我国现实的有远见的决策。有一批深明大义、深谋远虑的老干部，在各级领导层担当起特殊而又光荣的顾问工作，这必将从组织上保证党的路线、方针、政策的连续性和稳定性，必将保证我们的事业更富有生气地持续发展。

1982年

让生活更加美好

新事物的出现，最容易引起人们的关注和探究。在机构改革中，国务院新成立的城乡建设环境保护部，也同样引起了人们的注意。大家很想知道：中央设立这个部门意图是什么？它有哪些职能和权限？它准备如何开展工作？

记者正是带着这些问题，去采访城乡建设环境保护部部长李锡铭的。李锡铭这个名字，对大多数人来说，是很陌生的。记者也只是在人大常委会公布新任部长名单时，在报纸上见过他的照片。当记者来到他的简朴的办公室，看到他本人时，不由得想起有人说过这么一句话：再高明的摄影作品，也难以完全显现人的精神和气质。

今年56岁的李锡铭，和照片上一致的地方是华发早生，老成持重。但进一步接触，你就会感觉到，瞬间的印象是靠不住的，眼前的这个人，既充满洋溢着旺盛的活力，又不时闪烁着专业知识的光华。记者见到他之前，就已经知道：他是河北省束鹿县人，1946年至1948年在清华大学求学期间，在轰轰烈烈的学生运动中开始了革命活动，参加了地下党。解放以后，他参加了接管石景山发电厂的工作。他在厂里搞过青年工作，担任过厂党委副书记和厂党委书记职务。他在石景山发电厂整整26年。1975

年，他被调到水电部担任副部长；水利、电力分家时，他又成了电力工业部副部长。这是一个在实际工作中锻炼出来的干部。他在石景山发电厂工作期间，工人们无论是生活上遇到困难，还是工作中碰到问题都愿意找他商量。在他和全厂职工的共同努力下，石景山发电厂多年来一直是全国工交系统的先进单位。刘少奇同志曾经三次视察这个厂。他也因此而在“文革”中遭到了迫害。

记者见到李锡铭同志，向他说明了来意，这位新部长沉吟了片刻说：“城乡建设环境保护部刚刚成立，没做多少工作，恐怕没有什么值得见报的讯息吧？”我连忙解释说：“这次并非想报道工作成绩，而只是想对群众渴望了解的情况作一些介绍。”他才开始回答记者提出的问题。

为什么中央在这次机构改革中要成立城乡建设环境保护部呢？李锡铭说：“我体会，这是中央总结建国32年的经验教训后，为了更好地适应社会主义建设和社会发展的需要，而采取的加强城乡建设和环境保护工作的重要步骤。”

接着，他谈起了这个部应运而生的历史背景。

城乡建设、环境保护，一直是我国比较薄弱的一项工作。许多城市重视生产性建设，忽视非生产性建设。加上十年动乱的影响，许多城市没有规划或不按规划办事，乱拆乱建，“脏、散、乱”的现象十分严重。同时，居民住房紧张，市政、公用设施短缺；大批集镇和村庄建设缺乏规划，布局混乱，管理不善，滥占耕地等现象相当普遍。上述情况，使城乡环境遭到污染、破坏。这些都说明，城乡建设和环境保护工作亟待加强。可是，过去这项工作是几个部门分散管理的，缺乏统一的领导，乡村建设没有正式的机构抓，环境保护方面也只有临时性机构，长期以来积累了很多问题，与三中全会以来国家加快现代化建设的形势很不相符。中央看到了这些问题，觉得应该加强这方面的工作，才决定成立这个部。这样既精简了机构，也有利于把经济建设与城乡建设结合起来，有利于在宏观范围内研究城乡建设问题，有利于搞综合开发，从测绘、规划、建筑、环境保护等方面通盘考虑问题，切实抓好社会主义新城市和新农村的建设。这个部成立的本身，实际上也体现了中央对人民群众生活的关心。

谈到这个部的职能和任务，李锡铭说，中央在部的组建方案中就已经确定：城乡建设环境保护部是国务院主管城乡建设、环境保护、建筑业和测绘工作的职能部门。它的主要任务是，根据党中央、国务院的有关方针政策和国家的社会、经济发展计划，组织指导全国城市、乡村的规划和建设，防止环境的污染和破坏，为城乡人民创造良好的生产和生活环境。

那它担负的不就是美化人们的生存环境的任务吗？这是多么美好的事业啊！这项事业，也许有人觉得它很寻常，缺少宏大热烈的场面，但它却与群众的利益密切相关，对千家万户有着最直接的影响。可是眼前，担负这项事业的新部门，究竟面临什么样的局面？又打算如何起步呢？李锡铭说："我们面临的困难和问题，是可想而知的。目前，在建设城市住宅、发展中小城镇、搞好环境保护、抓好农房建设等方面都存在一些问题，需要认真研究和处理。"

说到这里，李锡铭似乎陷入沉思。他站起身来，踱了几步，然后说："有些问题是相当复杂的，有的是历史原因造成的，有的则是因为当时人们的认识水平还没有达到现在这种程度。如环境保护工作，过去我也缺乏正确的认识。我在电力部门工作时，也一直是环境保护部门的'对立面'。当时，我一心只想把电力生产抓上去，怎样上得快，就怎样干，很少考虑环境保护问题。因此，我早期经管的发电厂，都是向江河排灰渣的。环境保护部门提意见，我还认为是吹毛求疵。现在看，当时的认识水平就太低了。"

李锡铭讲完这番话后，又坐回到自己的椅子上，接着说："摆在我们面前的是一项崭新的事业。怎样起步呢？最近，我们准备就部的组建情况、当前形势和面临的困难以及今后的设想等几个问题，向中央汇报一次，听取中央领导同志的意见。那时，我们的设想和步骤也许会更成熟、更具体一些。现在对你谈的，仅是一些极不成熟的想法。城乡建设环境保护工作有很强的综合性和地方性，许多工作都需要同地方和有关部门加强协作、密切配合。因此，要充分发挥地方的积极性，除那些必须由中央和国家机关管的工作外，大部分工作都要依靠地方和企事业单位去做。部里主要抓方针、政策的贯彻执行，抓规划、计划的制定、落实，抓有关法规的制定和实行。

"具体的，我们准备抓以下几方面的工作：一、抓好城市规划工作。贯彻执行'控制大城市规模，合理发展中等城市，积极发展小城市'的方针，加快城市规划的制定、审批工作，积极参与区域规划和重大建设项目的选址工作。二、加快城镇住宅建设。充分发挥国家、地方、企业、个人四个方面的积极性，努力完成今年的住宅建设计划和市政、公用设施的配套建设。同时，要认真抓常州、郑州、沙市、四平等城市住宅由国家、企业单位补贴出售给职工的试点工作。还要进行房租等政策的研究。三、做好园林绿化和市容卫生工作。积极做好全民义务植树的组织和管理工作；加强公园和风景名胜区的规划、管理、保护、建设工作；贯彻中央关于建设精神文明要从清洁卫生抓起的指示，加强市容整顿和市容环境卫生工作。四、开展环境保护工作。切实贯彻国务院《关于在国民经济调整时期加强环境保护工作的决定》，认真执行《环境保护法》，注意防止出现新的污染和对环境、生态的破坏现象。此外，对乡村建设要继续抓好规划和指导工作，对城市水资源要进行合理开发利用。”

“这些要点，目前还只是部党组作了些研究，要真正贯彻实施，还要做大量的工作才行。”李锡铭接着说，“我们准备在向中央汇报后，召开一个全国性的城乡建设环境保护会议，把各省、市、自治区有关方面的负责同志召集在一起，上下结合，一个问题一个问题的议，然后提出解决问题的政策和措施来。”

他还告诉记者，会议结束后，打算搞一次大规模的调查研究，还要进行市政与房屋建设综合开发的试点和公房出售的试点。有些问题，从理论上就值得研究，如房产住宅问题，很需要社会科学和技术科学人员同实际工作者结合起来进行研究。再有如何搞活建筑也要进行认真的研究和实践。现在，政府部门的很多精力用在生产上，对社会福利、市政建设管得较少，这方面的工作主要都是由企业在搞，结果企业搞成了一个个小而全的“社会”。如果反过来，由“政府抓社会，企业抓生产”，不是可以避免各自为政的现象，对市政建设更有利吗？这些问题，都需要逐一进行调查研究。

记者插话说：“那你们是打算从系统的调查研究起步了？”

他笑了笑说：“系统还谈不上。不过我们倒确实打算从调查研究入手，开始进行我们的工作。”

新开创的事业，往往是最繁忙的。当走出这位新部长的办公室时，我对这项美化人们生存环境的事业，产生了强烈的兴趣和信心。是呵，无论多么艰巨的事业，一旦有了正视困难、统筹全局、积极起步和踏实苦干的精神，前景无疑是灿烂的。

1982年

幽芳久远

一

波光潋滟的中南海畔，有一座红门小院，叫庆云堂一院。

迈进大门，满眼碧绿。一架葡萄，翠荫浓郁；两株核桃，枝繁叶茂；八九棵扁柏，苍劲挺拔；四周装点着几盆花草。不大的院落，收拾得颇为幽静雅致，让人情不自禁会联想到主人的品格性情。

这个院落的主人，就是我国妇女运动的杰出领导者和国际进步妇女运动的著名活动家蔡畅同志。

党的十二大行将召开的时候，我来到了这座小院，探望蔡畅同志。在南厅简朴的会客室里，我见到了这位敬慕已久的革命前辈。她身穿一件洗得很干净的白衬衫，坐在一张老式沙发上。近几年，她因患心脏病和脑血管硬化等老年性疾病，步履不便，已很少外出活动，可外表看去，她依然精力充盈：银发齐整，脸色红润，眼睛中闪烁着和善亲切的光芒，神态安详从容。她的秘书蔡阿松告诉我：她老人家靠乐观精神抵御着疾病。青光眼等眼疾，影响了她的视力，她就经常听广播，听工作人员给她读报、念文件。有时，她还独自背诵毛泽东同志和陈毅同志的诗词。她座位对面的墙上，就挂着一幅毛泽东同志手书的《满江红》。

蔡阿松同志把我领到蔡畅同志面前，向她作介绍时，她亲切地和我握手，用慈祥的目光望着我说：“欢迎你来！”

我向她问好，并告诉她，很久未见她老人家出来，大家都很想念她，都很关心她的健康。

她听了连声说：“谢谢，谢谢大家！”

后来，她身边的工作人员告诉我，蔡畅同志平易近人，没有首长的架子，从不盛气凌人，对任何人都很尊重。平时，工作人员给她端一杯茶、递一样东西，尽分内应尽的责任，她都要诚恳地说一声“谢谢”。

提到党的十一届七中全会给她的致敬信时，蔡畅同志谦虚地说：“我只不过做了一些应该做的事情，党就给了我这样高的荣誉，真感到惭愧！”

蔡阿松同志告诉我，七中全会以后，蔡畅同志一直这样说，她对党给她如此高的荣誉深感不安。

二

事实上，这样的荣誉，蔡畅同志是当之无愧的。

外貌娴雅的蔡畅同志，是位性格坚强的女性。她是湖南湘乡人。早在1918年，她就参加了毛泽东同志和她的哥哥蔡和森组织的新民学会的活动。此后，又加入了学会。五四运动以后，她和后来成为她嫂嫂的向警予一道，组织了妇女留法勤工俭学团。到法国后，她以坚忍不拔的毅力，过了三年半工半读的生活。1922年，她在里昂参加了中国社会主义青年团旅欧支部，翌年转为中国共产党党员，走上了革命道路。此时，她和李富春同志结了婚。在法国，她和周恩来、王若飞、邓小平、陈毅、聂荣臻等同志，都有亲密的交往。

她身边的工作人员告诉我，在十年动乱的那些年，蔡畅同志常常回忆起在法国的日子。她追思着在异国寻求中国革命道路的经历，以及革命同志间亲如手足的情谊。她最难忘的，是待人至诚的周恩来同志。她常说起周恩来同志救过她的事。

那还是在巴黎的时候。白天劳作，夜间读书，紧张的半工半读生活，使体质柔弱的蔡畅病倒了。她发着高烧，在独居的屋顶阁楼躺了两天。好心的女房东忽然注意到：顶楼的房客，已两天未来取奶。便登楼造访，这才发现，娟秀的女房客已面赤唇裂，身染重病。房东问她有没有亲友，她说出了周恩来的地址。周恩来同志闻讯立即赶来，把她从顶楼一直背到了医院。经过抢救，她才转危为安。

这批在法国时正处于韶华之年的革命青年，相互间正是靠这样一种友爱精神，共同度过了艰苦的留学生活。回国后，他们中的大多数人，都成了中国革命的中坚分子和领袖人物，蔡畅同志，便是其中出类拔萃的一个。

1925年夏天，五卅运动爆发后，蔡畅同志回到了祖国。

她和李富春同志一道，受党派遣，来到当时的革命中心广州。他们到广州那天，正是国民党左派领袖廖仲恺蒙难的日子。反革命的阴云，在广州上空开始聚集。国共合作期间加入了国民党的蔡畅同志，最初在国民党中央妇女部工作，和廖仲恺夫人何香凝共事。北伐开始后，她在北伐军总政治部搞宣传工作。1927年三月，她到达武汉，负责中共湖北省委妇委的工作，在女学生和女工中进行革命活动。七月，汪精卫暴露出反共反人民的狰狞面目以后，她脱离了国民党，转入地下从事秘密工作。在白色恐怖的日子里，她目睹了无数革命者被杀害的情景，承受了失去亲人的痛苦。她的哥哥蔡和森和她嫂嫂向警予，在腥风血雨中相继被害。

反动派的暴行，非但未吓倒外表纤弱文静的蔡畅同志，反而把她锻炼得更加坚毅刚强。1928年五月，她作为江西省的代表之一，被派往莫斯科，参加第三国际的第六次大会。会后，她奔赴上海、香港等地，在异常危险的处境里，领导和组织了这些地区的革命活动和妇女运动。

在井冈山如火的杜鹃花盛开，革命浪潮又开始高涨的时候，蔡畅也辗转来到中央苏区。在这里，她又担任了妇女部的领导工作。不同的是，这回她是在村姑和老俵嫂中间活动。她帮她们在溪流中漂洗衣服，向灶里添茅柴，和她们促膝谈心，很快得到了她们的信赖。

长征时期，蔡畅同志虽然身患严重的胃病，可仍然以惊人的毅力，和同志们一样，徒步跋涉，爬雪山，过草地。由于职务关系，她有一匹骡子，可自己却很少骑，经常用来给同志们驮东西。遇到有人生病，她就把骡子让给病号骑。有一次，她的警卫员曹昌因病掉队，她不顾自己也有病，坚持下来步行，让马夫牵着牲口去找曹昌，把他接回队伍。

对同志，她总是这样真诚地关心。见别人缺少铺盖，就把自己仅有的一条毛毯剪了一半送给人家；她有一块油布，下雨时，总要撑开和大家共用；分点“伙食尾子”，她也全花在了同志们身上。在江西时，陈毅同志见她就开玩笑，要她“请客”。蔡畅同志以她无私真诚的品格，赢得了周围同志的普遍爱戴。和她年龄相仿的同志，也发自内心地称她蔡大姐。

到陕北后，她是边区妇女部长，经常进出老乡家的窑洞、女同志们的宿舍，和大嫂们唠家常，与同志们说知心话，把边区的妇女工作搞得有声有色。1947年，她冲破国民党的封锁，出席了在莫斯科召开的国际妇联执委会。第二年，她当选为国际民主妇联副主席。全国解放至1976年，她一直任全国妇联主席职务。此外，她还担任过全国人大常委会第四、五届副委员长职务。

三

1980年8月18日，她考虑到自己年老体弱多病，已难胜任副委员长的工作，便恳请辞去了这一职务。她的一举一动，毫不掺杂个人的杂念，牵挂的全是党的工作，人民的利益；念及的总是他人，忘却的常是自己。

提到功绩，她总觉得是大家共同奋斗取得的，自己不过尽了应尽的责任。她不喜欢谈自己，更不喜欢宣扬自己。

蔡阿松满怀景仰地告诉我：日常生活中，蔡畅同志纯洁无私的品格，给身边的工作人员留下了难忘的印象。

她自己的生活很简朴。除了必需的外，她很少添置衣服。全部衣服收拾起来，只有两皮箱。她的大部分衣服都是半新不旧的，但浆洗得很干净。

进城这些年来，蔡畅同志每顿饭都只有两碟菜，一荤一素。李富春同志在时，中午才加一碟。饮食上，她从无特殊的要求，炊事员做什么，她就吃什么，丝毫不挑三拣四。

她自己生活得这样清淡朴素，可对同志却十分大方。一旦发现谁生活有些拮据，她立即解囊相助。有位服务员，家在农村，生活不宽裕，她每次相助都是几十元，这位同志调回老家后，她还嘱咐秘书给他寄过钱。另一位工作人员，家里人口多，蔡畅同志就经常给钱接济他，有时还给他的孩子买衣服，夏天买衬衫、背心，冬天买绒衣、线裤。

在蔡畅同志身边工作的同志，在她家中毫无拘谨的感觉。她对任何人，都像自己的亲人一样。买一串葡萄，开一个西瓜，她都一定叫身边的同志也来尝一尝。哪个同志病了，她比自己有病还要焦急。1977年，厨师张洪伦同志因病住院，蔡畅同志特地叫人炖了一只大母鸡，再加上许多水果，给他送去。张洪伦出院后，蔡畅同志又叫人买了几十斤鸡蛋，送到他家里，让他继续补养。

狭隘的私有观念，和蔡畅同志是无缘的。她把自己的一切，都看作是党的、人民的。1975年，李富春同志逝世后，蔡畅同志就以李富春同志和自己的名义，把多年积蓄的十几万元钱，全部交了党费。身边的工作人员劝她留一点给自己的亲属，她说："他们都有自己的收入，够花就行了。这些钱是党和人民给我们的，应该交给党和人民。不应该给子孙留钱，留给他们的，应该是革命的传统。"

我怀着恋恋不舍的感情，告别中南海畔这座小院，告别这位可敬的老人时，才悟出了党中央向蔡畅同志致敬的深意：在党的光荣传统逐步恢复的今天，这样一位在几十年岁月中，始终保持高洁品行的革命前辈，不是正值得全党同志崇仰和学习吗？

1982年

来自世界屋脊的报告

人类与生俱来的好奇心，使人们总喜欢探寻神秘的事物。西藏——世界的屋脊，许是因为这片奇异的土地太高峻、太阔大、太难到达了，因而，这里的历史，这里的现实，这里发生的一切，常常吸引着人们的注意力。

最近，适逢伍精华同志到北京来开会和汇报工作，我趁便访问了他，询问了西藏的近况。

一

这位到职仅两年的西藏自治区党委书记，身材高大魁伟，鼻梁挺直，面色微黑；他的脸上老现着严肃的神情，笑起来则又显得很开朗。他属于那种见面就能给人留下较深印象的人。

见到他之前我就听说，前年西藏自治区成立20周年，在举行庆祝活动时，伍精华一身藏族打扮：头戴棕色礼帽，身穿黑色藏袍，腰系红色腰带，脚蹬油光锃亮的黑色高筒皮靴，和安多草原上赶来参加庆祝活动的牧民没什么两样。中央赴藏参加庆祝活动的代表团副团长班禅额尔德尼·确吉坚赞看到后，帮他拉了拉衣襟，整了整腰带，开玩笑说："当书记的今天这一打扮，格外漂亮！"随后，他对周围的藏族群众说："他穿藏装，是对藏民族风俗习惯的尊重，我非常高兴，我们大家感谢他。"周围顿时响起了一片掌声。

我知道他今年56岁，是四川凉山彝族人，是党一手培养起来的民族干部。凉山彝族地区，是当年红军长征时路过的地区，伍精华从小就听到红军的传说。19岁时，伍精华加入了中国共产党，脱下披毡，穿上了军装。在革命队伍里他很快成长起来，由战士成为军官。转业后，他先后担任过县财委主任、县长、县委书记、副州长、州委书记、省民工委副书记、省人大常委会副主任、省委常委等职务。党的十一届三中全会以后，他由四川调到北京，担任了国家民委第一副主任。他是党的"八大"代表、十二届中央委员。他多年在民族地区工作，又担任过民委的负责人，因而，比较熟悉民族工作，对党的民族政策有较深的理解和研究。也许正因为看到了他的这一长处和优势，所以中央才把他派到了西藏。

他初到西藏时，多数人自然是欢迎的，但也有个别人不解地说，怎么派了个彝族"小兄弟"来领导西藏？

伍精华在一个适当场合，坦率而又真诚地说："我是彝族人，我更是一名中国共产党党员，我不是代表哪一个民族来的，我是党中央派来的，是来履行一个共产党员全心全意为人民服务的义务和职责的。每一个共产党人，无论他出身于哪一个民族，他的行动只能有一个核心，这就是由各族人民的优秀分子组成的、为中国各族人民谋利益的中国共产党；他的行动也只能有一个纲领，这就是中国共产党的纲领。"

这番话讲得在理。后来，他也是严格按这番话去做的。他以实际行动说明，他代表的的确不是哪个民族，而是中国共产党。

我问起西藏的形势，伍精华笑着说："党的十一届三中全会以来，西藏的形势倒真是不错呢。"

接着，他如数家珍一般，历数了西藏各方面的主要变化。通过他的介绍我得知，在党中央为西藏制定的一系列切合实际的方针政策指引下，近几年西藏自治区党委在经济上以发展农牧业为基础、以发展旅游业为中心，政治上落实了各项民族政策和宗教政策，团结各族人民和党外进步人士共同建设团结、富裕、文明的社会主义新西藏，使全藏出现了安定团结、欣欣向荣的局面。去年，全区在遭受严重自然灾害的情况下，牧畜头数和牧业产值仍有所增长。农业虽然减产2%，但与1983年同样受灾的年景相比，损失却轻得多。尤为可喜的是，去年旅游业得到了大发展，旅游营业额达2900多万元，比1985年增长了3.5倍，利润达870多万，如果按人均旅游收入计算，居全国第一位。外贸出口也明显增长，创汇565万美元，比1985年翻了一番。边境贸易也大幅度上升，仅国营部分就达到6000万元，也比1985年翻了一番多。民族手工业由于抓了富有藏族特色的工艺品的生产，也与旅游业同时获得发展，产值增长了40%。在经济发展的同时，农牧民的生活水平也有了提高，人均收入达到了300多元。

伍精华告诉我：西藏的群众对西藏的变化感到由衷的高兴。

谈到上层建筑领域的状况，伍精华说，我国政治思想领域开展反对资产阶级自由化的斗争以后，也有些群众怕政策会变。这种担心是不必要的。最近，中央领导同志曾多次强调说，西藏前一段执行的各项方针、政策是切合西藏实际，得到群众拥护的，因而不会改变。西藏的工作要从当地实际出发，不应照搬内地的做法。中央还指出，在西藏，反对资产阶级自由化主要是进行坚持四项基本原则的教育，尤其是进行坚持党的领导和爱国主义、民族团结的正面教育，肃清分裂主义的影响。所以，西藏的群众完全可以放心，党中央根据西藏的实际制定的政策是不会改变的，要变也只能变得更好，更加切合西藏的实际。

二

问到具体工作是怎样抓的，伍精华谦虚地说："我们并没有什么绝招，我们念的就是一本经：认真贯彻党的十一届三中全会以来的路线、方针和政策，团结各级干部，坚持四项基本原则，从实际出发，实事求是，争取让西藏人民尽快富裕起来。"

记者从侧面了解的情况也证实，西藏区党委一班人在这方面扎扎实实地做了大量的工作。他们认真落实统战、民族、宗教政策，团结各界爱国人士。伍精华和区党委一班人广泛接触各界的代表人物，在他们中间广交朋友。遇有重要情况、重大决策，他们总要及时召开各种座谈会、协商会和情况通报会，给爱国人士传递信息，请他们发表意见。对各界人士的意见，伍精华十分重视，只要能办到的，都尽量采纳。他了解到一度有人围观天葬，不少藏族群众对此很反感，就和其他负责人研究决定，以自治区人民政府名义发出布告，强调要尊重藏族人民的风俗习惯，不准到天葬台围观。这件事很得人心。

随着对西藏了解的加深，伍精华还逐渐意识到，在西藏这样的基本上全民都信教的地区开展工作，要团结广大干部，调动广大群众的积极性，就必须尊重他们的信仰。恢复各种正当的宗教活动，这不仅是落实宗教政策，而且也是具体的落实民族政策。因为在这里，民族问题和宗教问题总是交织在一起的。伍精华和区党委的其他领导同志一道在全区抓宗教政策的落实，而且亲自参加了小昭寺释迦牟尼佛像的迎请开光仪式。

7月25日凌晨，拉萨城和周围的群山还笼罩在蒙蒙夜色之中，大昭寺到小昭寺沿途的街道、公路上，就已到处缭绕着吉祥的松烟，聚集了几万名带着哈达，手持转经筒、藏香和花束的群众。他们都是自动来迎请释迦牟尼像的。这尊佛像在“文革”中小昭寺遭破坏时流失在外，近年才被请回拉萨。这次小昭寺修复，便又准备迎请回小昭寺开光。伍精华陪阿沛·阿旺晋美副委员长等领导同志也一早来到小昭寺前。他们和信教的群众一起参加了开光仪式。在这一仪式上伍精华讲了话，表示了祝贺，并说在西藏这个基本全民信教的地区，必须重视执行党的民族政策，特别是宗信仰自由政策。他的不平常的举动，使群众看到了党落实宗教政策和民族政策的诚意。听了他的话，在场的许多群众都流出了激动的泪水。

区党委还恢复了“雪顿”节。这是一个由过去夏转秋宗教活动中举行的奶酪宴会转化来的西藏传统的戏剧艺术节，每到藏历七月，远近的藏族群众都要在拉萨进行藏戏汇演，参加野营游娱狂欢。去年的“雪顿”节搞得格外热闹。

这些做法都深得民心。有的大喇嘛说：共产党是不信教的，但他们却制定了宗教信仰自由的政策，这说明了他们对民意的尊重。

三

对待少数民族地区的群众，仅仅是尊重他们还不够，更重要的是应当关心他们，为他们谋利益。

西藏自治区党委近两年在关心群众生活和帮助群众发展生产方面也做了大量工作。伍精华到任后，经常抽时间深入基层，了解群众生活和生产情况。有一次，他到医院看病时，顺便向住院的病人作了社会调查。有人向他反映拉萨的牛羊肉贵，蔬菜缺，牛奶很难买到。他一听坐不住了：蔬菜缺还可以理解，五大牧区之一的西藏肉贵奶少就说不过去了。他当即指示有关部门派出了几个调查组，对拉萨市的市场供应情况进行调查。调查组很快证实，市场上副食品和蔬菜的供应的确存在问题，由于缺货，蔬菜已成为紧俏物品，藏族群众生活中不可或缺的酥油、牛羊肉等食品也价格昂贵，有些居民每月收入用于吃喝外，已所剩无几。

了解到这些，伍精华心情很不平静，一夜都在思考着解决办法。第二天，他召集了商业系统的藏汉领导干部，和他们共商解决问题的办法。许多人都认为，必须近救远筹，眼前，应该从外调运副食品等货物来救燃眉之急；从长远看，要设法建立各种基地，以保证供应稳定。伍精华采纳了大家的意见，马上让有关部门调集车队突击抢运市场紧缺的各种商品。由于及时组织货源，加速进行调运，蔬菜、牛羊肉、水果和禽、蛋、鱼等鲜活农副产品开始源源上市，市场面貌很快改观，价格也渐趋稳定。拉萨市和近郊的家庭主妇，在市内的冲赛康和布达拉宫玛宝日山下的市场，已可以随意选购到称心的食品。

眼前的问题解决后，伍精华和区党委的其他领导人又把注意力集中到了长远的计划上。伍精华多次召集有关部门的负责同志开会，和他们共同研究从根本上解决副食品供应问题的办法。经过精心筹划，他们做出了成立拉萨牛奶公司、蔬菜公司和兴建蔬菜、牛羊肉、水果、牛奶基地的决定，打算经过几年努力，基本解决主要副食品的供应问题。目前，两个公司已经成立，基地也正在兴办之中。伍精华对我说："这方面的工作目前只能算刚刚起步。物价还经常处于波动状态，还未真正降下来，只有等副食品基地完全建成，产品能基本满足市场需要以后，才可能起到平抑物价的作用，还有大量工作在等着我们去做啊！”

问到生产方面的措施，伍精华告诉我，能不能尽快把生产抓上去，这关系到西藏人民能不能尽快富裕起来，所以近两年自治区党委对这方面一直抓得很紧。为了给群众以具体帮助，让一部分人先富起来，去年春季以来，全自治区先后共抽调了4700多名机关干部和科技人员，深入全藏各地包县、包乡、包村，给群众传授科技文化知识，帮助他们改善经营办法，启发他们掌握新的生产技能，引导他们扩大商品生产，组织他们进行抗灾斗争，使这些地方的生产面貌发生了明显变化。亚东县的许多乡村，经过下乡干部和群众的共同努力，近两年都实现了增产增收，下司马镇和朱居乡的藏族农民，人均收入已超过千元。拉萨市郊的堆龙德庆县和达孜县，许多农民在干部的启发帮助下积极开展多种经营，从事商品生产，收入成倍增长。

对于拉萨、那曲、日喀则、泽当等地的一些有手艺的藏族群众，有关部门则在发展旅游业的同时，积极引导和组织他们用传统技艺生产可以作旅游纪念品的民族工艺品，也使他们获得了可观的收入。

四

伍精华还兴致勃勃地向我介绍了西藏改革开放的现状和趋势。他告诉我，在经济体制改革方面，自治区党委近两年也和内地一样，抓经营管理体制的改革，实行了对内搞活，对外开放。

通过他的介绍，我了解到，西藏在对内搞活方面，已经有了一定进展。目前，西藏已与浙江、安徽、河南、陕西、甘肃、青海、新疆等十几个省区有了经济联系。这些省区共有100多个行业的国营、集体、个体的商户来西藏开店、摆摊、设点，从事贸易活动。仅在拉萨，就有400多户外来的商业、饮食服务行业的店家，1000多名个体户。伍精华告诉我，这些外来户虽然也赚了些西藏人的钱，但却填补了西藏商业、饮食服务业的不足，同时还加速了西藏与内地之间商品的流通，对搞活西藏的经济，促进西藏商品生产的发展有不可低估的作用。

在对外开放方面，西藏也迈出了可喜的步子。去年年初，西藏向香港派出了以自治区政府主席多吉才让为团长的经济考察团及经济贸易展览洽谈团。该团抵港后，考察了对发展西藏经济有启发的皮毛加工、制鞋、制裘、首饰加工等中小型工厂，还广泛进行了贸易洽谈，先后接触了美、法、日、德、意、澳和香港、澳门等十几个国家和地区的379家客商，签订了出口贸易合同17份，成交额达173万美元。同时，还签订了15个经济技术合作项目的22份意向书。另外，和尼泊尔进行的边境贸易，成交额也大幅度增长。

旅游业也是西藏在对外开放中发展起来的一个新行业。中央援藏工程中的八项旅游工程完工后，西藏的接待能力大大加强，在自治区党委的重视下，近两年西藏旅游业迅速发展，希望踏上西藏这片神奇土地的外国游客与日俱增，自治区党委已决定以旅游业为中心，把民族手工业、饮食服务业、能源、交通、通讯等行业尽快抓上去，增加吸引力，增强接待能力，争取使西藏尽早成为我国的一个旅游热点。

除了经济体制改革外，自治区党委还抓了行政管理机构的改革。伍精华告诉我，之所以进行这一改革，除了因为中央有指示外，还因为受到了基层一些实际情况的教育。去年年初，他到山南地区搞调查，途经乃东、琼结、札囊、贡嘎等县的很多乡村。他发现，不少地方的乡干部连办公地点都没有，乡长的家就是乡政府。这些基层干部的待遇普遍很低，每人每月只有二三十元补助性质的工资。有的家属嘲笑乡干部说："你再积极也只有二三十元，这几个钱我织氆氇一晚也能织出来。"还有许多地方基层机构不健全，没有人抓工作。这些情况使伍精华很受震动：基层政权这样薄弱，上情怎能下达，下情又怎样上达呢？对照庞大的自治区机构，他分外感慨。西藏全区仅近200万人，可是机构设置却同内地人口很多的省份一样，部局繁多，委办齐全，机构重叠，办事效率低，全区机构这种头重脚轻的状况，怎能使西藏迈步！他和区党委一班人进行了研究，决定坚决按中央的有关指示精神办事，进行机构改革，撤并削减自治区一级机构，充实加强基层政权机构，改变"头重脚轻"的状况。自治区很快成立了机构改革办公室，负责研究机构撤并、干部安置办法和制定一些与内地不同的政策。机构改革工作在自治区一级机关迅速大胆而又慎重地展开。经过近一年的工作，机构改革的第一阶段的工作已基本完成。伍精华满怀信心地对我说：机构改革工作完成以后，西藏的各级机构肯定会更加精干灵活，更加适合西藏的实际，更加有战斗力，各级机构的人员素质也肯定会大大提高。有这样一批机构和人员的推动，西藏两个文明建设的步伐肯定会更快。我相信他的话并未夸张。我也相信，在不久的将来，人们一定可以在世界屋脊上看到繁荣昌盛、富裕文明的新景象。

1987年

廖公远瞻海峡潮

十月的一天，阳光明媚，气候宜人。记者来到了北京一条普通的胡同，就台湾回归的问题，登门访问廖承志同志。到他家时，正好廖承志同志有事，工作人员就把记者带到会客室里等候。

这间十几平方米大的会客室，陈设很平常：正对门的墙上，挂着一幅全国地图；西面与北面，靠墙摆着两套包着米黄沙发套的沙发，两张茶几。但南面立着一幅镶嵌在生漆座框里的大国画，却十分引人注目。这是廖承志同志的母亲、革命老人何香凝82岁时所作的《高松图》。老人笔力雄健，构图清晰，青松倚岩挺立，风姿高洁，树下清泉奔涌，其势欲出；周围，梅、菊、竹生趣盎然。细细端详，感到陈毅同志1960年6月为此画所作的题诗“高树立海隅，梅菊为之护，幽兰亦间出，清泉石中漱”，确是再贴切不过了。

画如其人，香凝老人笔下的青松，在某种意义上，完全可以说是她和她这一家人革命的高风亮节的写照。

看画时，记者的脑海中不由得浮现出廖承志同志的父亲廖仲恺先生坚决赞同“联俄，联共，扶助工农”的三大政策，力促第一次国共合作的坚定形象，以及这位革命先驱被国民党右派谋杀，饮弹牺牲时那张具有历史意义的照片……

记者正面对《青松图》出神，廖承志同志来到了会客室，记者作了自我介绍后，他便亲切地招呼记者入座。

廖承志同志虽已74岁高龄，两鬓如霜，但仍精神饱满，思路敏捷。他听说来意，首先严肃认真地说：“谈到台湾回归祖国的问题，重要的是要对叶剑英委员长在国庆前夕提出的实现祖国统一的‘九条’有一个正确的认识。‘九条’从本身内容来说，没有什么可解释的，至于细的方面，也只能等共产党和国民党双方会谈时再说了。需要指出的是，这‘九条’不是权宜之计的‘九条’，不是从策略上考虑的‘九条’，也不是作为一种宣传攻势的‘九条’，更不是将对方军的‘九条’，而是从国家民族大计大利考虑的‘九条’。为了祖国的统一，民族的利益，需要这样做。”他强调说：“‘九条’的提出，和我们党30年来处理问题的一贯原则是完全一致的。总之，‘九条’是我国的最高国策，是长久的战略方针和目标，这是不会变的。”

接着，他又恳切地指出，不但要有一个正确的认识，对实行“九条”还应该有诚挚的态度和足够的耐心。他说：“既然我们有决心提出‘九条’，就要有耐心等待。至于对台湾方面的某些言论，不必太在意。我们看得出，他们讲的有些话是言不由衷的。而且，他们也面临着自己的实际情况。他们现在没有多少话可讲，只好老话重提，这是我们早已预料到的。”他还风趣地说：“他们现在好像在耍小孩子脾气，不必认真看待。1935年8月1日，我们党发表建立抗日民族统一战线的宣言时，蒋介石不仅耍了小孩子脾气，还调动军队打我们。但是大势所趋，最后还是得合作。

“所以，我看不要着急。要给人时间来考虑。我们要做的是，把‘九条’不仅仅有利于大陆，也确实有利于台湾当局的道理反复讲清楚。要正面讲这个道理，而不要枝枝节节地计较，人家说几句什么话就耿耿于怀，就想进行驳斥。完全没有这个必要。马列主义者应该宽宏大量，应当站得高些，看得远些。既然下决心解决问题，就应该有下决心解决问题的样子。”

谈到这个问题时，廖承志同志还举了一篇文章做例子，指出现在有的宣传格调不高，不是高屋建瓴，晓以民族大义，而是斤斤计较。他有些感慨地说：“老账不要算了。主要应该看今后了。总算老账就谈不起来了。”

他端起了保温杯，呷了一口茶，略微思索了一下，又接着说：“真的要看过去，应该客观地说，每次国共合作，对国家，对民族，对两党，都是有好处的，每次都有利于国家的前进和发展。认为合作只是对共产党有利，是没有道理的。从台湾方面着想，合作的好处也多得很。”

接着，他给记者详细地分析了台湾的经济状况，具体说明为什么台湾只有和大陆合作才有出路。他说：“现在有些糊涂看法，认为台湾经济怎样了不起。实际上，从平均收入讲，我们上海已经和他们所谓的平均收入接近了。台湾是一个小岛，能源、原料都很缺，煤、面粉全靠外面进口。它主要靠外国投资。农业根本不行，主要靠两样，一是糖，二是香蕉。即使是糖，据说一年连100万吨也还没有搞到。工业，主要是加工、装配，没有多少自力更生的能力。所以，从长期来看，台湾还是回归祖国有利，祖国大陆是有雄厚物质基础的。现在，资本主义世界，经济状况并不好。日本虽然自称是资本主义世界第一个过得硬的，但也承认自己内部矛盾重重。而我们的经济，却正在发展。现在调整，是有些吃力；调整之后，则肯定会很快发展。为台湾前途着想，也只有实现祖国统一，台湾经济才能真正有发展，有出路。所以，统一不是口号，而是中华民族昌盛的需要。”

他还说：“客观地看，台湾很大程度上还是加工、装配经济，问题不少，而且好像最近越来越不妙。我已经从日本人那里证实了，在东京，光是一个区，台湾少女在那里卖淫的就有7000人。它就那么好？这种现象，还不仅仅是在日本，在菲律宾、泰国，也都有。所以说，台湾这种表面的经济繁荣，有虚假的一面。从长期来看，加工、装配经济是靠不住的。将来大陆人民的生活水平肯定会超过台湾。对这点我们有坚定的信心。”

虽然我们有合作的诚意，等待的耐心，但是前景究竟如何呢？当记者提出这个问题的时候，廖承志同志乐观地说：“关于两党第三次合作能不能实现，我会见日本共同社代表团时已经说过，历史车轮转动得往往会比人们预想的要快。这一点，历史早已有过证明。我们党在1935年发表《八一宣言》时，只有很小的一股力量。当时许多人都不相信抗日民族统一战线会成功，甚至包括国民党左派在内。但是，不到一年半，统一战线就形成了。这真是形势逼人啊。第一次国共合作也是这样。孙中山先生同苏联谈判，派我父亲去日本时，孙中山先生的力量几乎等于零，一点地盘也没有。那时，陈炯明叛变了革命，广东的地盘全丢了。谈判以后，国共很快合作了，革命力量才又发展起来。那一次合作，应该说时间酝酿得还比较长，有两三年之久。

“而第二次合作比第一次要快得多了。第三次合作到底有没有可能？我要说的是，我们党是乐观的。包括台湾在内，消极悲观的人，最多只占百分之十左右。百分之九十几的人是有信心的。没有可能，不会提出这个问题。正因为有实现的可能性，才提出了这‘九条’。”

他话锋一转，又说：“当然事情不会那么一帆风顺。要经过曲折的路，还可能要同反对统一的外部力量进行斗争。总之，要使可能变成现实，还要有一段时间。国外有些人并不希望我们统一，但是，任何阻挠统一的企图都是无济于事的。距离近的人，可能走迂回的道路；但是同距离远的人比起来，近的人互相接近总是会更快一些。台湾人和大陆人是骨肉同胞，都是中国人，血浓于水，骨肉情深，这是根本的。台湾当局现在虽然要小孩子脾气，但是他们一直坚持两条：统一祖国，反对霸权。从这两个共同点出发，双方就可以发现更多的共同点。所以，我们是乐观的。”

廖承志同志还顺便谈到了对与台湾有关系的一些国家的希望。他说：“中国的统一大业，是中国内部的问题。我们一不希望外国干扰，二不考虑求援于外国。但是，我们相信，友好邻国会起好的作用。上次我对日本新闻界的朋友讲了两条：第一，希望他们怀着好意注视事情的发展；第二，希望他们把国内妨碍中国统一的势力作为日本国内的问题来处理，劝导他们顺应大势。这种势力，美国还相当多，日本也不少。总之，用中国的话来说，我们希望这些国家把这些矛盾在内部‘消化’掉，不是用力量来排除，而是通过舆论的力量施加影响。”

时间已近中午，廖承志同志下午还有公务，谈话只好结束了。回来的路上，我仔细回味，深感他这席话里，充溢着对台湾人民的深沉感情和对祖国统一的热切希望。如果台湾人民听了这些话，肯定会增添对大陆亲人的思念，对祖国统一的渴望和信心的，他们那像道路一样绵长，像溪流一样悠远的乡愁，也许可以减轻几分吧。

1981年

叶飞将军话侨务

一

这位当年威名远扬的新四军将军，日常生活中看来有多方面的情趣：客厅南面沿窗摆着几十盆花，北面茶几上的筒形鱼缸里养着热带鱼。由这些可以窥见，主人心境恬静，神清气爽。只有安放在厅门左侧玻璃框里足有一米长的轮船模型和挂在西壁足有一面墙大的巨幅地图，才显露出主人胸怀的另一个侧面。

第三次全国归国华侨代表大会召开前夕，我们访问了人大常委会副委员长、人大华侨委员会主任委员叶飞同志，请他就侨务工作发表点看法。为此，叶飞同志还约请了侨办副主任林修德和中新社副社长张帆。

“我过去没有专门搞过侨务工作，对这方面的情况并不熟悉，只是近年来才开始抓这方面的工作。”叶飞同志一开始这样对我们说。

我们知道，叶飞同志以往虽没有专门从事过侨务工作，但对这项工作并不陌生。他出身于菲律宾一个华侨家庭，五岁时回到故里福建省南安县。他在厦门读中学时，年仅14岁就参加了共青团，开始了革命生涯。从此，他驰骋疆场，成为新四军中一名骁勇善战的将军。他率领部队解放福建后，就留在福建工作。他是新中国福建省的第一任省长、第二任省委书记，主持过福建的党政军领导工作。在福建这个重点侨乡工作的十几年中，他结识了许多爱国华侨，做了不少侨务工作。

提起这些，叶飞同志爽快地说："过去我只能算接触过侨务工作，对党在这方面所做的努力并没有很深的了解。具体抓这项工作后我才知道，党中央对侨务工作一向十分关心，曾有过一系列重要指示。你们应该对这些多作报道，以便让更多的人了解党的侨务政策。"

今年已届古稀之年的叶飞同志，虽霜发满头，但精神健旺，言谈举止中仍保留着干脆利落的军人作风。他拿起手边的一份材料，翻了几页，对我们说："最近，中央领导同志对侨务工作有一个很重要的讲话，是在3月19号，我和侨办第一副主任廖晖同志到中南海向书记处汇报侨务工作时讲的。讲话指出，3000万华侨、外籍华人，是了不起的力量，搞得好，可以成为促进'四化'建设，统一祖国，争取朋友的重要力量。这位领导在讲话中强调，侨务工作不是三五十年的工作，而是百年、千年的长期工作。全党都要重视华侨工作。不少干部在认识上把华侨工作装进去没有？可能装了，但不够。"

叶飞同志说："你们《瞭望》杂志可以把这段话发表一下，让人们都知道。"

二

话题很快转到即将召开的全国归侨代表大会上。叶飞同志问林修德："上一次归侨大会是1978年开的吧？"林修德答："是的。"

"那么，到现在已经五年了。五年来，党中央纠正了侨务工作中'左'的错误，明确了新时期侨务工作的方针、政策，使侨务工作出现了建国以来最好的局面。"他作了一个有力的手势说，"这五年，侨务工作的成绩不小。由于平反了十年内乱中因所谓'海外关系'造成的大批冤假错案，落实了有关侨务政策，加上实行开放政策和祖国各项事业取得了巨大进步，海外侨胞深感振奋。现在，每年回乡探亲或观光旅游的旅外华侨、华人和港澳同胞有几百万人。他们都积极为祖国的经济建设和祖国的统一大业作贡献，表现了一片赤诚之心。我在与许多侨胞座谈接触时发现，他们的爱国之情首先是通过爱乡表现出来的，他们对家乡的建设普遍很关心。许多人积极在内地兴办教育事业和各种公益事业。”

“有些事是相当感人的。”叶飞用赞赏的口吻说，“广东、福建两省的华侨，这几年在家乡投资办企业、办学校，引进国外先进技术，做出了不小的成绩。不少侨胞、港澳同胞设立奖学金，或以其他方式资助国内优秀学生和亲友到国外学习，为祖国培养人才。”

叶飞同志还告诉我们一件事。泰国工商界人士陈弼臣先生，在广东潮州的祖屋前些年被挤占了，去年在落实华侨私房政策中退还给他，政府还作了修缮。他在曼谷得知此事后很兴奋，今年春节前，带了全家回乡探亲，还准备了赠送给乡亲的红包。回到家乡后，他发现乡亲们生活很富裕，没有人向他讨红包。他深为家乡的变化高兴。全家人特地在祖屋住了一夜。临走前，他捐赠了一笔钱，给家乡兴建峡山学校。叶飞同志说：“你们应对侨乡多作些报道，让侨胞了解家乡的情形。”

“华侨历来有爱国爱乡的传统，他们过去是、现在是、将来仍然是我们伟大祖国建设的一支不可忽视的力量。孙中山先生当年从事革命曾得到华侨巨大支持和资助。抗日战争时期，华侨的贡献也很大。”讲到这里，叶飞回忆起了往事。当年新四军转战江南、江北时，广大爱国华侨出力出钱，支援抗战，给新四军捐赠了大批药品和物资。他怀着感佩之情对我们说：“当时新四军在医药、物资方面比八路军充足，除了所在地区较富庶外，另外就是得益于华侨的支持。在这些方面，陈嘉庚的贡献最突出，他是爱国华侨的典范。我在福建工作时，和他经常接触。他曾倾资一亿美元兴办祖国的教育事业，爱国热忱令人敬佩。他是华侨领袖，贡献不光是在福建。毛主席曾称赞他是‘华侨楷模，民族光辉’。”

三

建设一个富强统一的中国，是炎黄子孙共同的愿望，在这个新的历史时期，侨务工作怎样开创新局面？

叶飞同志说："今后要更广泛地团结归侨、侨眷和海外侨胞，要创造更多的机会，使他们能为祖国富强贡献力量。"叶飞同志告诉我们，有一位华侨企业家提出要在北京投资兴建一座"华侨服务中心"，"这是一件大好事，我们同意了他的建议"。

叶飞同志说："50岁以上的旅外华侨、华人，对中国这个'根'是永远难忘的；后代人也不忘自己的'根'。这几年，有不少华侨青少年回大陆观光旅游，就是寻'根'呐。"他又说："我们一定要做好接待工作。通过举办青少年夏令营等，邀请海外华侨青少年学生回国参观，让他们对祖国有更好的认识和了解。"

林修德补充说："这样的夏令营，今年准备放手搞，收费低一些，搞点优待。"

当前侨务工作中还存在些什么问题？叶飞副委员长说："在实际工作中，还有一些'左'的思想影响需要继续肃清。有的地方和单位，对归侨、侨眷知识分子仍存在一些偏见。'文革'中用所谓'海外关系'打击迫害人，害了不少人啊。当时在这问题上也搞了我哩。"他略停一下，继续说："邓小平同志在一次谈话中指出，说什么'海外关系'复杂不可信任，这种说法是反动的；我们现在不是关系太多而是太少，关系多是好事情嘛！我希望你们记者就这个问题写文章呼吁一下。"

坐在一侧的张帆同志补充说："廖公生前针对'海外关系是反动关系'的谬论讲过，这是好关系，说复杂有谁比我复杂？'海外关系'这个词，应该从字典上消灭掉！"

叶飞赞同张帆转述的廖公的话。

当我们向叶飞副委员长告别时，他告诉我们：今年是中华人民共和国成立35周年，打算正式邀请1000位海外侨胞回大陆参加盛大庆祝活动。

这一消息，对海外侨胞可是一个喜讯！参加新中国成立以后第35个国庆盛典，与祖国各族同胞大聚会，将是许多人永远不会忘怀的。

1984年

闽道何泱泱

正是“草木知春不久归，百般红紫斗芳菲”的季节，我从北京来到了“绿云密布”的福州。

在北京时就听说，福建省委常务书记项南同志到福建时间虽然不长，但他思想解放，勇于改革，和省委的同志一道认真贯彻党的十一届三中全会以来的路线，使八闽的面貌开始发生了新的变化。我到福建以后，听到不少干部和群众以一种赞赏的口吻介绍项南同志，描述了人们心目中一位振兴图治的领导干部的形象。我越发想见见这位项南同志，很幸运，我居然得到了这样的机会。

有一天听说他到平潭县去了解情况，我就搭乘他坐的面包车同往。他和同车的十多位同志还以为我是专访平潭呢，于是彼此就毫无拘束地闲谈起来。身旁一位干部悄悄告诉我，项南过去几次下乡，也都是乘坐面包车，和随行干部随便交换意见，讨论问题，还多次在车上召开座谈会，连前不久下达的有关农业生产责任制的文件，也是在车上跟省委一些同志议出腹稿的。听了这些介绍，我觉得项南同志的一些做法还真有点新鲜劲儿，一路上对他也格外留意了。

他大约有六十一二岁，中等身材，略微有些发胖，但并无老年人常有的臃肿之态，显得精力充沛，面孔似很严肃，谈起话来，却和蔼可亲。我早听说，项南同志以及他一家的革命经历，颇有点传奇色彩。他是福建闽西山区连城县人，尚在童稚时，父亲就参加了革命。30年代初，他父亲在上海中共中央机关做秘密交通联络工作，公开身份是人参商人。11岁那年父亲把他从家乡接到上海，住在当时以资本家做掩护的维尔门路德润里的中央机关里。他不知道父亲是地下党员，只是从父亲的言谈举止当中，领悟了不少革命道理。后来，战乱使他和父亲失去联系。他一边做工，一边读书，逐渐走上了革命道路。1937年，他回家乡做过抗日救亡宣传工作。1941年，他到苏北根据地参加了新四军。解放后，他担任了安徽省团委书记。1952年，当时的安徽省委书记曾希圣收到东北局一位熟悉的老同志的电报，要他帮助寻找失散多年的儿子。曾希圣又把这件事转托项南。项南意外地发现，那位老同志正是自己失散多年的父亲，他这才知道父亲是一位老党员。这年下半年，谢觉哉同志带领中央慰问团到闽西老根据地慰问，团里一位和项南共过事的女同志，又奇迹般地发现了项南长久杳无音讯的母亲，原来他母亲也一直在家乡从事革命活动。

正因为这样，项南同志从青年时代起，就不甘浑浑噩噩度光阴。他的内心世界充满了追求真理的勇气和开创事业的闯劲。50年代中期，他从安徽调到北京工作，后来被错整下放，担任公社书记和生产队长，他依然兢兢业业，任劳任怨，甚至还学会了开拖拉机。粉碎“四人帮”以后，他担任一机部副部长、农机部副部长。今年元旦刚过，他又到了福建。福建是他的家乡，风土人情并不陌生，可是地方党委的领导工作，对他来说却是陌生的。

汽车在沿海平坦的公路上飞速行驶。水田、树木、村舍……不断从车窗两旁闪过。项南同志望着窗外一块块秧禾挺秀的水田，陷于沉思之中。

“他有什么心事么？”我跟同车的人小声攀谈起来。从他们的言谈中听出，项南同志最近考虑的问题很多，因而常现沉思之态。他们还告诉我，项南同志的确是抱着励精图治的雄心壮志到福建来的。来后他对福建的情况进行了全面的调查和分析，还请教了许多专家和群众。他了解到，背山靠海的福建，资源丰富，气候温和，自然条件十分优越，是综合发展工、农、林、牧、副、渔各业得天独厚的场所。遗憾的是，福建省的经济水平和优越的自然条件还很不相称，工农业等经济指标都低于全国水平，只有人口增长率超过了全国平均水平。人民的生活还比较贫困，仅仅是达到温饱而已。

为什么福建30年的步子这样缓慢？比较、分析和调查使他知道，原因固然是多方面的，但最主要的还是极“左”指导思想的影响。粉碎“四人帮”后，“左”的流毒还远没有肃清。于是，项南同志决心从批极“左”入手，展开工作。他知道，要振业图治，必须首先端正思想，统一认识。他连续几次下乡调查，掌握第一手资料，引导一些干部统一认识，狠抓了农业生产责任制的落实，短短几个月，农村就很快出现了新局面，群众积极性高涨了，春耕进度加快了，积肥、播种、造林以及多种经营等项工作，都搞得比往年好。

行车途中，透过车窗，不时看到有社员在水田里耕地、追肥。这些天正是寒流袭击东南沿海的时候，气温骤降，风凉水冷，不少人穿毛衣还冻得直哆嗦。

我发现项南同志带着异常激动的神情望着窗外劳动的人群，就坐到他的跟前说：“你好像有什么感慨似的？”他说：“是的，在这样的天气里下水田，没有点积极性肯定是不行的。这就叫做党的政策的威力。”省农委主任插话说，实行责任制，给生产和人的精神面貌带来了细致、深刻的变化。比如，今年农村对扁担的需要就变了，社员已经不再喜欢用那种“又短又颤，百斤难担，专练碎步，细巧中看”的小扁担。他们说，那是大家一起“耍长龙”（指吃“大锅饭”）时用的；搞了责任制，要担几百斤担子，甩开大步走，再用那种中看不中用的样子货怎么成呢？所以他们普遍在换扁担，专挑那种又长又结实的。这件小事多么耐人寻味啊！最深刻的变化，往往是一时难以察知的。想不到党的政策竟如“润物细无声”的春雨，在不知不觉中融入了人们的心田。

但是，再优美的旋律，也难免挤进几个不和谐的音符。农委主任话锋一转，又提到建瓯县一件令人不快的事。这个县东游公社张墩大队社员张建福，去年向队里承包了56亩山垄田，经过一年辛劳，总产创造了历史最高水平，超过包产指标80%。除了完成任务，扣除成本、消耗外，纯收入4000元，全家老小平均400元。这下子可“炸了锅”。有些人认为他发了财，因而今年再也不敢让他继续承包了。就这样，刚使上劲的张建福，心又凉了。

项南同志听了这件事，半晌没作声，似乎一直考虑什么。后来，他突然对后座福建日报的一位同志说："我建议报社写一篇文章，专门谈谈这方面的问题。现在有些人头脑里，'左'的影响还根深蒂固，他们骨子里还是怕那个'包'字，特别是怕包产到户、包产到劳，总觉得这样会滑到资本主义去。对这些坚持错误不肯转变的人，应该很好地批评帮助。否则，就不能前进！"在车上，他还和随行的干部共同研究了处理张建福包产这件事的具体办法。

听了他的话，看到他和随行干部讨论这些问题时那种严肃认真的态度，我不由得回忆起刚到福州时听到的事。据说项南同志不但重视批"左"的东西，而且对十年浩劫期间留下的不正之风也是毫不留情的。他认为，要想励精图治，调动群众大干"四化"的积极性，不克服这些歪风邪气是不行的。他刚到福建时，听到机关里对个别领导人出国借外币买东买西反应强烈，就立即找有关的同志谈心。在他循循善诱的劝导下，有关同志主动表示要作检查，并愿意将所购东西退出来。这件事和其他类似问题，使项南同志下决心召开了省委组织生活会。七天的组织生活会上，常委们展开了批评，检查了贯彻三中全会精神方面的缺点和思想作风上的问题。大家都谈到，这几年省委常委深入基层少了，倾听群众的意见少了，工作和作风上存在的问题却不少，因而有些跟不上中央开创中兴大业的步子。组织生活会后，项南同志又主持召开了省委各部委办、厅局党组成员以上干部会议，把这次常委组织生活会的情况通报给大家。这件事迅速传开了，使干部和群众很受感动。有人曾对记者说，常委能这样自觉地把自己置于群众监督之下，福建就一定有希望。

俗话说，头三脚难踢。项南在省委其他领导同志协同下踢出的头三脚，看来还是踢在了要害处。想到这儿，我问他："今天，省委面临的困难是不是减少了一些？"他说："应该解决的问题还有不少啊！还要下很大的决心。"说着他顺便给我出了一个题目，建议我去访问一位厂长。他说："这个人有决心，有头脑，站得高，看得远，要加快'四化'建设的步伐，就需要有这样的人。"

他说的是厦门卷烟厂的厂长。后来，我从侧面了解到，他之所以注意到这个人，是因为厦门卷烟厂在生产"骆驼"牌香烟的过程中引起了一场争论。这家卷烟厂去年与美国的雷诺士公司签订了一项生产合同，规定由美方提供设备、原料、配方、技术，中方提供厂房、劳力，共同生产“骆驼”牌香烟；产品销售所得，36%归美方所有，64%归中方所有。合同生效后，雷诺士公司运来了原料、设备，派来了熟练工人，厦门卷烟厂也很快准备好了一切，当年就生产出了“骆驼”牌香烟，改变了我国一直要用外汇进口这种香烟的状况。谁知这件事却引起了激烈的争论。有人认为，这样没有投资就引进了先进技术，是件好事；另一些人却认为，这种合营形式是“四不像”，是“给资本主义开绿灯”，不能再干。这个厂的女厂长刘维彩是个很有见识的女同志，她觉得，为社会增加财富，总比单纯消耗社会财富强。所以，面对诽言谤语，她顶住了压力，没有动摇，坚持生产；而且打算充分发挥雷诺士现有设备的潜力，用我国自己的原料，生产一部分内销产品，这就需要进口一台辅助设备。由于不少人本来就有看法，当然不会支持她，因而进口设备的事一直没有得到解决。前不久，项南同志到这个厂调查时，十分赞赏刘维彩的见解，立即态度明朗地支持了这位女厂长，并很快让有关部门筹集了引进设备所需的外汇。

据说项南同志很注意发现这种人才，而且注意帮助他们放开手脚，最大限度地发挥自己的才能。通过他对刘维彩的支持，不也可以看到他那种高屋建瓴的胆略、魄力和气势吗？

渡轮载着面包车，渡过风急浪险的海坛海峡，平安抵达海岛县平潭。到平潭后，项南同志察看、走访了岛上的主要码头、渔港、工厂；看了庄稼、林带和养殖的各种水产；还踏勘了几处海滩，访问了几户居民家庭。观察过程中，他对平潭优异的环境和众多的资源夸赞不已，同时对这样的环境和资源未得到充分开发利用表示惋惜。我随同观看，也深有同感。平潭可以称得上是一块还未来得及精雕细琢的“宝玉”。平潭共有大小岛屿110多个，主岛海坛是我国第四大岛。这里风光秀丽，物产丰富，水产种类繁多，鱼、虾、蟹、蛤、海带、紫菜，应有尽有；而且岛上气候温和，适宜花生、西瓜等经济作物生长，相思树、木麻黄、黑松等树木也长得很繁茂，可是过去这里的生产一直发展得不快。

项南同志听了县长的介绍，脸上露出难过的神色。过了一会儿，他说：“平潭不应该搞成这个样子！它完全有条件变富，而且完全应该变富。”后来，他听了县里今后的打算，还感到不过瘾，觉得站得不高，于是，拿出了自己的设想。他说：“平潭要翻身，一定要念好‘山海经’，抓好工副业。方针是要解放思想，放宽政策。”接着，他详细谈了自己的观点，描绘了山、海等资源利用的前景，一口气讲了很多中肯的意见。

同行的同志告诉我，在农业生产责任制初步落实以后，他和省委其他领导同志就已开始考虑全省工业生产和各种基地的建设问题了。平潭只不过是全省经济布局的一步棋而已。他这次到平潭，可以说是特意来“布子”的。他决心利用福建省自然条件的特点和优势，在大力发展粮食生产的同时，努力把福建建设成为重要的林业基地、牧业基地、渔业基地、经济作物基地、轻纺工业基地、外贸基地、科教基地和统一祖国的基地。项南同志也指出，任务是艰巨的，也不是短时间能做到的，因此从现在起就应该扎扎实实而又不失时机地开展工作，比如，注意发展投资少、见效快、创汇多、就业广的轻纺、电子、食品、机械等工业；因地制宜地把山区资源、海洋资源充分利用起来；重视智力投资，加快科技、教育人才培养等。以上设想中，来料加工等工副业已经着手开办，短期内就安排了两万多名待业青年。

听了这些，我对项南同志更产生了敬意。项南同志的这些设想是否行得通，当然还有待实践的检验，但我想说：有远大理想和实干精神，总比胸无大志强。搏击长空的雄鹰，是自有其志向和乐趣的。

平潭之行归来，觉得有必要如实地向读者介绍这次的沿途见闻，介绍这位项南同志，如果读者能从这篇文章中体味到祖国东南角的一缕春意，我也就不虚此行了。

1981年

心系乡村

阳春三月，正是南国草木竞荣、百花争艳的季节，中共中央政治局委员、广东省委书记谢非轻车简从，专程考察粤东。他这次是为调查农业问题而来的。广东这些年经济发展虽然很快，但农业却未能与二、三产业同步。在力争20年基本实现现代化的进程中，如何使农业尽快赶上来，这是他一直放心不下的问题。

谢非此行前后11天，行程约2000公里，行经惠州、汕尾、汕头、揭阳、梅州、河源等六市十县。他作风深入，每到一地都要到生产第一线踏看，和基层干部群众交谈，尽量多掌握第一手材料。其时恰逢雨季，行程中半数时间都得冒雨活动。谢非依然兴致不减，经常冒着霏霏春雨，踏着泥泞来到田间地头和施工现场。

他先后看了许多农作物种植基地、水产品养殖基地和农副产品加工厂，视察了部分乡镇的开发区和乡镇企业，对当前粤东农村经济的状况与今后的发展趋势进行了认真分析与研究。

因正值春分前后，沿途看到不少群众在田里忙农活，但偶尔也可在一些开发区和新建工厂的周围看到撂荒的地块。行车途中，谢非一直在关注着车窗外的情况，有时露出欣喜的神色，有时陷入沉思之中。

农业显然是最近一个时期他经常在思考的问题。每到一地，他要先问农业生产情况，从播种面积问到产量，从历史情况问到人均收入……问题提得很细。看得出他对农村情况很熟悉。在许多场合，谢非都强调了农业问题的重要性。他认为只有搞好农业这个基础，促进农业高质、高产、高效，才有可能加速现代化的步伐，实现现代化目标，否则，现代化是实现不了的。在惠阳县陈江镇、惠东县大岭镇、陆丰县潭西镇、惠来县华湖镇等乡镇，他都察看了农业生产与乡镇企业的发展情况，他对当地干部说，我这次下来的主要目的是想看看农村，作点调查，这几年我们二、三产业发展得很快，势头很好，但是也应当看到，在有的地区有些人身上，也存在着一种忽视农业特别是粮食生产的倾向，有的地方农村存在着一些突出的问题。我们不能忘记，农村是我们的基础，农村上不去，广东20年实现现代化有困难。所以，今年我们要在继续发展二、三产业的同时，重点抓好农村工作。

他之所以这样强调农业的重要性，与广东经济生活中出现的一些值得注意的苗头有关。改革开放以来，广东经济在以举世瞩目的速度增长，创造了八九十年代的经济奇迹。此时农业生产特别是粮食生产效益比较低的问题突显出来，因而近几年有的地方出现了重视二、三产业，忽视农业特别是粮食生产的倾向，致使农村经济的发展出现了不平衡的苗头，与广东经济向现代化迈进的步伐不太相称。这一问题已引起广东省各级干部特别是省领导的重视，许多人都已经意识到，广东20年基本实现现代化基础在农村，难点也在农村，农业和农村经济上不来，广东经济就不可能有后劲，现代化就难以实现。因而对当前出现的一些不良倾向的苗头不能不重视，也不能不解决。谢非此行的目的就是为了掌握下情，寻求解决办法，以促进农村经济的健康发展。

谢非对粮食生产尤为关心，每到一地都向当地干部询问粮食生产情况，了解近几年粮食产量是否稳住了。在惠阳陈江镇，他除了详细询问当地粮食生产面积和产量外，还特地询问镇干部："现在农民还愿不愿意种粮？实行保护价农村是否满意？"

年轻的镇党委负责人告诉他，种粮在陈江不用担心，这里的农民传统就是种粮食，现在还发展种菜。他放心地说："这好。基础保住了，再搞开发性农业，调整农业生产结构就好办了。"

无论是在平原地区，还是山区，也无论是在经济较发达的县市，还是后进的乡镇，谢非无一例外都强调粮食生产的重要性，他在好几个不同的场合都强调指出：稳定农业主要是稳定粮食生产。农业最难是粮食。民以食为天，不种粮怎么行？广东农业首先要稳定粮食生产，不能全依赖外地调进。只要指导思想明确，政策对头，稳定住基本粮田，实行科学种田，进行规模经营，种粮的效益也不差，粮食产量是可以在稳定中提高的。

粤东地区人多地少，这些年随着经济和人口的双发展，这一矛盾显得更加突出。但是有的人对这一问题的严重性却缺乏足够的认识，盖私房和搞建设时乱占耕地的现象时有所见。一路上谢非都在关注这个问题，他一再告诫市县乡镇的干部，要注意保护耕地，在发展二、三产业的过程中一定要不占或少占耕地。土地资源是不可能再生的资源，非常宝贵，要十分珍惜。

珍惜土地的情况在粤东也不鲜见。在汕尾市、梅州市、河源市，不少乡镇在发展二、三产业时，都很少动用耕地，而是尽量利用山坡地。梅州市近两年为改变山区交通不便的状况，狠抓了以交通为主的基础设施建设，共建成一千多公里县乡公路，使每百平方公里通车里程达到34.8公里。在进行这项基本建设时，当然不得不占用一些耕地。但在修路时，市县乡的领导思想十分明确，要边修路边造地，尽量把占用的地补回来。于是梅州市群众在修路时搬掉了许多山包丘陵，把泥土填入沟壑洼地，在公路沿线造出了大片平地，总面积达5平方公里。

海岛县南澳对岛上有限的土地更为珍惜。这几年他们在修环岛公路、搞旅游基础设施建设的过程中，一直坚持填海造地。结果土地面积不但没有减少，反而还有所增加。

城市周围的土地自然显得更加宝贵。所以汕头市高新技术产业开发区在设立以后便确定，厂房一律盖成高层的，尽量提高土地的利用率，在有限的面积上多摆一些技术含量高的项目。有些上得急的项目可以在简易厂房中先投产，待高层厂房建成后再搬家。

谢非看了这些典型，都十分满意。他用赞赏的口吻说，就应当这样珍惜土地资源。寸土寸金，土地一分也不能浪费，每一分都要充分利用。潮汕地区地这样少，今后厂房都不能只盖一两层，要尽量节省土地，发挥土地的潜能。农民的住房也应该规划好，不能乱建，那样太浪费土地。

他特别提醒南澳县的领导，岛上的地特别珍贵，除了搞建设要节省外，岛上的民居也要省。现在住房应统一规划，进行改建，既美化岛上的景观，又节省有限的土地。

广东农村经济的路子应该怎样走？这是谢非一直考虑的问题。一路上他对一些农村经济发展较快的典型十分关注，先后看了惠阳县陈江镇澄海村的蔬菜基地、汕尾市捷胜镇双湖鲍鱼养殖场、陆丰县上英乡的养鸡场、澄海县新溪珍珠养殖场、兴宁县径南镇黄蜂窝茶场等种养业搞得很出色的地方，充分肯定了这些典型的做法。他得知澄海村的群众仅种菜一项人均年收入就达到3000多元，上英乡的养鸡户人均年收入达到4000多元，尤感高兴，认为抓住一个拳头产品搞规模经营是群众致富的一个很好门路。

到澄海县新溪珍珠养殖场那天，雨下得很大，谢非打着伞冒着雨兴致勃勃地进行了参观。这个场是1982年创办的，经过多年经营，已成为初具规模的淡水有核珍珠养殖场。该场1991年收获的50多公斤有核珍珠在当年于广州召开的第六届珍宝交易会上推出时，受到了各国珠宝商的一致赞赏。在场部办公室，谢非饶有兴趣地观赏了色泽多样、圆润光洁的有核珍珠，问场长谢绍河有核珠和无核珠的区别。谢绍河告诉他，有核珠关键是要植入核，这种珠有珠层厚、珠形圆的特点。这种技术目前在国内尚属首创。

谢非听了非常高兴，又问道："技术既然过关了，今后生产规模还能不能再搞大些？"谢绍河作了肯定的回答，并说1996年要争取产量达到一吨。谢非道："好，那几年后你就是珍珠大王了。"

离开新溪珍珠养殖场后，谢非对随行的干部讲，这种项目如果能推广，很有前途，不少有条件的地方群众就可以很快富起来。

中外合资的汕尾双湖鲍鱼养殖场也使谢非很感兴趣。这个项目总投资360万美元，第一期工程已基本完成。由于技术较成熟，第一批鲍苗已孵化出来。预料当年即可产鲍鱼70吨，产值1400万元。如二期工程完工，产值可达3200万元。在这里谢非与中外双方的管理技术人员进行了座谈，详细询问了投资、技术和生产方面的问题。

这些典型的情况和他一直在思考的问题结合在一起，使谢非形成了较成熟的意见。到汕头以后，他在好几次讲话中都明确指出："广东农业应该向开放式、外向型发展，把粮食稳定在一定水平之后，放手搞多种经营。可以像搞工业一样，从境外引进资金、技术、新品种和加工设备，大搞开发性生产，开发海洋，开发山区，大力发展种养、加工业。今后我们除粮食还需调进外，其他农产品，像蔬菜、水果、肉禽和水产品，全部可以大量向外销售。有的方面我们不会，先让外商来搞，一两年后我们也就会了。这样我们的产业就可以上水平、上台阶了。现代化农业应该是开放式、外向型的。我们工业开放很成功，农业也应该这样搞。广东农业一定要加快引进的步伐。”

要加速农村经济的发展，光在农字上做文章显然还不行。所以，谢非同志在考察时也甚为关心乡镇企业的发展。每到一地均要看几个乡镇企业的典型。他先后到了汕尾飞洋渔业联合有限公司、海丰华丰玻璃马赛克厂、惠东葵铿皮革厂、汕头大洋食品发展总公司、丰顺威华食品罐头厂、梅县白渡水泥厂等单位。这些典型有的是利用本地资源发展起来的，有的则是利用外资或引进技术设备与外商合作办起来的，非但经济效益好，而且给不少劳力找到了出路。他每到一处都深入到车间看生产流程，听取技术人员汇报。

谢非对这些企业表现出了极大兴趣，在几个地方都对当地干部说，要在农村实现现代化，除了抓好农业本身的发展外，还必须大力发展乡镇企业，促进农村多余劳力向二、三产业转移，必须继续完善股份合作制和社会化服务体系。只有这样，农民才能真正富裕起来。对梅州市在稳定农业生产的基础上大力发展乡镇企业的经验，他给予了充分肯定，认为梅州市有的乡镇走出了山区搞乡镇企业的路子，创造了经验，应该铺开认真搞，充分发挥效益，特别要注意提高产品质量，占领市场。第三产业在山区来说虽相对滞后，但看来也会有发展。这个产业上去对农村特别是山区的现代化会起很好的作用。谢非还多次强调，发展乡镇企业要尽量多招本地劳力，首先把本地多余劳力利用起来。

谢非对农村的基层组织建设和社会治安、精神文明建设等情况极为关心，要求各地干部做好这几方面的工作，保证农村沿着健康的道路发展。他虽然在粤东只逗留了十几天，但他的所思所虑、所言所行，都给当地干部群众留下了这样一个深刻的印象：省委书记在牵挂着农村。

1994年

在粤北山区的日子

清明以后，正是寒威将尽，草木欣欣向荣的季节，中共中央政治局委员、新任广东省委书记李长春，专程到广东最贫困的粤北山区调查研究，他深入了不少特困县的村镇，走访了许多农户，和干部群众进行了广泛交谈，掌握了大量第一手材料，对山区今后如何稳定脱贫、进而致富的问题，形成了思路。

为了全面贯彻党的十五大精神，认真落实江泽民总书记对广东提出的“增创新优势，更上一层楼”的要求，广东省委常委会决定，近期内就如何增创广东改革开放新优势的问题，开展一次全省性的专题调查研究。新近接任广东省委书记的中共中央政治局委员李长春把深入基层调查研究的第一站，选在了广东最贫困的粤北山区。3月31日，他只带了少数随行人员，乘坐普通列车，首先来到广东最北面的韶关市。由该地出发，他先后到了韶关、清远两个地级市的12个县市区，足迹几乎遍及粤北主要的区域。在调查研究的十天里，他夙兴夜寐，时间抓得很紧，实地察看了仁化县的锦江梯级电站、特困县乳源的民族经济开发区、南雄市澜河毛竹深度加工基地、连南瑶族自治县三排乡瑶胞村寨、清新县石灰岩移民安置点、英德市速生林基地等几十个调查点。

李长春作风非常深入。每到一处，除了和当地干部交谈，向他们了解情况外，还一定要深入群众家庭，察看他们的生活情况，倾听他们的意见。在全国特困县之一的乳源，他特地来到东坪镇东田管理区瑶族同胞聚居的村庄，走访了几户瑶胞家庭。每到一户，他都要从客厅到卧室，再到厨房、猪圈，里里外外全走一遍，认真察看他们的生活状况。在赵外养家，李长春除了一一询问他家的人口、经营、收入、孩子等情况外，还来到他家灶台前，掀开锅盖，看他家吃的是什么。到被称为广东最贫困的四大金刚之一的石灰岩特困镇沙坪那天下午，气温骤降，不一会就下起了雨，山区曲折的小道变得更加难行。李长春仍冒着雨踏着泥泞，来到雷家窝管区新开路村，走访了几家较贫困的农户，详细了解他们的生活情况，嘘寒问暖，使群众深受感动。

群众的疾苦，始终是他最关心的问题。在清远市调查时，他了解到，这个全省贫困人口最多的市，近几年用建移民新村的办法，把居住在石灰岩地区的农户迁移出来，先后共移民18万人。对此他十分关心，并很想了解移民现在的生活情况。于是，他特意接连走访了连南县金坑乡高岭移民新村、南岗镇蜈蚣田移民新村、清新县三坑镇明联瑶族新村等移民点。到高岭移民新村那天，正好是清明节，他和随行的干部受到了正在家中过节的瑶族同胞的热烈欢迎。一群瑶族姑娘给他们戴上了瑶族红头巾，并请他们品尝瑶族的家酿米酒。瑶胞的真诚和热情，使李长春十分感动，当即给敬酒的姑娘回赠了一支圆珠笔。他还来到房亚十等瑶胞的家中，探问他们的生活情况。当得知这个村原来住茅寮泥屋的瑶胞各方面的生活条件都比过去有很大改善时，李长春放心了。他充分肯定了这种异地移民的办法，并要求当地干部继续关心移民村的群众，帮助他们稳定脱贫。

贫困山区的群众在脱贫后如何致富，逐步缩小和珠江三角洲等富裕地区群众的差距，显然是李长春一直在思考的问题。他发现到过的几十户农民家，每户平均养猪都没有超过两头，收入最多也只有1000元，深感这方面潜力还没有被挖掘出来。在瑶胞赵伟民家，他看到这家也只养了两头猪，便对陪同考察的当地干部说："贫困山区的群众要脱贫，现阶段靠办企业还不行。现在连不少国有企业都很难办，山区想办好就更难了。比较切合实际的办法，还是应该发展种养业。但像目前这样每户养两头还不行，这是‘养猪过年，养鸡换盐’的水平。要脱贫致富，种养都得有一定规模。”

为了探寻山区脱贫致富的具体办法，李长春还实地考察了几家已有一定规模的种养基地和企业。南雄市翠屏公司创办的三元杂交良种猪场，是一家以引进大约克、长白、杜洛克等良种猪进行三元杂交，繁育商品仔猪的养殖企业。该企业采取“公司＋基地＋农户＋市场”的经营模式，将猪苗供应给农户，农户预付一半的种苗款，其余待猪出栏后再还清；公司则提供技术、防疫、饲料、销售等服务，目前，已有3000多农户加入了这种经营模式。这家企业的做法，显然和李长春正在思考的问题比较合拍，他希望该企业进一步扩大规模，为山区脱贫致富作出贡献。

在调查研究的过程中，李长春特别关注那些农业产品科技含量较高，已经形成科农贸相结合的经营体制的典型，设在清远市清城区的长青高科技农园有限公司，是一家由外商投资的农业企业。从1994年开始，该公司租用了源潭镇近130公顷土地，投入资金245万美元，引进了番石榴、芒果等十类60多种国外优良水果品种，用高科技的方法进行培育。目前，多数品种已开始挂果。李长春到这里考察时，公司董事长、外商孔锦雄告诉他，该公司对到中国投资很有信心，准备扩大投资，使各类水果种植面积达到667公顷，产值达452万美元。今后，除安排1000多人就业外，还将把有的品种扩散到农户，由他们提供种苗和科技服务，由农民负责管理，形成生产能力后，再由他们负责产品销售。李长春对这种科农贸相结合的经营体制十分赞赏，热情鼓励他们扩大投资，在为粤北山区作出贡献的同时，取得更大的经济效益。他还破例为该公司题了“一片中国心，满园花果香”十个字，以示勉励。

在粤北山区经过十多天的调查后，李长春形成了关于山区脱贫致富的较系统的看法。在几个场合，他都对当地干部说：“一定要走农业产业化的路子，加快山区开发和扶贫开发。前段时间，解决温饱的扶贫开发主要是用行政的办法。要进一步实现脱贫致富，行政的办法要和经济的方法紧密结合起来，而且更多地用一些经济的办法。”实践证明，走农业产业化的路子，不仅是发达地区发展“三高”农业的好办法，也是欠发达地区开发性扶贫的好办法。

如何推进农业产业化？他认为，关键要抓住五个环节：立足优势资源；

确立主导产业；创办“龙头”企业；建设商品基地；辐射带动农户。五个环节中，关键是创办龙头企业。而龙头企业的特征，就是触角能伸向国际国内市场，龙尾能摆向千家万户，用经济关系作纽带，用经济合同的形式，把千家万户的小生产和千变万化的大市场连接起来，形成公司加基地加农户的经营方式，在农民和市场之间架起一座桥梁。这种经营方式，与现行的政府加事业单位的站所加农户的体制相比较，有几方面的优越性：一是有利于使农业从自给半自给的小农经济、统购包销的计划经济转向社会主义市场经济；二是有助于在稳定家庭联产承包责任制的前提下，把小生产变为大生产，实现规模化、集约化，解决了千家万户分散经营和千变万化的大生产接轨的问题；三是有助于把依靠科技发展农业落到实处；四是有利于农业的对外开放。

那么，怎么样形成农业龙头企业呢？李长春说：“我认为，农业龙头企业形成可以有几种渠道：一是国营的流通企业和合作的流通企业延伸服务和深化改革，改造成农业‘龙头’企业。二是结合党政机关机构改革，分流的人出来领头办农业‘龙头’企业，这在很多地方都有成功的先例。三是有的涉农事业单位创办或整体转为农业‘龙头’企业，特别是畜牧、种子等先天具备条件的单位，应该率先转变为农业‘龙头’企业。四是乡村集体经济组织办那些围绕‘农’字做文章的农业‘龙头’企业。再一个途径，就是民办。专业大户、农村能人、外商，或各方入股来办。”

李长春还特别提醒道，走农业产业化路子，既要积极，又要稳妥，不能一哄而起，不能在形成农业“龙头”企业的过程中，搞低水平的重复建设。一定要从市场需求和本地优势出发，确立主导产业，而且要各具特色，形成规模。

如何提高贫困山区劳动力素质的问题，也是李长春此行十分关心的问题。清远市技工学校创造的经验，引起了他的关注。这个设在清远扶贫经济开发实验区的学校，是经省政府批准成立的山区职业技能开发基地。1995年10月建成开学后，很快形成了技术培训、技能鉴定、就业介绍三位一体的技能开发运作体系，为提高山区劳动力素质，解决山区多余劳动力出路，发挥了一定作用。该校为帮助山区贫家子弟解决读书难、就业难的问题，打破常规，实施全年招生步骤，不断扩大招生规模，并优先为他们解决就业问题。

对特别困难的学生，该校还注意少收和缓收费用，并于1997年经政府批准设立了“扶贫助学金”。到目前为止，该校已向清远和珠江三角洲地区输送了3000多名技校毕业生和短训班学员。

实地调查后，李长春对该校的做法表示赞成，并对当地干部说，提高贫困山区劳动力素质，是一个十分重要的问题。贫困山区除走农业产业化的道路外，还应设法把剩余劳动力安排到珠江三角洲等需要劳力的地方就业。目前贫困山区劳动力的素质，显然还不够适应，这就要培训。办这种技工学校，是个好办法。要使现在在册的贫困户，每家都有一个劳力参加培训，提高他们的素质。今后需要新增劳力的企业，都可以到这里招工。当然，要实行学校推荐、双向选择、不包分配的办法。但只要把专业确定好，合乎市场需要，与岗前培训衔接，这样的学生肯定是会受欢迎的。这方面可以和对口扶贫的地区合作，把对口帮扶活动提高到一个新水平。如果能想办法让贫困地区的农户每家有一个孩子在三角洲等地区就业，再加上农业产业化，就完全可以实现贫困山区的稳定脱贫。

在清远石灰岩地区，他看到这一带虽然石多地少，但有的山坡并不太陡，感到这些地方完全具备改造的条件。因而，在和山区的干部交谈时，李长春希望他们继续发扬艰苦奋斗精神，发动群众，充分利用积累工、义务工的潜力，大搞以山、水、林、田、路综合治理为内容的农田基本建设，移石造地，坡地改梯田，努力改善山区农业生产条件。

在粤北调查研究时，李长春还察看了韶关钢铁集团公司、韶关发电设备厂、清远金泰集团化纤厂等一批国有企业，并就继续打好国有企业改革攻坚战，加快调整和完善所有制结构步伐等问题，发表了意见。他希望国有企业通过改革走出一条提高自我发展水平的路子，以改革求发展。各级政府要通过各种形式为国有企业的改革和发展创造良好的条件。要坚决制止企业的“三乱”行为。同时，各级政府要有计划地执行适度从紧的财政政策，把有限的财力用在扶植重点骨干企业的发展上，用在困难企业职工、下岗职工的困难补助上。在深化企业改革中，要注意搞好配套改革，完善社会保障制度，探索国有资产的监管和运营体制，以及再就业工程。

他还就进一步加强领导班子建设等问题，发表了重要意见。他强调，不管是企业改革，还是机构改革，党的领导只能加强不能削弱。

李长春在粤北虽然只逗留了十多天，但他深入的作风，清晰的思路，务实的精神，已给当地干部群众留下了很深印象。他们由此感到，贫困山区脱贫大有希望。

1998年

留在大地上的足迹

东方的天空亮了，远山渐渐显出了它的轮廓。

几辆奶黄色的面包车，从崇阳县招待所驶出来。车灯闪着黄色灯光，冲破霭霭白雾，向北疾驶而去……

在一辆车上，一位穿着灰色制服的人坐在靠近车窗的座位，注视着车窗外向后移动的山区景色，不时用手指点着远处山峦、溪涧、丛林、村落，向身边的人提出各种问题。

他就是中共中央总书记胡耀邦。这是1984年12月的一天早晨，耀邦视察湖北南部山区，从崇阳县住处出来的情景。这些年来，耀邦经常离开北京到外地、到基层作调查研究，同干部群众进行广泛接触，向他们了解情况，听取他们的意见和建议，在干部和群众中留下了十分动人的故事。

他到过一千五百多个县

胡耀邦到基层作调查研究，到过多少地方？有人作过粗略的统计，我国共有2200多个县，胡耀邦已到过1500多个县（包括在他担任总书记以前去的地方）。他足迹几乎遍及祖国大地。祖国的东南西北、山山水水，都留有他的行踪。

东边，他多次视察东部沿海一些城市、海岛。

北边，1984年九月，他乘旅行车，驶过一片渺无人烟的草原，穿过二连浩特市区，到达中蒙边境二连哨所，询问战士们的生活情况，听取了边防部队领导人的汇报。

西北，1985年7月21日，他乘飞机越过白雪皑皑的天山山顶，越过准噶尔盆地浩瀚的沙漠，在西北部边陲重镇塔城降落，对新疆进行了两个星期的考察。耀邦到达后的第一件事，就是到十七公里外的中苏边境巴克图哨所，看望日夜守卫在那里的边防战士。

西边，西南边，他曾到云南西部高原，四川的甘孜、阿坝两个藏族自治州和甘肃的陇南地区进行考察。

南边，1985年最后的一天——12月31日，他乘直升机在南海上空颠簸飞行了整整两个小时，到达了珊瑚岛。随后来到西沙群岛的“首府”——永兴岛，看望了岛上部队的指战员、职工和家属。

他不是浮光掠影，走马观花，有许多地区他多次去视察。

他三次到新疆进行调查研究。前两次是1957年和1983年，第三次是1985年7月中旬，正逢盛夏，他乘旅行车沿着北疆和南疆，到十个地、州、市的21个县进行了考察，走遍了新疆所有的14个地、州、市。

从1982年开始，他已先后到过大港、大庆、中原、克拉玛依、长庆、胜利六个油田，看望过那里的干部职工，听取了他们的工作汇报。

1984年，胡耀邦13次深入基层，走访了14个省、自治区、直辖市的102个县市。这一年，仅河北省他就进行了五次调查。

一次，耀邦询问陪同视察的四川省委书记杨汝岱：“你到四川跑了多少地方？”杨汝岱说：“全省188个县市，除城口、万源以及甘孜、阿坝州的少数民族县的边缘地区没有去外，其他大部分地方都去过。”耀邦说：“解放后，我已走过四川的许多地方，现在还有四个地区没有去。今后要一个一个地调查访问。”他告诉杨汝岱，他打算在几年内跑遍全国所有地区。

在视察中，每到一个县，耀邦都非常关切地询问县委的同志，一年中有多少时间到基层接触群众，到过多少村庄，没有到过的村庄还有多少，搞过一些什么内容的调查，帮助群众解决了一些什么问题，群众对党的政策有什么反应，对各级干部有什么意见等等。他说，到基层接触群众，搞好调查研究是一个工作作风问题，也是一个精神境界问题。共产党的干部就要有这种好的作风，好的精神境界。

他还说，经常到下面走一走，看一看，增加点感性知识才能上升为理性认识。对担负领导工作的人来说，最大的危险就是脱离实际。如果轻视感性知识，理性知识不同感性知识相结合，那是很危险的。

一年又一年的春节，他都是在群众中度过

1986年二月，农历腊月三十，贵州省布依族山寨乌拉村充满了欢乐的节日气氛，家家户户都贴上了春联，喜气洋洋地欢庆新春佳节。中午，布依族农民、省劳动模范黄维刚家里飞出了一片笑声。原来，中共中央总书记胡耀邦应邀在他家做客，耀邦按照布依族的风俗，同黄维刚全家八口人有说有笑地吃团圆年饭。

胡耀邦率领由中央机关27个部门30人组成的考察访问组，于二月四日离开北京，前往贵州、云南、广西的贫困地区考察。沿途听取了当地负责人的工作汇报。七日下午，耀邦在云南罗平县视察时，参加了当地四百多名苗族、布依族、彝族、汉族群众举行的春节联欢会。他高兴地同各族群众手拉手围成圆圈，在平铺着青翠松针的广场上，跳起了欢乐的《民族大团结》舞。随后，由云南的罗平县到达群山环抱的贵州省黔西南布依族苗族自治州首府兴义，同各族人民一起欢度1986年春节。七日晚上，他在同自治州的干部和各族各界群众见面时，代表党中央向黔西南人民表示亲切的问候。八日上午，他来到黔西南民族师范专科学校向师生们拜年，并同他们进行了座谈。接着，他兴致勃勃地到布依族山寨乌拉村看望了几户农民家庭。

这是自1983年以来，耀邦第四次离开北京，到群众中间与群众一起过春节。耀邦家里有十多口人，老伴李昭，长期从事纺织工作，现已退休在家。他有三个儿子、一个女儿和几个孙子、外孙，却连着四个春节没有与家人团聚。

1983年，新春佳节前夕，耀邦到素有“天涯海角”之称的海南岛最南端

的崖县，同守卫在祖国南大门的人民解放军指战员和当地人民群众一起欢度传统佳节。

1984年春节前夕，耀邦前往法卡山阵地，专程慰问广西边防部队，向指战员们拜年。

农历腊月二十九下午，几辆北京吉普车停在法卡山部队门口，胡耀邦与余秋里、张廷发等领导从车上走下来。耀邦穿着一身灰色制服，带头拾级而上，视察法卡山阵地。接连几天的蒙蒙细雨刚停，山陡路滑。战士们拖出一束自制的竹杖，但耀邦摇手谢绝了。他边走边询问法卡山地区的战备情况，在一个掩蔽所里，耀邦和一个手持冲锋枪正在值勤的战士合影留念。在会议室里，他笑容满面地问大家："明天就是除夕了，你们打算怎样过年？"

"除了完成战备值勤的任务外，还要安排晚会和游戏，让大家热热闹闹地过年。"教导员冯炳浩回答说。

当听到连队打算安排三次会餐时，耀邦特意问："元宵节会不会餐，包饺子南方的同志吃得惯吗？"他还关切地询问了连队的文娱生活情况：在边防前线能不能看到北京当天播出的电视？一个月能看上几场电影？

耀邦称赞指战员们提出的口号"只要法卡山战士在，敌人休想度关山"，鼓励战士们建功立业，守卫好祖国的南疆。

离开法卡山后，耀邦等来到南宁。除夕之夜，他又驱车东行30多公里来到邕宁县农村，一连跑了两个村子，走访了好几家农户，向守岁的农民拜年。当他来到第二个村子的一家农民大院时，已是夜晚十点钟。主人听说是党中央总书记来拜年，激动得不知说什么好，立即要自己的闺女、媳妇端来过年的粽子，让总书记尝一尝。

一年又过去了，1985年的春节又将来临了。2月19日，农历除夕那天的中午，胡耀邦出现在一座偏僻的山村——滇西高原福台山腰密林深处的普家村。这个一向与外界很少来往的僻静的彝家村寨，这天沸腾了。村头的打谷场上，噼噼啪啪的爆竹声响个不停；打扮得花枝招展的彝族姑娘和衣着整洁的彝族小伙，手拉手，肩并肩地跳起优美的弓步舞，唱起欢快的彝家歌曲……

人们溢于言表的喜悦心情是可以理解的。谁能想到此时此刻，党中央总书记胡耀邦会出现在这座偏僻的山村，而且就在他们当中，向他们拜年、祝酒，同他们共叙家常呢！

国事繁忙他也挤时间到基层

历史性的党的十二大刚刚开过。1982年9月18日，报上刊载了中共中央总书记胡耀邦17日晚，在北京灯火辉煌的人民大会堂为欢迎金日成主席举行盛大宴会的消息。可是19日一早，耀邦就出现在成昆铁路上被崇山峻岭包围的桐子林车站。耀邦一行的出现，使这里的干部群众感到十分意外，许多人脸上露出惊讶的神色："是胡耀邦吗？我们这里出席党的十二大的代表还没有回来呢！"

耀邦日夜兼程到这个偏僻的山区，是因为桐子林一带是我国西部能源、钢铁、畜牧业建设的重要基地。胡耀邦是来这里察看正在勘测设计中的桐子林水电站和二滩水电站站址的。

原来，胡耀邦18日中午乘飞机到达成都，随即改乘火车南下了。上了车，他就忙着和四川省委及成都铁路局的领导同志一道，听取专家们的汇报。到目的地后，他先后察看了龚咀水力发电站、官村坝隧道和1981年曾被泥石流冲垮的李子依达铁路大桥。为了赶路，晚上他只在停留于西昌车站的火车上休息了四个小时，随后又继续进行他的视察工作了。

耀邦在与一些县委书记谈心时，曾讲过这样一段话：一个人当了三年县委书记，不把所有的村庄跑遍行吗？要经常到基层去考察，去调查研究，这是中央历来强调的。现在全党贯彻得还很不够。讲空话的顽症，只有到实践中去、到群众中去，才能根治。

1985年9月26日上午，邛崃山脉上空，笼罩着重重的雨云。一架银色客机穿过浓密的云层，降落在邛崃县郊区的机场上。舱门打开了，胡耀邦在霏霏细雨中快步走下舷梯。三天前，他还在出席党的全国代表会议，两天前还在主持党的十二届五中全会。就在临行的前一天，他还出席了经过部分增选和调整后的中央书记处的第一次例会，会议开了整整一天，直到傍晚六点四十分才结束。会议结束后才十多个小时，耀邦便飞越1600多公里的空间，开始了对川西北高原和陇南山区的视察……这样的事例还有许多。

星期天，紧张工作了一周的人们，有的带孩子到公园游玩，有的走进剧场、电影院、体育馆，愉快地度过休息日。而为了国家大事忙碌的胡耀邦却很少有星期天的休憩，他把休息日也利用起来了。

1982年四月一个星期天的早晨，一架草绿色的直升机，披着和煦的阳光，穿越湛蓝的晴空，由北京向河北省易县飞去。

昨天，耀邦忙碌了一天，刚刚送走了罗马尼亚社会主义共和国总统尼古拉·齐奥塞斯库一行；明天，还要参加另一个重要会议。今天，他本应休息一下，过一个恬静的星期日。但是他让身边的工作人员给他作了安排：利用星期天到河北保定地区的易县、雄县农村看一看。

易县斜卧在太行山东麓，地势险要，是首都西南面的屏障，也是自古以来兵家必争之地。燕国曾在这里建有著名的下都，至今还保存有完整的下都遗址。解放战争时期，耀邦历任冀察辽军区代理政治部主任，中国人民解放军晋察冀军区第四纵队、第三纵队政治委员，第十八兵团政治部主任，曾在这一带指挥部队同国民党军队作过战。他同这里的人民结下了深厚的革命友谊。他关心这里的植树造林工作，想亲自来看看。

八时二十分，耀邦乘坐的直升机飞到易县上空，没有马上降落，它从易县东北面转向西南面的狼牙山，在空中转了两大圈，耀邦透过机窗细细地观察着东北向西南蜿蜒而去的太行山的绿化情况。随后，飞机降落在清西陵附近的一块空地上，耀邦走下飞机，便同等候在那里的易县县委的同志亲切地交谈起来……

耀邦曾对同自己一起到基层作调查研究的同志说：不要以为把地方上的同志找到北京开个会就够了。那样是不行的，要多下去实地接触各方面的干部、群众和环境。我们中央第一线的同志难得有比较长的时间到下面去，我们的办法就是一有机会就抓紧时间，各处跑一跑，多下去，多接触干部群众。

夜宿鄂西小镇野三关

1984年四月上旬，耀邦专程到鄂西土家苗乡作了为期六天的考察访问。八日下午，耀邦一行由来凤县北上到利川县后，由于连日长途跋涉，许多同志都感到十分困倦。若按原定计划，继续东进，经野三关，出鄂西到当阳的话，还有五百多公里路程，足足要走两天。考虑到总书记工作紧张，身体劳累，有的同志建议改变原计划，返回恩施，乘飞机去武汉。这样可以减少一多半的路程。州委的同志也一再劝说："野三关的住宿条件差，在那里住宿不方便。"耀邦还是没有同意。他说：多走些地方，多作些调查没有什么不好，西藏我去过，西北高原我去过，为什么野三关不能住？鄂西是"老"、"少"、"边"、"穷"地区（即老革命根据地、少数民族地区、边远穷困地区），要关心，要扶持，多看看有好处。

就这样，在九日下午五点多钟，耀邦在当天乘车走了300多公里路程之后，住进了野三关区招待所。这时，大家又累又饿。省委、州委的同志建议，立即让总书记休息，不再安排活动。但是耀邦却说：我不休息，明天就要离开鄂西了，还是抓紧时间谈谈。说着就带头走向二楼会议室，听取巴东县委负责人的汇报。

乡村的夜，宁静安谧。

区招待所是一栋二层楼的木板房，设备简陋，只要稍一走动，整个楼板就发出嘎嘎的响声。耀邦有步行锻炼的习惯，他向自己提出了一个严格要求：每天步行一万步。他腰间系着一只计步表，准确地记录着步行的步数。他一天步行两次，有时三次，一万步一步不能少，只能超过。即使在外出视察工作时，也不放松步行锻炼。在火车上，他照常坚持来回步行。到海拔3000米的青藏高原时，他仍然每天坚持步行一万步。有时在乘车途中，他也要下车步行一段。

那天晚上，耀邦为了减轻楼板上散步发出的声响，不影响住在左右房间和楼下同志的休息，他不仅比习惯散步的时间早开始，而且还换上了布拖鞋。尽管他下脚起步都很轻、很慢，但楼板还是发出了嘎嘎的声响。他身边的工作人员提醒他："楼下有人住着，你散步走得楼板响，会影响别人休息。"总书记立刻停止走步，问道："这楼板不是夹层的吗？"

"不是的，我看过了，是单层的！"耀邦马上果断地说："对，不能影响他们休息。"说着就回到了那夜风透壁的房间。

中南海的树种到定西

1983年12月26日上午，一个长方形的小木盒送到中共甘肃省定西县委书记顾志平手里。小木盒沉甸甸的。顾志平小心翼翼地撬开封盖，只见里面有两塑料袋的树种和一封信。一袋是华山松种子，一袋是侧柏种子，每袋2斤重，种子粒粒饱满光润！

这是谁寄来的种子呢？等顾志平看完了信，心里一热，一切都明白了。

事情是这样的：1983年七月，耀邦访问大西北，在甘肃共停留了7天，先后在陇南的天水地区、陇东的庆阳地区、中部西南的临夏回族自治州和兰州市作了调查和考察。多年来，甘肃黄土高原的生态遭受破坏，干旱严重，树木稀少，特别是中部18个县的人民，依然过着贫困的生活。耀邦曾同定西、平凉地区的负责同志一起共同商讨，要想办法尽快改变这些地方的贫困落后面貌。同时还派了几位随行的同志去定西最困难的社队逐户了解农民的生活情况。

他指出，西北地区一个共同的问题是干旱严重，要治服干旱，就得种草种树。有了草，有了林，就能发展畜牧业；畜多肥多，就能多打粮，还会促进农副产品加工业和轻工业的发展。这是改变甘肃面貌，治穷致富的根本大计。他要求定西、平凉地区五万多名干部带头种草种树。

耀邦还要求共青团中央发动全国，主要是北方青少年义务采集草籽树种，支援西北改变山河面貌。于是，一个大规模的采集草籽树种的活动，在全国展开。一袋袋、一箱箱的草籽树种源源不断送到大西北。

耀邦回到北京后，一直挂念着同干旱作斗争的大西北人民。他对身边的工作人员说："我们不能光号召人民群众采集草籽树种，我们自己也应该有实际行动。"他说，"咱们就采集松柏树种送给西北人民吧！"

中南海的瀛台附近，长着一棵棵茁壮的侧柏。耀邦散步时，发现侧柏结出饱满的果实，稻粒大的种子撒落一地。他高兴极了，捡拾了一堆带回办公室晾干。以后，接连好几天，他每天散步时，都注意采集一些侧柏种子带回来。过了几天，他同身边的同志商量：能不能挤出点时间，专门到西山去采集树种？那样收获得多一些。

九月六日下午，耀邦在完成几件紧要工作之后，就和同志们一起，轻车简从，一路谈笑风生，直奔西山。

九月的北京，天高云淡，晴空万里。西山，此刻霜叶正红，松柏结实累累，阳光下碧流霞飞。耀邦和大家一起登山攀岩，穿林摇树。警卫战士架上梯子，爬到六七米高的大树上采摘。耀邦把采集来的松果剥出一颗颗松子，装进带来的纸口袋。他双手沾满了松子油，依然兴致勃勃地不停手。

劳动了近两个小时，夕阳西坠时，他们才返回中南海。

耀邦和身边的工作人员把这些种子捡干净、晾干、精选。他还提议，写一封信，鼓励定西人民努力奋斗，改变家乡穷困面貌。于是，两袋精选的树种和一封信装进一只木盒从中南海送出来了……

打开农家的饭橱看看

耀邦到基层调查研究，工作做得很深很细。他到农民家做客，除与农民交谈以外，还要在农民家里亲眼看看。至今，山东省威海市远遥村还流传着总书记打开农家饭橱的事。

1984年10月21日晚，胡耀邦乘船到达烟台，在听取了中共烟台市委的工作汇报之后，紧接着就乘车东行，到胶东农村去了。

威海市远遥村是一个有400多户人家的渔村。近五年来，这个村人均收入每年增加120多元，150户收入在5000元以上，250多户住上宽敞、舒适的新房。耀邦一进村，就被一排排的农民新居吸引住了。他走进村长王义杰的家，女主人安淑珍忙把总书记迎进会客室。她家五口人，四间正房，四间厢房，过厅里，瓷砖铺地；会客室里，一圈沙发、台灯、壁灯、落地灯，装饰得“富丽堂皇”。村党支部书记李焕文告诉耀邦，这房子是1981年盖的，标准低了一点。安淑珍也后悔房子盖早了。

看过卧室，耀邦又拐进厨房，锅灶收拾得干干净净，靠墙立着一个大饭橱。他走上前去，打开饭橱的门，橱子里有鱼、有肉，还有海蜇；又打开酒柜，里面有“景芝白干”、“蓬莱仙酒”。看到农民饭橱里的食品如此丰富，耀邦格外高兴，他一边看，一边笑着说：“好，好啊！”

与山村老汉拉家常

在燕山深处，古长城脚下，有一个叫炮岭的小村。这里住户稀散，道路崎岖，属河北省宽城县管辖。

1984年8月25日，这个偏僻闭塞的小山村一下子热闹起来了。这天上午九点多，七十五岁的高印成老大爷正盘腿坐在炕头上。他透过窗口，朝山下看去，猛地看见从远方驶来的几辆旅行车缓缓地在前山停了下来。高印成以为是检验公路的人来了，急忙迎出屋去。刚到门前，就看见从车上下来十几个人，已经沿着干涸河道的碎石路朝他家走来了。这些人是干部模样，不像是验道工。他忙问："你们是哪儿的干部，区里的还是县上的？"

走在前面的人给他介绍穿灰色衣服的人说："这位是北京来的干部！"北京来的干部一把握住高印成的手说："到你家去看看，欢迎吗？"

高印成脸上露出惊奇、高兴的表情，忙说："欢迎，欢迎！"

踏着山石台阶，一行人走进高印成家里。东屋里有一副对联：风送稻花香，雨洒禾苗壮。横批：努力生产。北京来的干部一边念，一边说："好、好！"

这个干部坐到一张木椅上，询问高印成家里的生活情况，高印成和儿子兆云、兆雨一一做了回答。北京来的干部兴致勃勃地和他们攀谈着，从生产到生活，样样都谈到，村里的事一件件都问得很细。

高印成告诉客人，他们家里原来有1500元存款，今年盖房子都用了。他们种有十五棵板栗树，一年要收几千斤板栗，可以换钱。

"你们土地、山林搞承包没有？"

"暂时承包下来了。"

北京来的干部说："让老百姓生产搞承包，生活富裕起来，这个政策不是暂时的，是长期的。你们要相信，中央的政策是不会变的！"

村里的乡亲们，听说高家来了北京客人，纷纷来到高家，不一会，屋前屋后挤满了人。陪同"北京干部"来的一个人问大家："你们这里有电视机吗？""没有。"乡亲们摇头回答。

"哦，那我得给你们介绍一下——这位是我们党中央的总书记。"

“总书记——那不是胡耀邦同志吗，怎么会到我们这个小山沟里来了？”乡亲们低语着，互相交换着惊诧的眼神。

这时，耀邦站起来，笑着说：“我是胡耀邦。”

“啊！你真是啊！”

耀邦是和河北省的领导一起考察迁西县山林后，路过这里的。

时间不早了，高老汉看到耀邦等同志要走，就一把拉住他的手说：“那得吃了饭再走！”“谢谢，不吃了。”大家走到堂屋，发现灶火正旺，煮熟的猪肉香气四溢，耀邦问：“今天你们家办什么喜事？”高兆云忙答道：“我二女儿定亲，亲戚朋友都来了。”耀邦向老汉拱手并大声说：“你家大喜啊，祝贺，祝贺！”

耀邦和高印成老汉边走边谈，走到汽车旁，他转过身来对大伙说：“请回吧，不要再送了！”高印成拉住胡耀邦的手说：“你到我们山沟里来，难得呀，以后要再来啊！”耀邦说：“我祝你长命百岁，活到100岁！”

在牧民的帐篷和蒙古包里

公路沿途是一座座青绿的山冈，山冈之间的平阔处，常见大片黄灿灿的油菜和绿油油的小麦地。散落在山冈旁的藏族牧民帐篷和泥土筑成的平顶住房上空，升起一缕缕青色炊烟，呈现出一派典型的青藏高原的景色。

汽车沿着青藏公路继续西行，闯入一片宽阔无边的大草原，一群群白色的绵羊和乌黑的牦牛在草原上缓缓移动。1983年7月24日上午，胡耀邦和随行的全国政协副主席杨静仁、兰州部队政委肖华、青海省委书记赵海峰、甘肃省委书记李子奇等来到青海省共和县的一个藏族牧业队——甲乙大队。身穿节日盛装的藏族青年骑手赶到路口欢迎来访的客人。三十九岁的藏族牧民塔新加等向客人们敬献了哈达，同时用藏语向客人问好。耀邦按照藏族的习俗，用手指蘸酒弹向空中，祝福牧区繁荣！

耀邦对这个大队牧民人数、牧畜头数和实行包干的情况进行了了解。

“你们比较比较，什么时候的生活最好？”

“解放初期的生活最好，以后不行了，三中全会以后，又好了起来。”

回话的牧民，脸上绽开了欢快的笑容。

耀邦指了指牧民穿的马靴说：“多少钱一双，好买吗？”

“三十八九元一双，能买到。”牧民们回答说。

耀邦又拿起藏刀问道：“藏刀好买吗？”

“能买到。”

耀邦又指着藏族妇女佩带的珊瑚串问：“牧区藏族群众需要什么？”牧民们说：“珊瑚、水獭皮、礼帽比较缺。”

耀邦回过头来对身边的青海省委书记和甘肃省委书记说：“牧民民族用品的供应问题要想办法解决。”

从塔新加的帐篷出来，耀邦跨过涓涓细流“灯笼渠”，走向牧民尕藏本的帐篷。这时，放暑假回来的中央民族学院藏族女大学生李志坚拉着海南州医院年轻的女医务工作者唐燕的手，喜滋滋地跑到胡耀邦跟前。耀邦和她们亲切交谈，勉励她们为开拓青海出力。

耀邦与民间兽医才加、民办教师彭措才合影后，又与百余名牧民合影留念。接着，耀邦用刚学的藏语说：“得毛西！”（再见）向藏族牧民告别。

1984年九月中旬的一天，耀邦一行乘坐旅行车来到开阔的内蒙古巴音杭盖草原，访问蒙古族的牧民。

葱绿的草原一眼望不到边，车窗外地平线上不时出现一座座蒙古包。蓝天之下，洁白的羊群像白云般飘浮移动，使人不禁想起《敕勒歌》中描写的“天苍苍，野茫茫，风吹草低见牛羊”的情景。

包吉尔家的蒙古包里，笑语声喧。这家上了年纪的女主人忙不迭地向客人们敬茶敬酒。桌上摆满了酥油茶、奶饼、奶糕等自制的奶制品。大家盘腿坐在毡毯上聊家常。耀邦一边品尝着奶茶，一边细致地询问牧民的生活情况。包吉尔笑眯眯地告诉耀邦说：“我们家六口人，四个劳动力，去年全家收入4000多元。现有牛、马、骆驼、羊共300多头。比实行责任制以前的日子好多了。”包吉尔还兴致勃勃地引导客人参观了她家的硅片太阳能电池。她说，这是花了1000多元买来的，挺管用。只是电力小，发的电只够开电视机和一支八瓦的灯用。

附近的牧民们闻讯赶来了，包吉尔蒙古包外面的人越聚越多。他们一会儿静听，一会儿张口大笑，一会儿高兴地鼓起掌来。他们问候总书记，又七嘴八舌地向总书记反映他们的意见和要求。有的说，现在牧民哪一家也不缺钱，都想买彩色电视机、电冰箱、洗衣机。但就是没有电，使唤不动。耀邦笑着对自治区党委书记周惠说：“看来，牧民用电这是个没有解决的大问题，要请有关部门研究，生产功率大一点的电机设备，适应牧民的需要。”

要离开牧民了，在登车前，胡耀邦挥手向牧民们道别。几位蒙古族男女青年引吭高歌，祝愿尊敬的客人旅途顺利，身体健康！

他关心着山区和边远贫困地区的人民

耀邦跑得最多的是山区和边远贫困地区。这些地方山高、地贫、人稀，生产落后，群众生活水平不高。

1982年九月下旬，耀邦到四川凉山彝族自治州视察，他对彝族群众的住房问题极为关心。到达凉山州委的当天，就派人到高寒山区察看彝族群众的住房情况。他说，这次来凉山的目的之一，就是来寻找解决彝族群众住房问题的办法，俗话说：“金窝银窝，不如自己有个穷窝窝”啊。

耀邦是湖南省浏阳人，小时候家庭贫困，1931年16岁时离开家乡，到位于江西省南部和福建省西部的中央革命根据地。1934年参加长征，长征时曾路过这里，对彝族同胞住房条件的恶劣深有感受。当时的凉山还处于奴隶社会，生产水平极其低下，人民群众生活非常痛苦。而今，耀邦旧地重访，看到这里发生了翻天覆地的变化，感到十分欣慰。但是他看到这里人民生活水平与条件好的地区比，差距还不小。而住房问题仍是广大彝族群众尚未解决的大问题。他听了派去察看情况的同志的汇报，晚上躺在床上，辗转反侧，难以成眠。他说，解放已30多年了，我国还有彝族、苗族、布依族、瑶族等少数民族群众的住房条件没有大的改进，现在是到着手解决的时候了。

作风民主、平易近人

调查过程中，基层的同志比较拘谨，为了打破这种局面，使气氛活跃起来，耀邦经常说说笑话，开开玩笑。1982年七月，耀邦等到内蒙古东部地区作调查，了解那里的能源基地和畜牧业基地的建设情况，看看牧民的生活。24日下午，他们来到赤峰县一个公社的乳品厂，公社主任孙国荣见到耀邦后有些拘谨。

“你姓什么？”

“姓孙。”

“噢，赵钱孙李的孙啊！”“哦，三支钢笔，你是侯宝林在相声里说的学生呵！”

耀邦一番风趣幽默的言谈，逗得大家笑了起来。站在耀邦对面的孙国荣低头看了看自己上衣兜别着三支钢笔，也不禁笑了，拘谨的情绪随之烟消云散。耀邦在厂里对吸奶、冷却、浓缩、喷粉到包装等工序都仔细地进行了观察，询问了操作过程。

耀邦作风民主，平易近人，不止在外出视察是如此，平常也如此。他时时刻刻把自己放在人民公仆这个位置上。

1983年5月31日和6月1日，中共中央在人民大会堂邀请各方面人士举行民主协商会。耀邦在会上代表中共中央讲了话，向与会同志提出了同心同德、为把我国建设成为社会主义现代化强国而努力的希望，他概括了12个字：毋忘团结奋斗，致力振兴中华。他的话音刚落，会场上掌声不息，纷纷叫好。会后，新华社记者想把他刚才高声吟诵的12个字的对联写到会议消息中去。耀邦笑着对身边的工作人员说：“那算什么对联哟，不过是顺口说出来的两句罢了，他们要写到消息中，我看也可以。请记者同志自己决定吧。”话刚说完，经过短暂的思索，他又以商量的口气说：“可不可以改两个字呀？”工作人员问他怎么改。他说：“把‘致力振兴中华’改为‘务期振兴中华’好不好？”在场的工作人员回答说，改为“务期”，从读音上看，不如用原来的“致力”二字好。耀邦正在琢磨改还是不改，这时胡启立、陈丕显来了。秘书把刚才的意思同他们讲了，胡启立、陈丕显也都主张用“致力”二字好。耀邦听后非常高兴地说：“那好吧，接受你们的意见，不改了。”在场的记者就把这两句话写在采访本上，耀邦见记者把第一句话写为“勿忘团结奋斗”，便接过笔将“勿”字改为“毋”字。记者说“勿”、“毋”二字通用。耀邦笑了笑说：“这两个字稍有不同。也许你们上学时这两个字已通用了，但我看此处还是应当用出来个小尾巴的‘毋’字好。”

心在人民、利归天下

南阳卧龙岗诸葛武侯祠大殿门两旁有一副对联：

心在朝廷　原无论先主后主

名高天下　何必辨襄阳南阳

有人说这副对联是清朝咸丰年间南阳知府顾嘉蘅所作。对联的意思是说，诸葛亮对于蜀汉王朝，不管先主刘备还是后主刘禅，都是鞠躬尽瘁，始终如一的；他的功勋，早已名扬天下，至于早年他的隐居之地，究竟是襄阳还是南阳，就不必去追根溯源了。

1959年秋，当时任共青团中央书记的胡耀邦到河南检查工作，曾在诸葛武侯祠大殿前逗留，他念了这副对联后，对陪同他参观的同志说：“我来改一改。”他吟诵道：

心在人民　原无论大事小事

利归天下　何必争多得少得

“心在人民，利归天下。”这正是耀邦总书记一生为人为官的写照啊！

（此文系与郭远发合作）

1986年

第三辑　飘逝的背影

这辑里的人物，全部是文化名人、学界名流。有的人遭遇坎坷，不改初衷。作者当年采访他们，曾为他们的真诚坦白深受感动，也为他们的命运多舛深为感慨。他们中最令人同情和敬佩的，是胡风、丁玲、陈企霞三位文化界的前辈。他们怀着满腔热血，投身革命，做了大量有益的工作。岂料解放后，他们本该进一步大显身手时，接连而来的政治运动，却将他们打入了命运的谷底。待到云开日出时，他们已垂垂老矣。但他们仍痴心不变，抓紧时间，为文化事业发挥余热。他们算得上中华民族的脊梁。

春天访胡风

胡风这个名字，很长时间是与一顶可怕的“帽子”联系在一起的。党的十一届三中全会的春风吹绿神州大地之后，这顶“帽子”才藏进历史的箱底。尔后，人们从报端得知，胡风又回到了北京，并被增补为全国政协常委。历史，虽已揭开了新的一页，可人们对他的跌宕起伏的生活和扑朔迷离的转机，还是很想知道得更详细一点的。

我们怀着这样的心情，今年仲春时节去拜访了胡风先生。

30年代，他是一个血气方刚的青年，被日本警察拷打、驱逐出境时，他高喊“反对日本侵略中国”的口号

在复兴门外的一幢高级公寓里，我们按响了胡风先生家的门铃。开门的是胡风的儿子张晓山，他把我们请进屋里。

环顾宽敞的客厅，陈设简单，显得有点空空落落。

只有靠墙摆放的四个高达两米的书柜，说明主人不喜奢华唯爱书。而书柜之中，鲁迅的作品又格外引人注目：有1958年和1981年版的全套《鲁迅全集》，还有1938年版的《鲁迅全集》，尤其珍贵的是十余册鲁迅生前出版的单卷集。看得出，主人是十分敬仰鲁迅先生的。

胡老在儿子的搀扶下走进客厅，看我们站起身来，便点点头跟我们打招呼。这位在三四十年代积极扶持新人新作，曾被称为“中国的别林斯基”的老人，尽管华发脱尽，老态龙钟，仍不失学者的儒雅风度。

胡风原名陈光人，1929年秋，东渡扶桑，研究无产阶级文学运动，与日本的无产阶级作家江口涣、小林多喜二有过亲密交往。“九一八”事变后，他参加了日本共产党和日共领导的反战同盟，后又加入中国左翼作家联盟东京支部。1933年春在日本被捕，七月被驱逐回国。回国后担任左联的宣传部长，后又接替茅盾先生任左联书记。当年的胡风，曾是个血气方刚的青年，被日本警察押上开往神户的火车被驱逐出境时，在火车开动的一刹那，探身窗外，朝着审讯、拷打他的警察喊道：“反对日本侵略中国！”为吐出胸中的闷气，竟不顾自己尚未离开日本国境。

面对“四人帮”的高压淫威，他决不肯对周扬落井下石

经历了50年的风霜雨雪，胡风苍老了，浓重湖北腔的嗓音沙哑而低沉。

我们问候过老人后，便和他攀谈起来。当提及30年代“两个口号”的论争时，胡老抬起头注视着我们，缓慢而坚定地说：

“关于这个问题，我至今观点未变。30年代雪峰同志就告诉我，最好是沉默，由他去负责调整。因此，我只在最初写过一篇文章，以后再也没有去争论。现在，我写了一点与当年有关的东西，也是为了抢救我自己的史料。孰是孰非，尚待后人评说。”

熟悉30年代那段历史的人都知道，因为文艺理论上的不同看法和“两个口号”的论争，胡风和周扬之间是有隔阂的。但人们却不知道，胡风在“文革”中，即使面对“四人帮”的高压淫威，也决不肯对周扬落井下石。

1967年，姚文元抛出又臭又长的文章，“批判”周扬。遵照“四人帮”

的旨意，监方叫胡风对姚文元的文章明确表态，并要胡风揭发周扬以“立功赎罪”。“耿直而易于招怨的胡风”（鲁迅先生语）表态十分明确：“我没有什么好揭发的。在理论问题上，我和周扬有不同的看法，但是姚文元的文章，是在胡说八道！”

那时，一个在押的“反革命”，敢于和“中央文革小组”的姚文元唱对台戏，其后果可想而知。先是监方将广播喇叭转向胡风的监房，每日播放姚文元等人的文章，然后，当胡风14年徒刑期满，应当在1969年释放时，根据江青、姚文元的指示，找到借口，又加判胡风无期徒刑。可是，加批无期徒刑的胡风仍不知进退，始终不肯写出一字揭发周扬的材料。

“有什么就说什么，这是做人的起码准则。”胡老淡淡地对这一段往事做了总结。

“胡老，您在日本加入过日共，回国后为什么没有转入中国共产党呢？”我们又问。

“回国后不久，是向左联的党组织表示过。1936年的四五月间，雪峰同志也曾通知我，已经是中共党员了。还嘱咐我说，因为环境困难，和他单线联系。”

“那么现在呢？”我们追问。

“关于父亲入党的事，我们也曾问过父亲。”张晓山接过话头说，“父亲总说，现在身体坏成这个样子，不能为党做多少工作，再入党也就失去意义了。”

“莫非胡老对那一段囹圄生涯还有些抱怨？”我们轻声问晓山。

“不，父亲在被关押时，精神病犯得再凶，只要一有人告诉他，这是党中央的指示，他就立刻安静下来。”晓山说着，拿出胡风在1981年重新执笔后发表的第一篇文章《向朋友们、读者们致意》，文中有这样一段话：

“二十多年来，我与世隔绝，恍如过世之人。如今拿起笔来，要与千千万万读者见面，心情是复杂的，那感触就更多了！

“我想到了党……如果不是革命和中国共产党，我个人或许一辈子也找不到安身立命之地。一些牺牲的先烈们和一直忠贞战斗着的同志们引导我……在这将近四分之一的世纪里，支撑我活下去的，就是对党的信念。这是我的肺腑之言，我，相信党……”

信念，具有非凡的力量。从这位83岁的左联老战士身上，又一次得到了证明。

党的十一届三中全会后，周扬带着中央平反文件前来看望，文学战线上的两位老战士手握在一起

胡老谈了一会儿话，闭目靠在沙发上，显得有些疲倦。张晓山在旁解释说，父亲患有动脉硬化症和冠心病，不便多说话，希望我们谅解。我们想请胡老谈谈他的平反经过。张晓山在旁介绍道："父亲的平反，我们没有给中央写过什么申诉信。说真的，中央决定平反，我们真是又惊又喜。"

在1968年上山下乡的热潮中，胡风先生的儿子张晓山理所当然地离开北京，前往内蒙古自治区土左旗插队落户。那样的岁月，家庭出身可以使人的命运有天渊之别。到了1976年10月，绝大多数的伙伴都已安排了工作甚至被推荐上了大学，他却仍旧被"遗忘"在乡下。

全国高等学校恢复招考制度的春风，把他心头的池水吹皱。县城里的同伴也纷纷劝他试一试。他抱着一线希望应试了。他的姐姐张晓风，在60年代初曾两次报考大学，均未被录取，无形的阴影使坐在考场里的张晓山心头沉重。

结果却出乎意料。作为胡风的儿子，他竟被内蒙古师范学院录取了。尽管录取附加有一个小小的条件：不要上中文系。但是，以历史唯物主义的观点看，内蒙古自治区招生办当时做出的这一决定，仍然是极富魄力的。

1978年三月，张晓山跨入内蒙古师范学院外语系。时令，正值冬将尽而春将至。春天，中国政治上的春天，确实不远了。

1978年12月，党的十一届三中全会在北京闭幕。20天后根据中共中央电话指示，四川省公安厅派出负责干部和两部小轿车，把胡风接回成都。与胡风同时离开雅安监房的，还有自愿跟随丈夫服刑的胡风忠贞不渝的夫人——梅志同志。结束长达24年的监禁生涯，胡风夫妇与儿女们在成都相聚了。

党的十一届三中全会，胡风将永远不忘。

1980年九月，中共中央做出正式决定：为"胡风反革命集团"案平反。

胡风重新被我们的党称为“同志”。

是周扬同志，亲自带着中央文件，驱车前往国务院招待所，把这一喜讯报告给梅志同志。50年代，胡风错被批判、关押，文化大革命中又遭“四人帮”迫害，从1972年起即患有心因性精神病。周扬关切地询问了胡风的病情，然后说：“现在我去看望胡老，不会加重他的病情吧？”

“啊，不会的。他知道你要去看他，正在等候你。”梅志答道。

周扬遂又驱车赶往北医三院的精神病防治所。半躺半坐靠在病床上的胡风，为岁月和疾病所折磨，佝偻着腰，不能抬头。周扬跨前几步，俯下身说：“我代表组织上来看望你，向你报喜！”

越过歧见的沟壑，文学战线上的两位老战士，把手握在了一起。

周扬又说：“50年代对你的批判是错误的，责任由中央来承担。这些年，你受了许多苦。我也受了一些苦，我的问题已经解决了。现在，你的问题也解决了，你要安下心来养病。”

25年朝思暮盼的平反决定终于盼到了。胡风激动得老泪纵横。尽管因为身体太差，中央的这份平反决定胡风不能亲自过目，但是那一天，胡风的神智格外清醒。两位老战士还一起回忆了30年代左联在胡风家聚会的一些往事。

“现在，你还有什么希望和要求，请尽管提出来。”周扬起身告辞时又问。

“我感谢党，感谢。不过，25年，我还一直没有个家，现在，我想安个家，安个小家。”

“这个，一定能解决，一定能办到。”在“四人帮”时期，被关押过多年的周扬同志感慨而坚定地说。

年底，胡风有了自己的家。

第二年五月，春风又绿时节，胡风在中央领导同志的关怀下，赴上海治病。是上海医师的高超医术和党中央决定平反的回春妙手，使患有心因性精神病的胡风，奇迹般地康复了。

11月，五届政协增补胡风为全国政协常委。胡风又挺直腰，开始执笔耕耘。

“沧桑终易地，世路已逢春”

坐在沙发上闭目养神的胡风先生，神态宁静而安详。这位年逾八旬的老人，当时还担任着文化部中国艺术研究院的顾问。

人民文学出版了三卷本的《胡风评论集》，里面收有他1934年至1948年的文艺理论著述。下卷的样书油墨飘香，这是出版社前两天刚送来的。我们粗略地翻阅了一下，发现评论集里不仅有许多介绍鲁迅著作、译文的文章，还有许多是评介当时年轻作家的文章。欧阳山、艾芜、柏山、田间、罗淑、萧军、萧红、曹白、端木蕻良等许多作家都与胡风先生有过文缘。

抗战初期，胡风在武汉主办《七月》时，诗人田间送来了一首诗《给战斗者》。胡风一口气读完后，激动地吟诵着最后的几句：“战士的坟场，会比奴隶的国家，要温暖，要明亮。”他提高了嗓门说：“马上在《七月》上发稿，马上，发头一篇！”直至今天，诗人田间还这样深情地回忆道：“胡风的这篇序（指为田间的《中国牧歌》作的序），在热情的鼓励之中，提了一点问题，这我也很满意。这算什么，不是有句谚语吗：‘欲得密，当忍刺’，何况那不是刺，是希望呵。”

30年代在鲁迅支持下主办过《海燕》，后又主办过《七月》、《希望》等左翼刊物，在国民党的文化围剿中进行过全力拼杀的斗士，在80年代还能动笔写点什么吗？

“去年能写点，今年以来因体力不支，写不了什么东西。”胡老答。

晓山补充说，去年他父亲每日还能动笔写上两千字，侧重点放在写回忆录上，《新文学史料》已连载过几期。胡老不习惯录音等新方法，凡写作必亲自执笔。这几年，偶有几篇文章是在病中由他口授，夫人和女儿代为整理。不过，凡要以他的名字发表，胡老都要逐句斟酌修改，始肯签“胡风”二字送去发表。他的执著和一丝不苟，一如既往。

三月份，法国巴黎的国际博览会请世界的著名作家以“我为什么写作”为题，写上三五句话。我国的巴金、艾青、丁玲、胡风等也在被邀之列。胡老抱病伏案命笔：

“为了抒发自己的真情、实感而写，

“为了表现人民大众的生活困苦、希望和斗争而写，

“为了反映社会历史的发展动向和革命胜利而写，

“也为了探求文学发展的规律，阐明它内含的精神力量而写。”

胡老的目标是明确的，胡老的奋斗是顽强的。从“四人帮”倒台迄今，他已写下几十万字的作品。

我们又请胡老简单谈谈参加第四次作协会议的感想。胡老说：“参加这次作协会，有一个‘老感想’——希望在于青年。中央指出，文艺界今后再不能随便‘扣帽子’、‘打棍子’了。摒弃‘帽子’、‘棍子’，解放思想，加上一大批文学新人，中国文学一定会有大的发展。

“过去，我的力量虽小，但也曾尽过微力，发现和扶持新人。如今，我虽又老又病，但愿与大家共同努力，为繁荣社会主义新文艺贡献自己的余生！”

虽历尽坎坷，胡老的心依旧一片赤诚。

在结束多年的囹圄生涯后，他曾吟就了一首充满感情的诗，其中有两句：“沧桑终易地，世路已逢春。”

“沧桑终易地”，令人慨叹。

“世路已逢春”，令人欣喜。

春天，来到了胡老的心中。春天，来到了我们每个人的心中。

胡风先生去了，他去得这般急。

今年的3月14日，他还抱病亲笔写下了《我为什么写作》。

3月25日，他出席了全国政协六届三次会议的开幕式。

3月26日，他参加了巴金倡导的“现代化文学馆”开馆仪式。

3月30日，他出席台湾作家杨逵纪念会，30年前，是胡风第一个把杨逵的作品从日文翻译过来，介绍到大陆。

4月8日，他又出席了政协闭幕会。

可是，谁能想到，4月11日他入院做例行体检时，超声波检查疑有癌症。第二天再做“钡餐”，确诊为“贲门癌”并已至晚期。

可恶的癌细胞袭击了这位一生坎坷的83岁的老人！6月8日，胡老告别了患难与共的夫人梅志，告别了毕生眷恋的中国文坛，告别了春意正浓的晚晴

之路。

这篇稿子是胡风先生审阅过的。5月10日，他在友谊医院的病房中对我们说：“稿子看过了，尊重你们的劳动。不过，文字上还要多斟酌斟酌。”他改了不多的几处，比如，周扬同志对他的称呼，原来写的是“胡老”，他说：“周扬称我为‘老胡’，一直这样的，请改过来。”

现在，这篇迟发的专访与读者见面了。透过它，希望读者能看到胡风先生热爱党、热爱文学、热爱青年的一颗拳拳之心。

（此文系与方进玉合作）

1985年

化作春泥更护花

命运常使人不期而遇，我认识陈企霞同志，也应归于命运的安排。

1958年秋，我刚上小学六年级，就读于父亲工作的福建古田水力发电工程局职工子弟小学。开学不久，从北京转来了几位学生，大的那位正巧插在我所在的班。僻处山沟的工地来了首都的客人，这件事立即成了新闻。我们很快得知，这几个孩子是一家人，他们的妈妈是下放干部。工地上的人淳朴真诚。老师觉得北京来的孩子见过大世面，马上委任插在我们班的陈万全担任少先队大队长；学生们羡慕他们在北京生活过，对他们很热情。我和万全也成了朋友。

好景不长。过了一段时间，从大人口中，我们又听到了关于万全一家人的详细新闻：原来，万全爸爸叫陈企霞，是全国闻名的“大右派”，正在劳改；万全妈妈也犯了错误，被开除党籍，所以下放到工地来了。这是我第一次听说陈企霞的名字。

蹚过政治运动浊流的成年人，不少都难免沾染一点势利的油污。有些老师对这几个北京孩子的态度慢慢冷淡了，万全后来不当大队长了。但是，工地的孩子却不势利眼，大家依旧和万全他们相处得很融洽，我也一直和万全保持着友谊。

古田电站建成后，工地转移到南平，我和万全都考上了闽江水电学校附中。随着所知渐多，我对万全的爸爸也开始有了一些了解。从报刊上零星的材料中，我得知了1957年那场运动的大致经过，也得知陈企霞和丁玲一道组织了“反党集团”，他是文艺界“反党”、“反社会主义”的头面人物之一。读到这些，我很替万全难过，觉得他有这样一个爸爸，实在太不幸了。我妈妈也说他是“落难公子”，可怜。

不料，洞开心扉后，我意外地觉察，这位“落难公子”并不怨恨他爸爸。从他口中，我知道了另一个陈企霞。一天，我到他家去玩，万全从书架上取下一本书，颇自豪地对我说：“这是我爸爸写的书！”我接过来一看，是本书名叫《光荣的任务》的评论集。我好奇地翻了翻，发现书上并没有什么“反党”的字眼，相反对党还充满了感情；对违背党的思想和行为，则进行了严厉的批评和抨击。

我疑惑了：这样的人怎么会反党呢？从万全口中我还得知，他爸爸是浙江鄞县人，出生于破产的小商人家庭，上小学和中学时，经常交不出学费，是个穷学生，但很用功，十三四岁时，就读了大量文艺作品。后来，因家境困难，他离家外出流浪，当过职员、小工。1931年他开始向报刊投稿，发表了一些小说、散文。1932年，他在上海从事革命文学活动，和叶紫一道创办了“无名文艺社”，随后参加了左翼作家联盟。从此，他走上了革命道路。1940年，他到了延安，先在中共青委宣传部工作，后调到《解放日报》，和丁玲一道编副刊。抗日战争胜利后，他参加了“华北文艺工作团”，后来又担任了华北联合大学文学系主任。北平解放后，他参加了文化接管工作；新中国成立后，他担任过全国文联秘书长和《文艺报》主编。

听了万全的介绍，我更为不解了：这样一个把毕生精力献给革命事业的人，怎么会变成“反党分子”呢？疑惑和不解，使我对素未谋面的陈企霞产生了极大兴趣，我经常想：他究竟是怎样一个人呢？

没想到，机缘使我很快见到了这位带神秘色彩的人物。1961年初冬，我们刚上初中三年级不久，一天，万全悄悄告诉我，他爸爸“劳动”的时间满了，被组织上重新安排在杭州大学中文系工作，他和弟妹也要转学了；过几天，他爸爸就要来接他们。没几天，我到万全家送行时，第一次见到了陈企霞。

说真的，他和我想象中的样子实在相差得太远了：修长的中等个儿，脸盘消瘦，面色微黑，挺直的鼻梁上架着一副深度近视眼镜，样子斯文，颇有学者风度，既不像威严庄重的革命领导干部，也不像凶相毕露的坏人。“反党分子”竟是这副模样，实在出人意料。他得知我是万全的同学，含着笑意向我点了点头，并问了我几句家常话。因内心毕竟还有几分怯意，坐了片刻我就告辞了。这次见面，我心中留下了这样的印象：万全爸爸不像个坏人。

后来，我对他有了进一步的了解。上高中了，我回老家杭州度暑假，又见到了万全。万全约我到他家住几天，我就去了。住到万全家，我对万全爸爸颇留意。我发现，他在家里很民主，经常用平等的口气和未成年的子女们商量问题，连让万全去买包烟，也用请求的口吻。子女们和他很亲近，喜欢围在一起听他讲故事说笑话，家中气氛十分融洽。每天吃晚饭的时间是他家最热闹的时候，全家人一起坐在八仙桌前，便欢声笑语不断。孩子们经常和陈企霞开玩笑。一天晚上，吃砂锅豆腐和小窝头，窝头就放在砂锅旁边，眼睛十分近视的陈企霞，误把砂锅柄当成了窝头，一次又一次地用筷子去夹，孩子们故意不说穿，陈企霞嘀咕道：“奇怪，这窝头怎么夹不起来？”大家哄地笑了，他这才发现上了当。

对我这位小客人，他也不见外，就像对自己的孩子一样。他好几次对我和万全说：“你们这种年龄，正是长知识的时候，千万不要荒废了光阴，一定要掌握扎实的知识，不能当‘半瓶子醋’。另外，读书时不能光死记硬背，记住一些词句，而要注意领会精神实质。只有这样，才能锻炼出独立思考的精神，才不会人云亦云。”

暑假期间与陈企霞的接触，使我对他有了具体了解，我越来越觉得他不像坏人，日常生活中显示出的形象，理应是人的本相。对他何以会遭受这种命运，我甚感不解。我第一次觉察到了世情的复杂。

“文革”的狂潮掀起时，我已上了大学。此时的我，对许多事已形成了自己的看法。我知道，陈企霞这次肯定在劫难逃。果然很快传来了陈企霞受冲击的消息。小报上还登出了江青接见浙江省造反派时的讲话，江青点了陈企霞的名，说他“很坏”，是“大叛徒”。有一年夏天我路过杭州时，特地到他家看了看。此时，陈企霞家已被强令迁出原来住的一幢一号，搬到一处很小的旧房里。我找到他家，只见到了万全的妈妈和弟弟妹妹。万全的妹妹武强告诉我，她爸爸已被隔离审查。万全因其父之故，高中毕业未考上大学，已于1965年去宁夏插队落户。我悄声问武强："江青怎么会特地点你爸的名呢？"武强压低声音告诉我："30年代我爸爸在上海搞革命文艺工作时，曾和江青在一个团小组，我爸对江青的作风有看法，说过她有虚荣心和'风头主义'。江青大概一直记恨着这件事。我爸爸在1934年、1935年的确曾两次被捕，但由于没有暴露政治身份，敌人也没有找到人证、物证，所以都很快被释放。这种情况根本不能算叛徒。"

从武强口中我还得知，陈企霞这次受审查时表现得很倔强，造反派让他承认自己是叛徒，他却说："真正的叛徒不是我，而是姚文元的父亲姚蓬子。"于是他遭了毒打。遭毒打他仍不改口，还说："不信，你们去查《鲁迅全集》。"造反派们无可奈何了。一次，造反派让"牛鬼蛇神"列队从自己面前经过，每人赏几巴掌、几拳。到陈企霞时，他抗议了："你们这样不符合毛主席'要文斗，不要武斗'的精神。我虽打不过你们，但要反抗的话，你们身上也不会舒服。"造反派们哑口无言，后面的人也因此而免打。

听了这些，我深为这位老人的不屈精神所折服。

我相信，正是靠这种精神，他在中国最阴冷的那段日子里挺了过来。党的十一届三中全会的春风，刮走了洒落在许多人身上的政治运动的尘埃，陈企霞又回到北京。此时，我也已调到北京工作，因历史的渊源，和他家又有了来往。

在北京第一次见到陈企霞时，他尚寄居在前门附近的远东饭店。我发现，二十余年的风雨坎坷虽然化作无数褶皱留在了他的脸上，可是他的精神却未觉委顿和衰老，谈锋仍健，笑声朗朗。话题很自然地由不久前的文代会联系到了往事。他未流露丝毫怨言，宽厚地说："过去的事，是历史造成的，不好追究哪个人的责任。有的人，虽说整过人，但后来也挨了整，因而对自己过去的所作所为也有所反省和认识，这就行了。这次，周扬在文代会上当众向我道了歉，承认自己过去心胸狭隘，容不得不同意见。能这样公开承认错误，就不容易了，这也需要勇气。我还有什么可计较的呢？大家都应该向前看嘛！"

正因为有这样一种认识，所以他在复出之后做了不少工作。80年代初，他筹备创办了《民族文学》，并在最初的几年任主编。创刊期间，我到他家去过几次（其时他住在团结湖），每次去都见他在埋头看稿子，他眼睛不好，光线不好时，几乎要把鼻尖贴着稿纸才可以看清。我和他开玩笑说："你这当主编的，这么认真干吗？你手下不是有人吗，让他们看算了。"他却认真地说："这怎么行？让你负责，你就得保证质量。"

他爱人郑重用似埋怨实表扬的口吻说："我也说，你苦头还没吃够啊？这么认真干吗？可他不听，总说这是全国性的少数民族文学刊物，对发展少数民族文学事业很重要，马虎不得。我看他是积极过头了。"

许是因为觉得被耽搁的时间太多了，晚年他对组织上委托他承担的每项任务都表现出了异乎寻常的热情。第一届茅盾文学奖评选时，他是评委之一。接任后，他态度极为认真，把各地、各出版社推选出来的几十部作品，都找来通读了一遍。一天我去他家时，见他正摘下眼镜揉眼睛，看到我，他感慨地说："老了，眼睛又不好，要把这些书都读一遍，实在力不从心。"我劝他道："有些书你翻翻就算了，何必读得这样认真呢？！"他笑了笑说："你让我偷懒？这可不行！评茅盾奖不是件小事，既要对作者负责，也要对读者负责，评委不认真怎么说得过去呢！"说了没几句，他又埋头看书了。

从一桩桩小事可以看出，虽然迭经波折，屡遭冤屈，陈企霞对党的文学事业仍满怀着一腔忠诚。他没有计较个人的得失。当然，要完全忘却往事也不可能。人们在怀念故旧知交之际，总难免忆及往昔。

去年年初的一天，陈企霞在电话中约我去他家一谈。我赶到后，发现他神色黯然。未等我开口，他就用沉痛的口吻说："丁玲快不行了。她和我相识多年，又一同沉浮。如今，她行将离去，我感慨良深，很想对人倾诉一番。"

接着，他用缓慢的语调，回顾了他所了解的丁玲，追溯了他与丁玲的交往，自然也提及了当年他们共同遭遇的那场风雨。他最后说："丁玲的心灵是真诚的、坦白的，即便她逝去，也不会被人忘记。"

丁玲逝世后，我根据陈企霞的叙述，写成了《真诚坦白的心灵》一文。此文写的是丁玲，但字里行间也可窥见陈企霞的心迹。

现在，陈企霞同志也已作古。在他百日忌辰之际，我写了此文，同时也想起了他常吟诵的两句古诗：“落红不是无情物，化作春泥更护花。”这两句诗，某种意义上可以当作他个人的写照。

1988年

真诚坦白的心灵

——陈企霞谈丁玲

你要我谈丁玲，算出了道难题。谈熟悉的人，特别是共过忧患的熟人，常不知该从何谈起。因为熟悉如同近视，反而不易看清。不过，最近听说她身体欠佳，倒真使我思潮难平，想起了许多往事。

早在30年代，我就在上海见过丁玲，听过她演讲。她是湖南人，原名蒋冰之，曾读过桃源女子师范预科。因反对包办婚姻，她离家出走，沿扬子江来到上海。1924年，她与胡也频结为伴侣，并开始创作。她发表的第一篇小说是《梦珂》，以后又陆续发表了《莎菲女士日记》、《韦护》、《水》等作品。我见到她时，她在中国文坛已颇有名气。

1940年春，我到延安后，才和她熟悉起来。我开始在青委宣传部工作。一次，听说中央决定让丁玲负责编《解放日报》文艺栏，便让李又燃问丁玲，是否愿意让我去帮忙。丁玲爽快地同意了。此后，我与丁玲共事了几年。

交往中，我印象最深的，是她的坦白真诚。坦白真诚之于人，如同清辉之于月，温暖之于春，是最能给人亲切感的了。她是名人，又长我几岁，待我却很平等，从不盛气凌人。工作中，她很尊重我的意见。副刊初办时，由于我们相互配合，通力合作，工作还是有点成绩的。相处久了，我发现丁玲从不隐瞒自己的观点，总是直率地发表对各种问题的看法。她举止很大方，和人们很容易谈得来。因而，她交了许多朋友，其中多数是投奔革命的知识分子。她住的窑洞里经常高朋满座。有一天晚上，我和柯仲平等到她那里，竟聊了一个通宵。大家海阔天空，无所不谈，从敌占区谈到根据地，从文艺谈到革命，东方发白了还不知觉。

除了和知识分子交往外，她还很注意和群众接触。她在编稿之余，经常到延安周围的部队和乡村去调查、采风。她到延安的初期，写过一些在根据地颇有影响的作品。我到延安之前，她就写了《彭德怀速写》、《南下军中之一页日记》等作品。后来，她又写了不少反映陕北现实生活的报告文学和特写。有些作品还受到了毛主席的称赞。她写的一篇反映靖边县一个合作社主任事迹的报告文学《田保霖》发表后，毛主席特地写了一封信给她和欧阳山（欧阳山也写了一篇文章）。信上说这是丁玲写工农兵的开始，应为她新的文学道路庆祝，毛主席还为此约丁玲去吃了一顿饭。客观地说，毛主席一度对丁玲还是相当赏识的，曾赠给她一首热情洋溢的诗，诗中有“昔日文小姐，今日武将军”之句。后来，这首诗的原件到了胡风手中，胡风将它夹在一本书中遗忘了。前几年胡风平反后，他夫人梅志清理书籍时偶尔翻到，才使这首别有韵味的诗重见天日。

丁玲是坦白的、真诚的，这是很宝贵的品格。因为坦白真诚，她结识了许多朋友；因为坦白真诚，她赢得了很多读者。可是，她又因此而结怨，而招嫉，而受诽谤。

坦白的襟怀，真诚的胸臆，总难免溢于言表，见诸文章。在延安时，丁玲为此招来不少麻烦。她发表了杂文《三八节有感》和小说《在医院中时》（后改名为《在医院中》）后，对她的非议和批评日甚一日。有的人甚至开始怀疑她参加革命的动机。平心而论，她的文章并非没有缺点，但当时对她的批评却过于苛刻了。历史是公正的。几番风雨过后，人们如今终于又给了这些作品以比较全面、比较客观的评价。《在医院中时》已被认为是一篇“真实地写到了知识青年长处和农民弱点”的作品。前不久，我收到法国出版的一本《海淀》杂志，发现上面刊登了这篇文章的译文。

抗日战争胜利后，我离开延安。我们再见面，是1946年底在华北。

当时，我已调到华北联大任文学系主任。丁玲参加完第一期土改后，也来到了张家口，她借住在华北联大，潜心创作《太阳照在桑干河上》。故人重逢，自然令人高兴。她在创作之余，常和我见面聚谈。我们与以前一样，仍是无话不说。她谈起了在延安和西北战地服务团的生活，谈起了土改时的经历，谈得兴起，不由得慷慨激昂。我发现，几年岁月的磨炼，风雨的侵逼，并未使她的性格改变多少。她还像以往一样坦白真诚，还是那样心直口快。

她对我也仍像以前那样信任，那样尊重。她很重视我对她的作品的意见。

《太阳照在桑干河上》脱稿后，她请我看了看。我被这部作品吸引住了。这是她根据自己不久前参加土改的经历而创作的一部长篇小说。作品描写了华北桑干河地区暖水屯在一个月时间里所经历的伟大变化。暖水屯实际就是丁玲去过的河北涿县温泉屯。在小说中，对整个土改斗争，从工作组进村发动群众，组织斗争，到分配地主的财物，及农民为保护胜利果实而参军，都有真实而生动的描写。这是根据地作家写的第一部正面反映土改的杰出作品。1947年夏天，丁玲写完了《太阳照在桑干河上》。照理说，这样及时地反映了现实生活的作品，在当时是很需要的，但由于作品刺痛了某些人，他们便指责作品反映的是富农路线，致使作品在华北未能出版。作品被拒绝后，丁玲见到我不由得流了泪，我也很替她难受。要知道，这部作品来得不易啊！它是丁玲深入实际的产物，上面聚集了她的心血和爱憎。我只好安慰她说，你不如到东北去，换个地方，或许还有出版的希望。听了我的劝告，她果真到了东北。有价值的作品，它的光辉决不会因非议而消失。在东北，《太阳照在桑干河上》很快就出版了，并且受到了读者的热烈欢迎。有人甚至赞扬它是一部“史诗似的作品”。后来，华北也出版了这部书。对华北的读者来说，读这部书就更有亲切感了。

时隔不久，《太阳照在桑干河上》荣获了1951年斯大林文学奖，成为驰誉国际的名作。顺便提一句，丁玲得奖后，将五万卢布的奖金全部赠给了妇联儿童部。这也可以说是一次真诚的奉献吧！

记得有人说过“天下真小”，我也有同感。进京以后，想不到我和丁玲竟二度共事。1949年，文联决定创办《文艺报》，丁玲和我一同被调去筹办，分任正副主编，相互了解的人在生活的道路上再次相逢，本是人生幸事，岂料却成了我们厄运的开端。1951年后，我国文艺界进入多事之秋，接连出了几件大事。开始，我们《文艺报》还未遇到麻烦。可是，从批判《红楼梦研究》以后，我们就陷入了被动。据说“两位小人物”的文章最早是送到《文艺报》的，《文艺报》的“老爷们”把它退了，文章才通过其他途径被发现，为此，《文艺报》受到了批判。从1953年开始，文联内部就开始批判我和丁玲，说我和她是一个小集团。有的人甚至说我和她这个集团是在延安就形成的，和胡风集团南北呼应，互相配合，进行反党活动。这真是无中生有，信口雌黄。这一来，我和丁玲成了众矢之的，被审查、批判了两年。其间，我被关押了九个月。

1955年后，我被释放。出来后，我和丁玲都向中央写了申诉信。不久，中宣部召开了会议，陆定一在会上特地说，丁玲反党集团是不存在的。问题本已趋于解决。1957年，一场更大的政治风暴袭来，不由分说，我和丁玲便成了右派，落入命运谷底。

我知道，丁玲和我一样，对挨点批评，受点委屈，并不在乎，最让我们受不了的，是对我们的信念和忠诚的怀疑。丁玲尤其受不了这个。我记得，“反右”刚开始时，丁玲在延安早已做过结论的历史问题又被抖出来。有一次，她去妇联开会，一群妇女包围了她，骂她是叛徒，让她有口难辩。回来后她对我谈及此事，不由伤心得哭了。她能不哭吗？对一个毕生都以自己的真诚追求革命，以自己的坦白感召人民的人来说，还有比这更让她难过的事吗？

那场政治风暴刮得我们各自东西。因关山阻隔、路途漫漫，我们有20来年未通音信。再次见面，已是1979年底了，在这一年召开的全国文代会上，我们又重逢了。如烟岁月淡化了我们当年的感慨，80年代的春风驱散了我们头顶的阴云，许多事已无须提，无须说了。我们未提及往事，诉说遭遇，只是相互询问了身体状况。

二十余年未见，两人自然已由壮年步入老年。不过我发现，她那双眼睛仍像过去一样明亮，她的笑容仍像过去一样亲切，她的神情也仍像过去一样坦白真诚。看到这些，我心想，丁玲还未变，她还是过去的那个她。因为，文代会前我即已听说，这些年丁玲吃了许多苦。1958年，她与丈夫陈明一同被送到北大荒劳动，文化大革命又被关了“牛棚”，后来还被“四人帮”投入监狱达五年之久，1975年又来到山西长治附近一个叫蟑头的村子落户。这样的曲折坎坷，能不影响她的情绪、精神么？见她之前，我是担心的，见到她，我才放心了。后来我得知，她在逆境中仍写了数十万字作品。显然，真诚坦白的心灵，是不会屈服于命运的。

在这次会上，令丁玲和我感到意外的是，周扬当众作了检讨。他说自己在秦城监狱被关押期间，反省了自己过去做过的错事，他公开向过去被他错整的同志道歉，明确说丁陈反党集团是没有的，是被制造出来的。错整了我们是因为他心胸狭隘，容不得人。我们都认为，周扬的态度是好的，是有勇气的，他比那些一贯整人却毫不思改的人要好得多。

多少年岁月弹指间逝去，多少人瞬间青丝成白发。大自然的法则谁也违抗不了。逝去的岁月固然不值得追忆，然而，总结一点教训，不是可以净化灵魂、避免日后再走弯路吗？我常想，如果人人都有丁玲那样真诚坦白的心灵，那多好！

1986年

费孝通港行纪谈

一

在家中小小的工作室兼会客室里，著名社会学家费孝通教授兴致很高地对我说：“现代化与中国文化这个题目，我很愿意谈谈。”

他顺手拉开抽屉，取出两份材料，递给我说：“不久前，我正好在香港参加了一个这方面的研讨会，前些天才回来。这两份材料，供你参考，有些情况，我已经写在上面。”

费孝通教授对这个话题感兴趣，并非偶然。他今年73岁。和鲁迅一样，开始选择人生道路的时候，他相中的是治人疾病的医学。后来，他因痛感中国社会疾病严重，欲治人必须先治社会，便毅然改事社会学。半个世纪以来，他为探寻中国各类社会问题的解决，为发展我国的社会学，倾注了全部心血。就是在1957年被错划为“右派分子”以后，他也没有因生活的坎坷而放弃尽责社会的打算，他心头的理想从未泯灭。“四害”横行的日子结束以后，已近古稀之年的费孝通，仿佛焕发了青春，以旺盛的精力重新投入了社会学的研究。他大胆探讨研究了中国在现代化过程中可能出现的问题，取得了有益的成果。

他含笑告诉我："其实，世界各地的中国和华裔社会学者，对这个问题都很感兴趣。台湾学者自然更不例外。希望中国进步、富强，可以说是炎黄子孙的共同心愿。我这次到香港去，对这一点体会很深。"

二

说得兴起，费孝通教授从书架上抽出一本精装书，指着封面说："这本社会及行为科学研究的中国文化讨论集，是台湾学者编的。他们举办过一次这方面的讨论会。这会和在香港开的现代化与中国文化研究会，性质是相近的。他们一共来了八个人。"

说话间，他打开手边一本精美的相册，指着站在他身边一位瘦削的老人说："这是台湾中央研究院院士芮逸夫，今年85岁。另外几位是台湾的中青年学者。这次，连我在内大陆共去了四个人，除我外，还有陈岱孙、赵复三、梁钊韬。这次的研讨会是香港中文大学主办的，有中外学者33人参加。会议是纯学术交流性质的，气氛始终很融洽。我们和台湾学者关系良好，除见面寒暄问候、饭后茶余交谈外，主人还安排了一个晚上漫谈。会议结束时，我们与台湾学者握手告别，互道珍重，双方都表达了希望以后能再会晤的愿望，流露出了真情挚意。"

听着费孝通教授的叙述，翻看着他和其他大陆学者与台湾学者友好相处的合影，我不由得联想到两岸学者的另几次学术交流和接触。

1980年六月，大陆红学家周汝昌、冯其庸、陈毓罴在美国威斯康星州首府麦迪逊参加了第一届国际《红楼梦》研讨会，与台湾红学家有过接触，并互赠学术著作，融洽交谈。这一次接触，气氛较好。大陆学者陈毓罴特地写了"盈盈一水隔经年，今喜欢谈'金玉缘'"的诗句来表达心情。

另一次接触，是1982年四月。大陆历史学家胡绳一行到美国芝加哥参加了辛亥革命讨论会，台湾学者也应邀参加。由于来自台湾的学者有顾虑，与大陆学者接触不多。在美国的台湾学者，则对大陆学者十分亲切，如故人久别重逢。此外，在宋明理学讨论会和商代文化讨论会上，两岸学者也有过接触和交流。长久的隔离后，仅有这稀疏的几次交往，无疑是太少了，但毕竟是开始了。

费孝通似乎看出了我的心思，补充说："这次交往，比前几次更随便，更亲切，所以留下了不少生活照。这种往来，目前还仅局限在国际性会议上。我相信，双方直接交往的日子不会太远了。因而道别之时，我们表示希望他们今后到大陆来或让我们到台湾去直接交流。香港中文大学校长马临表示，如双方直接在两岸接触尚无可能的话，中文大学任何时候都愿起桥梁作用，为双方在香港晤谈提供方便。"

我问他，这次两岸学者在香港会晤，是否在最令人感兴趣的"统一"问题上引起新闻界的关注？他说："香港的记者的确常常问这类问题。台湾学者被追问时表态说，统一问题'应少谈多做'；我也曾说，对中国统一问题应以'求大同存小异'为原则。话虽说得不一样，但至少可以说，希望经常一道讨论中国问题的心情，却是一样的。"

三

话题转入了那次会的宗旨和内容。费孝通合上相册，把两手交叉着放在胸前，略微沉思了一下说："这次研讨会的目的，香港中文大学发表的文告中说：是为了使来自世界不同地区之中国研究专家聚首一堂，就'现代化与中国文化'这个大题目下的有关课题交换经验和心得，以期对中国社会科学的发展和中国现代化的进展有所贡献。会议就是围绕这个目的进行的。

"我们在会上发表的论文，主要是论述中国在现代化过程中社会、经济方面的变化及与传统文化的关系。台湾与香港学者，也分别发表了一些联系本地区实际探讨各类社会问题的论文，如《台湾汉人宗族组织的再检讨》、《香港家庭结构变迁与青少年犯罪》、《中国人的福利观点》等。这些论文，都严肃地、不同程度地反映与研究了一些较重要的社会问题。另外，台湾学者还在中国人的人情面子观念对心理的影响、一贯道和扶乩等较具体的问题上发表了研究文章。这些论文，无论选题如何，有一个共同的特点，就是做学问的态度很认真。另外，行文中对我们也较友好，没有任何不客气、不礼貌的字眼。听着他们宣读，使人仿佛觉得是中国人之间在谈家常，倍感亲切。我们真切地感到，他们希望中国好、希望中国强大这种心情，和我们完全是一样的。”

我不由得问：“台湾学者在这类问题的研究上，究竟进展到了什么程度，达到了什么水平？”

费孝通客观地说：“严格说来，台湾和大陆对许多问题的研究都还仅仅是开始，但都有了可喜的苗头。台湾大学教授杨国枢在研讨会正式开幕前的一个茶话会上曾表示，在台湾的学者，30年来都以西方的研究方法进行学术研究，研究的角度亦深受西方观念影响，成果难有突破。希望借此类的研讨会，开阔视野，启发思维，日后做出一些西方学者做不到的研究。有这样一种态度，研究水平肯定会很快提高。”

费孝通接着说：“这次和台湾学者接触，我印象最深的，是他们的研究手段较先进，世界上的资料掌握得较多，引经据典不乏根据。但正如他们自己说的，学风受西方理论的影响较大，弱点是对国内的情况不熟悉，调查得不够，因而不够结合实际。不过用西方的观点来衡量，他们的研究还是高水准的。他们有几位中年学者，在国际上也还有一定影响。”

谈到大陆的研究情况，他坦率地说：“和他们相比，我们应该承认，在国外资料的掌握和研究手段的完备等方面，还不如他们，应该向他们学习。我们的优势也是明显的，我们对中国传统文化研究得较深，对中国的国情摸得透，对实际了解，因而在结合实际发展为现代化服务的社会学方面，是处于领先地位的。因为各有所长，相互间加强交流，就更为必要了，这对发展中国的社会学，有莫大的好处。”

四

我问起他在研讨会上发表的论文的内容，他说：“我在会上宣读了题为《家庭结构变动中的老年赡养问题》的论文。”

由于手头没有这篇论文，为了弥补我的遗憾，他简要介绍了内容。该文以他家乡江苏吴江县开弦弓村的资料为依据，分析研究了现代中国家庭结构变动中的新情况。文中他首先论述了中西文化在父母与子女关系上的区别，提出目前西方在这种关系中出现“空巢模式”，父母养育子女，子女大后一一成为离巢之燕，巢中只剩两老相依；而在中国，子女有义务赡养父母，是一种“反哺模式”。接着他指出，生产关系变化后，中国老年赡养问题出现了一些新因素：反哺传统虽然维持，但婆媳关系、家庭结构等都有所变化。因而今后除了物质上反哺外，如何使两代关系（特别是婆媳关系）和睦，将是社会学的重要课题。他还顺便提到，根据现有资料，还不足以答复中国在现代化的过程中家庭“反哺模式”是否会演变成西方的“空巢模式”，但从小家庭增加这点看，中国家庭结构正在发生着某种变化。

虽说是简要介绍，那些新颖的观点也已把我深深吸引。看了香港一些朋友寄给他的简报资料，我也才知道，这篇论文在香港引起了强烈反响，得到了与会学者的好评。

见我注意这些评介文章，费孝通教授说：“我的论文只不过事先做了一些调查。去年冬天，我特地回乡调查了一个多月。就靠了这么点资料。”

社会调查，说起来轻松，可是七旬老人在寒冬腊月跋涉调查，并不是轻松的。这是他一贯的作风。半个世纪的学术生涯中，他一直很重视社会调查。他曾遭难于调查，也得益于调查。1935年，他去广西瑶山少数民族地区调查时，不幸跌入瑶民捕虎的陷阱，身负重伤。陪他同往的新婚妻子王同惠，则在呼救时不慎落水身亡。他根据故乡的调查资料写的《江村调查》，则为他赢得世界性声誉。

正是为了表彰他这种吃苦而又严谨的治学态度和作出的贡献，国际应用人类学会和英国皇家人类学会先后授予他马林诺斯基名誉奖和赫胥黎纪念奖章。

道别的时候，费孝通教授告诉我，他明天又要到南方农村去搞社会调查。他要抓紧有限的时间。

1984年

融入夜幕的流星

如果认识自己的使命，就应孜孜不倦地工作，精益求精。这样他对民族的影响就会是造福的，高尚的。

——歌德

楔子

他，留下了一笔巨大的精神财富——1500万字的译作和著作，默默地重返大自然了。比他降临人世时更悄无声息：来时，还有一声啼哭宣告自己的诞生；去时，却如一颗流星逝去，微弱的星光倏地融入夜幕……

他，没有留下墓茔和碑铭，没有得到鲜花和荣誉，也没有一张讣告，一曲哀乐，寄托人们的哀思。

他的功业留给了社会，社会却忽视了他的存在。这不公正的待遇，仅仅因为他是无业者。他的名字叫周邦立。

然而，他没有被人们忘却。了解他的浙江大学的老同学自动聚会，对他表示了哀悼，回忆了他的功业。一个偶然机会，我们知道了他的身世。他坎坷困顿的经历，引起了我们的同情和沉思。

一个无业者也许是不便作传写事迹的，因此，权将采访的素材如实公布，他应在社会上占什么样的地位，人们自会公断。

女同学眼里的他
——青少年研究所研究员庞曾漱的叙述

要我谈周邦立，真不知该从何谈起。记忆是奇妙的，它是无形的录音机，只要稍加触动，就能释放出往事的乐章。但这乐章常常是片断的、零碎的……

去年，周邦立逝世的消息传到北京，几乎触动了我们在北京的所有同学。大家在科学出版社自动聚会，对他表示哀悼。大家想得很多，也很远。一个人的逝世，常会牵动许多人的神思。

人一生的劳绩，似乎不仅决定于境遇优劣。人自身的素质常可弥补客观条件之不足。他是我们同学中唯一的一名无业者，却是我们中对社会贡献最大的一个。大家虽说有些惊叹，但并不感到意外。这种默默尽责社会的举动，和他一贯的为人是一致的。

回忆起来，已经是很遥远的事了。他大学时代的形象，在我脑海里依然是那样清晰。那时的他，一副穷学生模样：衣着寒酸不算，还不修边幅；鞋子破，也不知道补；有时，连两只袜子的颜色都不一样。他面容消瘦，身体单薄，但举止很稳重，平时寡言语，少交际，似乎总是在沉思状态中低首缓行。慢慢的，我发现这个平时不起眼的同学，还有点不平常呢。

大学生活，本应是最瑰丽多彩的一段经历，但我们却是在战乱中度过的。1937年秋，日本帝国主义的飞机窜扰杭州，浙江大学被迫西迁。经过两年多辗转，我们最后到了贵州遵义。沿途目睹民众在凄风苦雨中流离、在饥寒交迫中挣扎的惨状，深感国土沦丧之苦痛。这一切，进一步激发了我们抗日救国的热情。大家沿途搞宣传鼓动，教唱抗日歌曲，组织义演，还进行慰问伤兵等活动。

此时，“黑白文艺社”也恢复了活动。这个由进步学生组成的团体，成立于1937年春天，在浙江大学学生中很有影响。“黑白文艺社”的“黑”字指黑龙江；“白”字指长白山。它表明我们难忘白山黑水，矢志抗日救国的决心。后来我才知道，周邦立是这个文艺社最早的成员之一。

周邦立不爱出头露面，在公共场合，很难见到他的身影。由于身体不好，他独自住在何家巷一间小阁楼上。很少有人知道他究竟在忙些什么。

有一天下课后，我和我的好朋友顾源来找周邦立，沿着窄窄的木梯上了阁楼。这里很安静，光线不足，白天也需要点灯。周邦立像个避世隐居的人，把头伏在昏黄的灯光下正写着什么。和外面阳光灿烂的天地相比，这又暗又潮的角落像是另一个世界。这儿原来是个夹道，两边用木板一隔，连个窗子也没有，只能容一张床，一张桌子。我想，如果不是他主动要求，恐怕没人愿意住在这样的地方。

看得出，他倒很喜欢这间小阁楼。这儿是“黑白文艺社”的小书库，四壁堆满了书。我们到这里后才发现了秘密：原来书分两层，外层是普通的知识读物和文艺作品，里层却是不能公开的进步书籍，有马克思、列宁、毛泽东的著作，还有不少苏联当代小说。周邦立是“黑白文艺社”的图书股长，他找这样的地方办图书角，看来是颇有道理的。

我和顾源每人借了一本书，然后好奇地问他：“你每天呆在小屋里忙些什么呢？”

周邦立笑笑说：“要干的事情太多了，光这一屋子书不够看几年的么？”

“我不信你光啃书本，一定还有什么别的重要事情。”顾源不信地撇撇嘴，“这些东西是干什么用的？”她指了指桌上的钢板、蜡纸。

“我在为学校刻教材、讲义，想挣点钱交伙食费。”

顾源对周邦立的回答并不满意。她凑到桌面前翻了翻摊在桌上的几页手稿，问：“你在忙什么？”

“为《黑白通讯》写一篇文章。现在有的学生对宣传抗日不热心，在民族存亡的时刻，悲观、消沉、颓丧。有人甚至吃喝、赌博……这实在有负于时代对我们的要求……”

想不到我们印象中一向沉默寡言的周邦立，竟打开话匣，情绪激昂而又滔滔不绝地谈起当代青年的责任来。

忽然，顾源打断他的话问道：“你就是‘孟晋’？”

周邦立默认了。

原来，为了防止反动当局的迫害，一些进步同学写文章常署假名。《黑白通讯》上，“孟晋”的名字早已在同学中传开，可始终不知是谁。这次总算让顾源发现了。她眼中不由得流露出钦佩的目光。

后来，顾源接替了《黑白通讯》的编辑工作，才知道，这份在同学当中很有影响的油印小报，从前一直是由周邦立负责编辑和刻写的。从这时起，顾源和周邦立的接触多起来了。可当时谁也没料到，这个苏州城的阔家小姐，日后会成为周邦立的妻子。

周邦立家境贫寒，他的父亲是个小职员，收入菲薄，给周邦立的接济一直有限。由于战乱，他跟家里断了联系，连这有限的经济来源也断绝，他只好靠为学校刻教材、收录无线电新闻、做些杂务，挣点钱来维持学习和生活。这样度日，其清苦是可以想见的。记得有一次，挣来的一点钱用完了。他只得把一条棉被当了几块钱，去交伙食费。但是贫穷并没有使他气短，他人穷志不穷。他一向瞧不起那些挥霍成性、不学无术的阔家子弟。他外表柔弱，实际却异常坚毅顽强，他有一种锲而不舍、埋头苦干，不达目的誓不罢休的精神，倘若他想干什么事，就一定要干出名堂来。不少同学称他是“实干派”。我知道，正是这种可贵的品质吸引了顾源，赢得了她的心……

一年多以后，周邦立毕业了。他离校前夕，顾源特地送给他一支长杆钢笔，并含蓄地说：“后会有期。”

后来，他们果然很快会面，并迅速结婚了。听说顾源家反对这门亲事，可顾源却非周邦立不嫁。从此以后，贤淑而又活泼的顾源成了周邦立终生的伴侣和助手，为了周邦立能集中精力搞翻译，她承担了全部的家务。

周邦立自50年代中期就没有正式工作，是所谓的无业者。也许有人觉得，顾源这个女大学生，牺牲自己的事业伴他终生太不值得，可是当了解了周邦立，都会从心底感到，她为周邦立作出的牺牲是值得的……

男同学眼里的他
——中国科学史研究所研究员许良英的叙述

友谊是心灵的相通，它常常能超越年龄、班级、性别的差距和界限而存在。我比周邦立低两届，本来难得来往。学校迁到贵州遵义后，我虽住在他隔壁，但因他是高班学生，看起来又生性沉默，郁郁寡欢，所以我们开始也无啥交往。他独住的那间小屋总是关着门，生怕被人发现什么秘密似的。

后来，也许是气质相通，志趣相投，我们慢慢由碰面打招呼到敞怀畅谈，竟成了朋友。有一次，他约我去散步。走出老城，我们迎面碰到许多蓬头垢面的背煤工人。他们弓腰驼背，背着沉重的煤块，气喘吁吁地一步步朝城里走来。我们顺着背煤工人来的方向走去，不觉来到北门外一个掘煤场，到这里后，他内心似乎受到了极大的震动。他默默地停立在小煤窑漆黑的洞口，注视着爬出的背煤工人，紧抿嘴唇，沉默了很长时间。不少瘦骨嶙峋的脊背被磨出了血。看到这样的场面，有良知的人都会引起很多联想。

回来的路上，周邦立万分感慨地说："国难当头，百姓生灵涂炭，而城里的那些老爷们却仍在花天酒地，寻欢作乐。此情此景，让人怎能平静！这样黑暗的世道必须打破！"

我也愤愤地说："我只恨手里没有枪。"

周邦立却开导我说："不仅需要枪，也要笔……"

我对他的冷静感到惊奇。回去后，谜底揭开了。他把我领进他住的那间小阁楼，从一堆书的后面拿出一本包了皮的书，递给我叮嘱道："你仔细读一读，但要保密。"

这本书就是毛泽东写的《新民主主义论》。原来他早就开始接触革命理论了。在他的引导下，我也开始学习革命理论。马克思的光辉学说，列宁领导俄国走的革命道路，毛泽东对中国社会的精辟分析，使我仿佛在迷雾中看到了灯塔，看清了自己应该走的道路。我加入了"黑白文艺社"，成了周邦立的亲密战友。

入社后我才知道，周邦立在社内担任着重要角色。周邦立即将毕业的1940年初春，学校租卡车组织毕业班的同学到重庆去参观工厂。每个人还带了铺盖。周邦立也参加了。他表面上不过是随大流，实际上却担负着特殊使命。他要秘密去新华日报社，找一个叫毕朔望的同志了解国内外的政治形势，听取党的指示。行前，周邦立悄悄告诉我："这次旅行意义重大，参观反成了次要的了。"我嘱咐他"多加小心"。我知道，在国民党的大本营里，稍有不慎，就会被盯梢，就有可能被抓进集中营。这是一次风险不小的旅行啊。然而，为了能聆听党的指示，周邦立毅然出发了。

一个星期之后，其他同学都乘汽车回来了。他呢？却只见铺盖不见人影。我担心出什么意外，一打听，说他请了个假，要迟到两三天。我和“黑白文艺社”的同志打开他的铺盖卷，发现里面裹藏着不少进步的文艺、政治书籍，还有解放区的油印小报、传单，足有20多斤，大家都高兴地夸他机灵。

又过三天，周邦立平安返校了。原来，他要听一个由新华日报组织的国际时事报告，耽误了时间。回来后，他顾不得休息，立即向我们讲述了去重庆的经过，传达了党的指示。

原来，他到重庆后，很快在九龙山新华日报印刷厂找到了毕朔望同志。他汇报了校内形势和“黑白文艺社”的工作，并要求在校内成立党组织。毕朔望把情况向上级作了转达后，有关领导认为，根据当时的形势，不便这样做；只可秘密与党联系，以保存力量，迎接抗日高潮的到来。周邦立内心很失望，但仍表示服从组织的决定。汇报结束后，他向报社的同志要了不少政治、文艺书刊。这些材料要带出重庆是很不容易的。毕朔望担心地问他怎么带，周邦立笑笑说，把书捆在行李内，学校有专车，可以带走。就这样，他给我们带来了上级的指示与精神食粮。

从周邦立带回的材料中，大家了解了全国的抗日形势，知道解放区在稳步扩大，我们都很振奋。由周邦立接通关系后，毕朔望同志经常托人给我们捎来一些秘密刊物，传达党的指示。这些事也都是由周邦立负责接头的，他无形中成了我们与党保持联系的桥梁。这项工作的危险是可想而知的，我常替他捏把汗。为了尽量避免校内反动分子的注意，周邦立活动更隐蔽了。在公开集会上，他从不发表意见，有时还故意不参加，装出不问国事、只钻学问的样子。

我们对他是很敬重的，一直把他当大哥哥看待。他不仅稳重，而且机智，办事总比别人考虑得更周密。那年暑假，周邦立收到毕朔望给他的一封信，让他设法为新华日报社买一台无线电收音机。周邦立想方设法，终于买到一台。在托人秘密带到重庆前，他考虑再三，问我们：“如果在重庆被检查、扣押，怎么办？”庞曾漱拿出一块线呢桌布，说：“把它包起来，外面再垫一些衣物。”周邦立沉思半晌，说：“最好再以物理系的名义开一封证明函，说这台收音机是送到重庆去修理的。”我们不由得都为这个主意叫好。就这样，收音机安然送到重庆新华日报社。

此后不久，国民党大举进攻陕甘宁边区，重庆的形势也紧张起来，毕朔望同志疏散往新加坡。行前，他介绍他弟弟毕庆芳与周邦立继续联系。毕庆芳就是我国现驻联合国的参赞毕季龙同志。

1941年春，周邦立毕业了。他离开校门就去找了毕庆芳同志，想在新华日报社工作，或者去延安。但是，因当时国民党刚发动了“皖南事变”，形势很紧张，新华日报无法收留他，更无法将他送往延安。他只好来到贵阳，在西南公路局找了一个工作，告别了学校和熟悉的战友，他深感苦闷和孤独。但他没有消沉，更没有放弃斗争。公路局因设计和施工的需要，有许多大比例地图。他想到这些地图也许今后有用，就利用工作之便，悄悄收藏了西南公路沿线桥梁示意图、贵阳市市郊军用地图和四川、贵州、云南、广西等省、自治区的大幅挂图十几张。1949年，解放军第二野战军南下时，他立即把地图交给了二野情报处，为解放我国大西南提供了重要资料。

在解放前那些动乱的年月，周邦立始终是一个坚定的革命者，为革命事业建立过功勋。遗憾的是，岁月淡化了人们的记忆。他早年的光荣历史，似乎渐渐被忘却了。特别是当他成了一个无业人员以后，连他这个人也似乎被社会忘却了。对于这些，他从不计较，也从未想过计较。他像一头只知默默耕耘的黄牛，从不希冀披红挂彩。即使遇到不公正的对待，他也毫不在意，依然在默默地为社会为国家作贡献。他，就是这样一个只知尽力不图索取的人。

周邦立自述
——摘自他在文化大革命中写的自传

江苏省苏州城南的灵岩山下，有一座小镇，叫木渎镇，我的少年时代就是在那里度过的。小时候，我体弱多病，常易干咳，被父亲称为“小痨病鬼”。因为病，我养成了静默沉思、不喜吵嚷的性格。小学里的足球和乒乓球比赛，我很少参加。可是，我喜欢大自然。只要是在大自然的怀抱里，我就非常兴奋活泼。我常常和哥哥一起去放风筝。我们爬上高高的山岗，摘一簇野花，摸一窝鸟蛋，然后牵着风筝顺着山梁奔跑。听着耳边呼呼的风响，仿佛自己也溶进了大自然……

我虽多病，但从不信鬼神。记得跟母亲到华佗庙、七子山的寺院去烧香还愿时，母亲在那儿默默地祷告，我却好奇地盯着张牙舞爪的泥塑神像……

上高中时，我突然对天文星象产生了浓厚的兴趣，经常手持星图在操场或屋顶上察看夜空中星宿的位置，还爬进满是蝙蝠粪的孔子庙，去研看大成殿里那张古老的星象图。那时候，我心中有无数的遐想，只要有偶然的机会触发，就如痴如呆，神驰五湖四海。我忽而由天文转向地理，又由地理迷上了化学，以后又迷上了数学、物理……我尤其对植物感兴趣，看了不少植物学方面的书，还在大殿荒废的后园试种一些果树。达尔文，这个光辉的名字，对我产生了影响，引起了我深深的敬慕。自然界以她绚丽多姿而又神秘莫测的魅力，吸引着我这个单纯的学子去追寻、探索。在高中老师写的操行报告单中，可以看到我青少年时代的风貌：

> 对于国文、三角最感兴趣，课外阅读理化、学生杂志等，喜研究自然科学。意志尚坚强，仪态尚安详。行动有时不拘小节。无不良习惯。不善交际。责任与信仰尚坚强，国家观念很强。服务忠实、勤奋。愉快俭约，间或烦闷。

正当我沉浸于自然科学迷梦时，被政治的风潮吹醒了。1935年9月18日，我得到第一次启蒙。那天是“国难纪念日”，日本帝国主义侵吞了我国东三省，当时的华北，也受到日寇控制。那一天，我在校园里和街上注意到，每个人的眼里都喷射出仇恨的火焰，到处有人在唱《松花江上》，那呜咽的歌声，使我浑身血液沸腾。但是，在国民党统治下，不准群众搞纪念活动，不准上街游行，不准陈列日本帝国主义造成的惨案史迹，有人发表抗日文章反遭逮捕……

当时我不明白，为什么中国人受了外国人的欺负，还没有权利呐喊抗议？难道要让我们无声地接受宰割吗？虽然那时我对共产党还不了解，但我深感国民党政府中卖国求荣者多，孙中山的三民主义和建国大纲难以彻底实行，中国的强盛不能靠他们。那天，我在日记中写道：“一旦兴者，还在吾民！”

一年之后，我考入国立浙江大学，住在工学院智斋一间房中。同屋的张启权是一个比较活跃的人物，我们经常一起读书、谈心，渐渐引为知己。

一次，张启权对我说：“现在日帝蚕食中国，形势危急，国难当头，而一些学生却埋头读书，不问国事。我想发起一个文艺团体，团结进步同学，宣传抗日救国，打破这沉闷的气氛。”

当时，我深有同感，忙说：“好！我一定参加！”

不久，在文理学院大楼底层的教室内，一些进步同学和教师召开了一个大会，一致同意成立一个宣传抗日的团体。为了不忘国耻，这个团体被命名为“黑白文艺社”，张启权当选为社长。

从此，学校里的空气活跃起来了。我们组成了许多秘密小组，传阅马列著作和进步书籍、刊物，讨论人生观和中国的前途等问题。关心政治、关心国事的同学日渐其多。“黑白文艺社”的成员以后都成了学生运动中的骨干。我看了不少政治、文艺方面的进步书籍，对鲁迅的著作和俄译书籍尤感兴趣。渐渐的，我的政治观念趋于明确，阶级观念也加强起来。从此，我走上了革命的道路。几十年来，虽然中间或曲折或起伏，但是我的理想、信念和追求却来自遥远的少年和青年时代……

编辑眼里的他
——科学出版社黄宗甄的叙述

我和周邦立不仅是同学、朋友，而且长期有业务方面的交往。严格地说，相互间是编辑和作者的关系。

如果说周邦立在大学时代是一个坚定的革命者的话，那么，他以后的几十年里，还是一个严谨的学者。1946年前后，我和一些志同道合的自然科学研究学者发起成立了一个组织，名为“科学时代”，并且出版了一个刊物。这个组织的宗旨是宣传民主，普及科学，团结进步的科学家。它很快在全国有了一些影响。抗战胜利后，周邦立到了上海，也参加了这个组织。他会俄文和英文，为刊物撰写和翻译了不少文章。

全国解放以后，我们各自找到了工作。周邦立先后在中华书局、华东建筑工业部、中国科学院编译局等部门工作过。在这些单位，他的学识和水平很受领导的重视和同事的钦佩。但是，他给我的来信中，却渐渐流露出了消极情绪。我开始有些不解，后来才知道，他是对接二连三的运动感到不解和厌倦。他觉得，那些各式各样的大会小会很少有实际内容，都是在耗费光阴，影响事业……

1953年的一天晚上，周邦立从上海出差到北京，顺便来找我。坐下后，他未顾上讲别的，张口就告诉我："我打算辞职，你看怎么样？"

我一愣，说："开什么玩笑？"

他严肃地说："真的，我有此种打算已非一日，我对机关里目前的那一套也实在不适应，常感到很苦闷。我想避开那些人事纠葛，专心去搞翻译。"

"你这是脱离社会呀！"我说。

周邦立却笑笑："在社会上生活，怎么会脱离社会呢？不过是离开了单位，选择了自由职业。也许因为我从小就习惯于搞'单干'，才产生了这样的念头。"

我一再劝他慎重考虑，这毕竟是决定今后几十年命运的大事啊。

周邦立显然早已经过了深思熟虑。听完我的话，他用沉稳的语调说："十年前，我曾经劝说一些埋头读书的同学投身于阶级和民族解放的洪流，那时只能这样。国难当头，民族处于生死存亡的关键时刻，哪能埋头读书做学问啊！现在则又是另一种情况。国家处于和平建设时期，需要科学，需要知识，需要潜心做学问的人。而这方面却尚未引起人们的足够重视。相反，倒是热衷政治的人太多。那么多的科盲、文盲，怎么能超英赶美？所以，我下决心好好坐在书斋里，做一点科学启蒙的工作。"

"难道在工作岗位上就不能做到这些吗？"我又问他。

周邦立苦笑着说："每天浪费的时间太多啦！我简直不能理解，坐在办公室里开会、清谈，能解决多少问题。难道清谈能谈出社会主义？现在人们不以为怪。搞业务的都去搞政治了，我想反其道而行之。"

看来他还有满肚子牢骚。我知道他的脾性和处事方式，他已决定的事是难以更改的。不了解他的人，很难理解他；了解他的人却懂得，他自有道理。这一次，我虽觉得不无道理，却也很难理解他。因此，我一直在苦口婆心地劝说他不要辞职。

那天，我们谈到很晚很晚。结果是，谁也没说服谁。人不可貌相。他这个人呀，表面上沉默、平静、随和，实际上却十分执拗、任性，而且内心深处还蕴藏着火一样的热情。一旦认准了某件事，无论付出多大代价，也要干到底。

第二天一早，他要乘车回上海，我特地送他走，告别时，我不死心地再一次说："但愿你能回心转意！"

他笑了笑，颇有深意地说："孰是孰非，几十年后再看吧！"

他离职以后，学术上果然所获甚丰。报刊上常可看到他的译作；新华书店里，也不时可以买到他的译著。

50年代是他的丰收时期。开始，他翻译苏联米丘林学派的著作；以后，又转而翻译和评介达尔文的学说。他是我国达尔文著作的主要译者之一。有时，他也将译稿寄到科学出版社来，交给我处理。

1959年是达尔文诞生150周年和《物种起源》发表100周年。为了纪念这位伟大的科学家，周邦立根据自己多年翻译和研究达尔文的成果，撰写了一篇文章《达尔文年谱及其著作》。文章内容很充实，可发表后，他却对自己很不满意。他很推崇达尔文，认为达尔文一生都在为真理和主义献身，为人类进步作出了卓越贡献，他生活道路上的每一步都值得大书特书。自己那篇短文介绍得实在过于简略了。他觉得应该为介绍达尔文多做一点工作。后来，他想到中外研究达尔文的学者不少，可是以年谱的形式记述他的伟大一生的，却还没有。周邦立暗下决心，要为达尔文写一部内容翔实丰富的年谱。搞科学史的人都知道，为科学家编写年谱，实在不是一件容易的事，不但要熟悉他的经历，还要研究他的著作、学说和大量有关资料。我听说他的打算后，生怕他吃力不讨好。可周邦立认准了道，是九头牛也拉他不回的。为了这部书，他前后花了十几年的时间。他精读了达尔文的主要原著、日记、书信以及各家的有关评论，还啃完了九卷本的俄文版《达尔文全集》。为了搞好年谱，他还参阅了《资本论》和介绍马克思、恩格斯生平事迹的有关著作，目的主要是为了更好地掌握辩证唯物主义和历史唯物主义的分析方法。

我同周邦立既是朋友关系，又是编辑和作者之间的关系。因为我也是搞生物学研究的，我们之间共同语言很多。他经常将书稿、译稿寄给我，让我给他提意见。对他的治学态度，我是很钦佩的；可他在日常生活中的处事方式又常让我感到既好气又好笑。

作为学者，他具有极为严谨、扎实的治学作风，研究过程中哪怕发现一个小小的疑点，也决不放过；作为普通人，他又很不拘小节，甚至有些怪脾气。有时，他为了和我讨论书稿的内容，常随信寄来一些很珍贵的资料。照说，为了防止丢失，这都是该挂号邮寄的，可他却常用破信封一装，贴张三分钱邮票就寄来了。他写信用的纸，也总是破破烂烂的，而且正反面都写满了字，十分随便。我对他说了好几次，让他寄资料时一定要挂号，免得遗失。他却不以为然，依然我行我素。

哎，我行我素可以算是他的一个重要特点。这一特点助其成功，也使其碰壁。他辞职专事翻译，就是我行我素的最典型的例子，不过，他后来也尝到了我行我素的苦头。有一次，他寄来一封长信，诉说了自己这个无业者遇到的种种苦恼。为了搞翻译和研究，他想去上海图书馆查资料，可图书管理员听说他没有工作单位，便无论如何也不肯借书给他，也不让他在阅览室查阅资料。他好说歹说、软磨硬泡，全不起作用。他只得懊丧而归。他万分感慨地写道：就是因为没有一个表明身份和工作单位的小本本，我就仿佛成了二等公民，甚至连生了病也住不进医院。看来你过去劝说我的话是有道理的，但我却仍不认输……

他这个人呐，碰了壁还是我行我素。他开了一个长长的书单，希望我能帮他在北京借书。我理解他的难处，体谅他的苦衷，更叹服他的勇气，自然要倾全力帮他的忙了。

他做学问时那种锲而不舍的劲头，实在让人既吃惊又感动。我给他借的书中，有一本英国学者弗里曼写的《达尔文参考手册》。周邦立如获至宝马上研读了一遍。结果发现其中有不少地方与他搜集的资料内容有出入。究竟是哪个对呢？他立即参考各种书籍、资料，对每一个疑点都进行了核对、研究。最后发现是弗里曼错了。于是，他用英文给弗里曼写了一封信，阐述了自己的看法，指出了他书中与事实不符的错漏有七八十处。不久，弗里曼先生回了信，对周邦立表示了衷心的感谢。弗里曼在信中还惊喜地写道：“我没有想到，在遥远的东方古国，竟还有人对达尔文有如此精密深入的研究。”

学者的交往，往往是最容易相通的。不管距离多么遥远，只要发现知音，他们的心就会产生共鸣。弗里曼后来又给周邦立寄来了勘误表、地图、图片等资料。以后，他俩鸿雁往返，交流研究心得，探讨遇到的问题，成了从未谋面的知己。

1982年三月，周邦立研究了二十几年的结晶——《达尔文年谱》出版了。这部近40万字的著作，逐月记述了这位伟大科学家的一生。书中许多资料都是国内从未有人涉及过的。这本书很快销售一空，得到了国内外学术界的一致好评。这可以说是中国学者研究达尔文的第一部专著。书出版后，周邦立给弗里曼先生和达尔文的孙女也寄去了几本。弗里曼非常高兴，把书转赠给了达尔文的母校——剑桥大学。

不久以后，北京召开了纪念达尔文逝世100周年学术讨论会。周邦立作为特邀代表，也参加了这个会议。对于周邦立来说，这次来京也有着不同寻常的意义。自辞职后，他已多年未到过北京。这次来，他见到了许多老朋友和老同学。故友重逢，自然有说不完的知心话。他兴奋地告诉老友说，听了代表们的发言，他很受启发与鼓舞，觉得欣逢盛世，他这个“学术个体户”更有了用武之地。回去后，要抓紧迟暮之年，争取把《达尔文自传》、《达尔文论文汇编》都尽早翻译出来。看着他劲头十足的样了，我真替他高兴。党和国家现在对知识分子这么重视，周邦立今后一定能创造出更多的成就。他才64岁，在学术上正是丰收季节。

可是，我万万没有想到，他回去后仅几个月，就因为患癌症去世了。他去得那么快，我们这些老朋友、老同学在伤感之余，都深深地为他惋惜。他一生坎坷，一直在困境中挣扎着奋斗着，社会条件刚刚好转，他又匆匆地去了。他像一颗流星一样，融入了夜幕，可他又留下了一道多么奇特的光华啊！他给社会留下了那么多译作和著作。和他相比，我们深感不如。历史也许将证明，他当年的选择是对的……

儿子眼里的他
——周邦立长子周国信的叙述

爸爸常说，最幸福的人，是忘我不倦地工作的人；最坚强的人，是永不气馁地前进的人。父亲的一生，就是在实践着他说过的两句话。他从事译著工作42年，条件是何等困难呵，可他却乐此不疲。他全部的幸福，确确实实和他的工作、他的奋斗联系在一起。

我虽然一直和父亲生活在一起，但实际上对他的了解并不多。在整理父亲的遗物时，我才发现了数不清的手稿、译稿、卡片、资料。我真是惊呆了，这要花费多少精力呵！过去，看到他每天坐在小桌前专注地从事翻译，并未感到他有多么辛劳。可一下子看到这么多的手稿，才知道他留下了一笔多么巨大的精神财富，才第一次感到了他的高大。一股深深的敬意不由得从心底泛起。42年来，他一共翻译了内容涉及天文、地理、生物、化学等多种学科的著作300余种，共1500多万字，平均每天至少要翻译1000字。父亲就是这样日积月累、不知疲倦地在创造着崇高的精神财富。当我们还是孩子时，就常常看到父亲坐在桌前聚精会神地工作。后来，我们上了小学、中学，我又上大学。多少年过去了，他留在我们眼里的形象，仍是伏案疾书的模样。家里只有一间不宽绰的房间，我们长大了，房子就显得更挤了。我们做功课时，常要和他抢桌子用。有时，我们占了桌子，父亲来了，我们就给他腾一小块地方，让他和我们合用一张书桌。后来，父亲觉得实在不是办法，就放弃原来的“阵地”，另做了一张可以放在床上的小书桌。于是，每天晚上，床上的小桌就成了父亲的“固定席位”。但坐在床上写字多么不舒服啊！他的身体又那样单薄，年纪渐渐大了，我注意到，工作时间一长，他常常要挺直腰，手捧额头闭目休息。我们劝他别干了，他却不肯，休息几分钟后又埋头挥笔了……

父亲翻译了那样多的书，作出了这样大的贡献，可他却长时间得不到社会的理解、支持与照顾，工作条件一直很差。记得有一天，父亲听说新出了一本有关达尔文的书，便四处寻找。当得知市图书馆有这本书时，就兴冲冲地去借。可是过了一会儿，他就懊丧而归。看得出，他非常生气。他闷坐床沿，很久没有说话。后来，自言自语地说：“我自己翻译的很多书，都有资格进图书馆，可我却连进去借一本书的权利都没有！”

原来，因为父亲没有工作证，在图书馆碰了钉子。父亲无计可施，只好给黄宗甄伯伯写信，求他在北京借一些书。几十年来，黄宗甄伯伯对父亲的工作给予了无私的支持与援助，耗费精力不算，光邮费也恐怕花了数百元。因为总这样麻烦黄伯伯，父亲心中非常过意不去。可有时候，父亲心情不好，寄来的书稍迟一些，他就急得坐立不安，又埋怨说：“黄宗甄架子大了，对老朋友也怠慢了……”我理解他的心情。他需要高效率的工作，一旦因缺乏书籍资料停工，他就会感到寂寞和烦躁。

1982年三月，他参加完纪念达尔文逝世100周年的学术讨论会，从北京回上海以后，每天工作的时间更长了。他那单薄的身体经受不住这样高强度的劳动，终于病倒了。

这一次病得可不轻，腰疼、腹泻，总也不见好。可是他仍坚持抱病校看《达尔文年谱》第二版的勘误表。

8月1日，他去医院检查，发现竟是癌症！家里人忧心如焚，希望能立即让他住院治疗。可是，谁能想到，因为父亲没有正式职业，没有工作证，结果连医院也没能住进去。这样的制度、规定合理吗？要知道，他虽然没有工作证，却是在为国家、为社会作贡献时累垮的呀！

8月23日，父亲的病已到危急关头。他躺在床上，直冒冷汗，腹部又胀又疼。可他仍拿出笔记本，忍着痛苦写下了最后一天的日记：

“我仍有信心战胜癌症！

“如毛主席和周总理等同志同意我去追随他们，我将含笑离世……”

接着，父亲把我叫到身边，让我记录他的口述。他用有气无力的声音口述了给黄宗甄伯伯的信。他除对黄伯伯几十年来给予的帮助表示由衷的感激外，并对《达尔文年谱》第二版校勘作了补充。这是父亲临终前最牵挂的一件事。前一段他精神稍好的时候，就忍着病痛对年谱作审校。口述完信后，他像了却了一桩心事，长舒了口气。

这一天，正好毕季龙同志随同联合国代表团来上海访问。40年来，他同父亲一直保持着联系，有着很亲密的友谊，毕季龙本想见一见父亲，叙叙友情。可是因仅停留一天，时间太紧，只好写了封信给父亲，说下一回一定要登门拜访，多叙几天。他还勉励父亲“工作上坚持日进，好好跑完最后一程”。我给父亲念毕季龙同志的信时，他听着听着，眼睛里涌出了泪水。他心里明白，恐怕今生已再难相见！他感到了一种永诀的痛苦。但是，他在口述回信时，却让我写上“我等待着下次再见面”。

就在这一天晚上，父亲病情突然加重，已进入昏迷状态。我们连夜将他送到医院抢救。在急诊室里住了不到七天，他就与世长辞了。

父亲生前最崇拜达尔文的伟大人格和崇高品质。达尔文为了科学和人类的进步贡献了毕生的精力。父亲的贡献虽不能与达尔文相比，可他也是工作到最后一息的。

父亲向来不重名誉、地位。他的译作很多，但是却很少有人知道他名字。他的一生用了许多笔名，用得最多的“毕黎”是“灰尘”的意思。他把自己比作一粒微不足道的灰尘，而把人民的事业看得高于一切。他在遗嘱中说：“死后尸体送医院作病理研究……绝对不要送礼、送花圈，节约他们的精力、财力和时间。”

父亲就这样匆匆离去了，像灰尘化进了大地，像流星融入了夜幕……

（此文系与庄建民合作）

1987年

情满黄山

一

第一次到黄山，朱畅中教授就被迷住了。黄山万千气象的幽邃、奇丽与阔荡无涯，在他心中激起了一种难言的情绪。

由于天性热爱，由于工作需要，由于机缘凑巧，朱畅中一生几乎游遍天下名山，可无论哪一座山，都没有像黄山这样使他激动。到了黄山，竟真与徐霞客起了共鸣：“登黄山天下无山，观止矣！”

朱教授情不自禁想起了古人赠给黄山的许多赞语：“天下第一名山”、“神仙之窟”、“天造画境”……莽莽浩浩、郁郁森森的五百里黄山，拥有多少称号呵！

面对黄山的雄姿秀色，爱山的朱畅中不由凝神注目，屏息沉思。前人赞黄山，赞得实在有理。天下树多，奇不过黄山，古松虬盘，佳木千种；天下石众，巧不过黄山，同一块石，东望，“喜鹊登梅”，神灵活现；西观，“仙人指路”，栩栩如生。再说云，哪里也找不出壮观秀丽如黄山者。

此刻，拾级而上的朱教授，就充分领略了黄山的云情雾意。那飘浮于山谷间的云，浓聚时，似大海涌波，滚滚滔滔，近山远峰倏忽化作孤岛；俄而，团团云雾又向山路扑来，一时行者脚踏虚无，步履都轻盈起来；须臾，又悠悠袅袅地飘移走了，似乎要携载着人同去；待烟云渐渐隐去，群山又现出它们的本来面目，留给你的，只是一丝湿雾的凉意。

在云雾的陪伴下，教授来到了北海散花坞。他到的时刻，天空阳光灿烂，脚下烟云正浓。只见飞来飘去的层层乳白色云雾，缠绕着眼前一座挺秀的山峰。朱畅中知道，这座山峰叫“梦笔生花”。他觉得，这名字真是再形象不过了。你看，那忽隐忽现于云雾中的山峰的腰身部分，不正酷似一支亭亭玉立的笔杆？峰顶上那块巧石，不正像浓墨饱蘸的颖毫？巧石上端那株苍碧老松，树冠又多像一株怒放的鲜花啊！这意趣盎然的天造神境，除了那寓意美丽的成语典故，的确无以名之。

更妙的，是距“梦笔生花”不远，还矗立着一座顶分五岔的略矮些的山峰，造型宛若碧玉雕成的笔架，名唤“笔架山”。看来仿佛是，这边，笔刚离架就墨；那边，架待笔来重倚。笔架呼应，加上背后浮旋飏动、时明时暗的蓝霭霭的岚气的映衬，生动异常，令人叫绝。

不知为什么，朱畅中觉得，黄山所有的景致，好像都是由“梦笔生花”派生出来的。

奇、伟、险、幻，集众美成大观的黄山，如同一幅墨迹鲜润的立体山水真迹。唯有这支酣畅淋漓、灵秀所钟的舒天妙笔，才绘得出这样的神品。“梦笔生花”，是黄山四百景观的点睛之处。千百年来，它带着一种令人感动的静候姿态，默默地伫立在那里，向着人间天地，期待着、呼唤着新的想象和灵感的到来。

注视着它，朱畅中不禁浮想联翩……

他，并不是普通的游客，而是作为省委书记特邀的客人，来到黄山的。

其时，正是1978年初夏。他，清华大学建筑系的副教授，和自己的老同事吴良镛教授一道，受安徽省委邀请，来到了合肥。一同来的，还有其他单位的一些学者教授。他们都是来参加合肥科学城的规划会议的。

会议结束后的一天，在合肥市的高级宾馆“稻香楼”，霜发满头、身材魁伟的省委书记万里，设便宴招待清华大学这两位同样头发雪白、身材魁伟的教授。省委书记和两位教授，可以算是老相识了。早在50年代初，万里同志担任全国解放后第一任城建部长时，就与工程建筑界的学者专家相熟了。

这次故交重逢，席间自然是海阔天空，无所不谈了。他们从前些年工程建筑中的混乱情况，谈到“文革”中文物古迹惨遭横扫的厄运，继而又谈到了各个风景区年久失修、凋敝脏乱的现状。接着，万里同志话锋一转，突然问他们：“两位教授，你们到过黄山没有？”

听说没有，他立刻建议说：“那太应该去看看了。它可真是大自然的杰作啊！只是现在接待能力和管理建设都差点劲。”

随后，省委书记又告诉他们，黄山如果利用来发展旅游业的话，潜力不可估量，它简直是安徽的无价之宝。遗憾的是，目前开发建设上根本没有计划，非常混乱。

听到这里，朱畅中领悟到，这位思路开阔的省委书记，请他们上黄山，看来是别有深意的。

果然，万里同志笑视着他们说：“我们可不忍心埋没黄山这块‘瑰宝’，打算把它开发起来，规划设计嘛，就得请你们‘清华’再助一臂之力了，怎么样？”

就这样，朱畅中和吴良镛来到了黄山。

黄山以它的伟奇姿色，征服了朱畅中。他认为，万里同志开发黄山旅游业的设想完全可行。不过，一个省委书记，他要关心粮食，关心钢铁，关心煤炭；他要过问教育，过问文化，过问卫生；他要担忧洪峰能否安全通过淮河，担忧社会治安是否出现了问题……全省几千万人的衣食住行，样样要操心，还有多少时间过问这“玩水游山”的事呢？他不会是信口道来、话过如风吧？

离开黄山，回到北京，朱畅中心中一直还是将信将疑。

二

事实证明，朱畅中的疑虑是不必要的。

“稻香楼”之后，万里同志又在几个场合，提到了黄山的开发建设问题。他还多次说，希望清华大学的教授来参加制定黄山开发建设的长远规划。担任过城建部长的万里，显然是深知规划的重要性的。他一再强调，风景区的建设，建筑艺术水平要求很高，一点也马虎不得。他坚决要求，要尊重专家的意见，严格按科学的基建程序开发建设黄山。

1979年，在万里同志的亲自过问下，安徽省委和省政府组织水文、地质、工程、园林等有关方面的20多位工程技术人员，成立了黄山开发建设总体规划小组。

不久，校领导告诉朱畅中，安徽省委已派了一位城建局副局长专程来学校，要求派一位教授到黄山去，担任总体规划小组特邀顾问，校党委决定由他前往。

朱畅中匆匆收拾了行装，怀着一种难言的激动，踏上了南行的列车。当车轮隆隆驶离北京车站时，倚靠着车窗的朱畅中，感到自己的心在微微颤动。

今年62岁的朱畅中，白发稀疏，身体却仍很健壮。他是浙江杭州人。故乡西湖的山水，从小培养了他对名山大川、美好风景的挚情。

在杭州蕙兰教会学校读书的时候，他和现在在同济大学当教授的陈从周等几个同学，组织了一个小小的画社。每逢星期天，他们常常画夹一背，带点干粮，“远足”到灵隐，到鹫峰，到九溪十八涧，到雷峰塔，到苏堤和白堤。

走在“间株杨柳间株桃”的堤上，他们讨论“四贤”数代不停开发杭州的政绩，吟诵“为我踟蹰停酒盏，与君约略说杭州。山名天竺堆青黛，湖号钱塘泻绿油”。跑上“香炉峰”，又抢读柱联“凿穿石径通幽径，搜出真山作假山”。

待到神情飞扬、意气风发时，便打开画夹，面对天堂美景，运笔施彩，入迷地写起生来。他们集了一百多幅作品，还在学校里举办过西湖画展。

如果不是家里坚决反对，说画画将来要饿饭，朱畅中中学毕业后很可能会投考美术学院。后来，他选择了工程建筑——艺术与工程结合的专业。由于日本鬼子进逼杭州，他全家逃难到了上海。

在上海，他真切地感受到了中国的苦难。在赵家浜附近，他目睹了日寇的暴行。这里到处是焦土瓦砾，炭木灰烬，河边像墙一样堆放着白木薄皮棺材。朱畅中告别了灾难深重的上海，绕道金华，经江西、湖南，抵贵阳。他是怀着科技救国的理想，到这里参加重庆中央大学的入学考试的。录取后，他又辗转水路，到了“陪都”重庆。

当时，全国只中央大学有工程建筑系，系主任是辞去在美国的优厚待遇，于国难当头时归国执教的梁思成先生。教授中，有著名建筑师刘敦桢先生。在这些爱国学者的言传身教下，这个老有一绺额发搭在眼上，颀长好动的学生，不仅学得了专业，而且学得了为人。

在梁、刘二先生之前，我国大学讲堂上，只开西方建筑史课。至于中国建筑，对不起，从未有人讲过。梁、刘二人，于30年代私人筹办了“中国营造学社”，依靠社会募捐，进行了大量艰苦的实地调查，终于研究总结出了我国建筑的演变过程及各个时期的美学特征。刘敦桢先生执笔，写作出了第一部可供大学建筑系使用的系统性教材——《中国古代建筑史》。

梁、刘二位先生的治学精神也同他们的为人一样，有很强的感染力。在他们的熏陶影响下，朱畅中再出去“远足”时，已不再像杭州时代那样，只是朴素的赞叹而已。看深山中的古寺，看岩壁上的雕刻，看江流横托的石桥，他已经可以领悟到祖国古老文明与山水草木融合无间的奥妙，讲出我国古代建筑艺术巧夺天工之所在。“远足”的地方越多越广，他对祖国河山的热爱也就越深越强。

1945年，日寇投降前夕，即将大学毕业的朱畅中，参加了梁思成先生主持的战时文物保护委员会的工作。1947年，梁先生到清华大学创办建筑系，朱畅中也随后赶到，成为该系创始时的几名助教之一。1949年，全国解放前夕，地下党秘密派人找到梁先生，提出要求，希望他编一册历史文物保护名录，送交解放区，以便使这些名胜古迹在战争中能得到保护。

整个建筑系都投入了这项工作。名录很快整理出来并交到地下党手中。这份名录以后出版成书。书的封面，是朱畅中设计的，满是小菩萨，一个挨一个。知情的人都知道，他的这一设计，也受了梁先生的影响。

梁先生几乎观赏过国内所有寺院、石窟中的雕像彩塑。他在学生面前，常常非常自豪地说：“云冈佛像‘永恒的微笑’，完全可以和达·芬奇的名作《蒙娜丽莎》的微笑媲美。当然，同是微笑，蕴意却不相同。但是，作为艺术，它们都升到了令人叹为观止的巅峰。”

先生的话在学生心中扎下了根。朱畅中越观察，越觉得梁先生的话有道理，渐渐地他也爱上了菩萨。这种植根于民族自豪感的爱，自然而然地流露到了他的封面设计上。解放后，根据这本封面满是菩萨的小书提示，国务院公布了第一批“全国文物重点保护单位”。

回首往事，工程建筑方面的规划设计与文物风景方面的研究保护，一直像两个美丽的音符，在他的生命中交相奏响着……

可是，过去，由于种种可以理解的原因，在文物风景区的开发建设方面，他接触到的工作不多，因而，长期仅限于纸面上的研究。这次，能有机会具体参加黄山风景区的规划设计，为美化人间作贡献，他怎能不激动呢？

正是在追思与憧憬交替映现的过程中，列车载着他又来到了安徽黄山……

三

80年代的黄山，是“旅游热”波及的主要地点之一。入夏，国内外游客蜂拥而至，争游为快。1979年，黄山游客为28万人次，到1980年，就激增到了40多万；1981年，又上升到了五十余万。此后，一直未下过此数。高峰期间，山上游客日流量已突破万人大关。三年前还只是高级干部疗养所性质的少数服务设施，已经远远不敷使用了。

旅游旺季，常常要两三个人共享一个床位，像在火车硬席车厢一样，坐着过夜；更倒霉的，就只能在竹林里、松树下露宿了。此外，还有吃的问题，喝的问题，避雨小憩的问题……

黄山迫切需要建设，这是毋庸置疑的。但是究竟怎样建设呢？是匆匆上马，头痛医头、脚痛医脚，还是全面规划、合理开发？这意见就不一致了。上山后朱畅中发现，只图解决眼前问题，忽略风景保护，不顾长远规划，是黄山开发建设中的一个相当严重的问题。

一连看了几处地方，他失望的感觉简直无法掩饰了：乱弹琴！随意选址破土，伐木取石，蚕食绿地，毫无规划，想在哪里建就哪里建，这样的建设只能算是“破坏性建设”。朱畅中实在看不下去了。他是爱美的，容不得任何破坏天然美的现象。朱畅中暗下决心，今后再有随意破土动工的现象，他是一定要过问的。

一次，两个规划小组的技术员气呼呼地跑过来告诉他：“朱老，云谷寺桥头在造一个规划外的商店。问他们谁批准的，他们理也不理。”

“噢，有这样的事？我去看看。”

朱畅中一口气赶了20多里路。人还没走出孔雀开屏般的翠竹林，就听见了“叮叮当当”的凿石声。走近一看，原来在桥头附近凸立的一块形状很美的巨石，已被炸得粉碎，民工们正在清理碎石。石头旁还堆着一些小臂一般粗的树枝，是从桥头一株合抱的老树上砍下来的。看来是嫌它们碍事。

朱畅中看看石头的尸骸，又看看大树的断肢，不由得冷霜满面，当即给黄山基建处挂了个电话，问是哪位高明人的主意。接电话的干部告诉他，是一位副处长做主让商业部门在桥头建商店的，因为这里好做生意容易赚钱。副处长有话，工程不能中断，决定已作为基建处正式文件存档，无可更改。

朱畅中冒火了，随即给管理局挂电话。可是，局长说话也不灵光，“县官不如现管”。副处长再一次拒绝停工：他有他的面子和人情要优先考虑。

出于无奈，当晚，朱畅中要了合肥的“长途”，对省委秘书长说：“云谷寺的工程必须马上停止！石头说炸就炸，树木想砍就砍，长此以往，你黄山有多少本钱经得住如此破坏？景致毁了哪个游客肯来？盖商店又赚谁个的钱哪？我们‘人微言轻’，说话不管用，只好请你亲自过问一下了。”

秘书长听罢果断地说：“朱老，请不要着急！你的意见，我马上向张劲夫同志反映。相信省委一定会很快处理的。”

省委果真过问了。继万里之后担任省委书记的张劲夫，对黄山的规划和保护工作也很重视，这下在管理局上下引起了不小震动。第二天，局长亲自赶到云谷寺施工现场，命令停工。

云谷寺的一场小小风波算是过去了。可朱畅中知道，那些视黄山花草树石为等闲的人，内心未必就真想通了。类似的事，以后也难免再碰到。难道都得求助于秘书长吗？朱畅中决心尽自己的力量杜绝这类现象。

未隔多久，让朱畅中看不下去的现象又出现了。当时，朱畅中和规划小组的人正忙着踏勘测量，为黄山即将增添的服务设施作通盘的设计规划。他忽然听说，西海的一个显要地方，已经开始建饭店了。听到这个消息，朱畅中呆了：这一带的饭店还正在规划设计之中，怎么能没有规划就仓促上马呢？位置选得不合适，样式难看，不是要大煞西海的风景吗？

朱畅中忍不住了，在温泉召开的黄山管理局干部会上，他当着全体干部的面，放了一炮。性格倔强的他，这回颇有些不客气地说："有些话，也许我是不该说的。不过，既然让我来为黄山服务，让我来帮助搞设计，有意见我就得提。我们规划还没搞完，你们怎么不打招呼就自顾自地干开了？既然这样，还要我们干什么？"

几个负责基建的头头面面相觑，十分尴尬。其中一个涨红了脸，搪塞说："嗨！朱老，你别看得那么严重嘛！我们这都是临时救急的嘛！"

"即便是临时性的，也应该讲点美学和科学。这一不讲造型尺度，二不讲空间环境，胡乱凑合，你到底是建设黄山，还是给黄山建设拆台呢？"

朱畅中知道，他这样说是要得罪人的。但是，他来黄山，不是为了当"老好人"，而是来尽一个专家的义务的，因此，明知得罪人，也得说。要不，东竖一个"火柴盒"，西卧一个"大肚汉"，楼房建得挨挨挤挤，那周围的景致还能叫桃花峰、逍遥溪、水帘洞吗？再不，像过去那样，玉屏峰上盖大楼，那还能称得上"万山拜其下，孤云卧此中"吗？孤云哪还有卧的地方？这一来，黄山建设还能达到第一流水平吗？

就为这泉、石、草、木，朱畅中和黄山人屡次冲突。山上的单位和住户乱砍烧柴，他提意见；园林部门乱设关卡，乱收门票，他过问；装自来水截取瀑布的水源，他反对；修停车场浇灌大量水泥，他惋惜。他不是黄山人，可黄山一滴泉水的淌失，一根青草的被毁，都让他揪心……

老人对黄山的这片挚情终于感动了黄山人。久而久之，他们也慢慢接受了教授的观点，开始用较前不同的眼光看待黄山的一切了。山水风景不像布料，可以随便拼拼剪剪；在这上面增减取舍，是落笔无悔的。毁掉了，便不复再得。大自然鬼斧神工、匠心独运的杰作，决非人工所能仿造得了的。再想增添点什么建筑，他们也开始慎重了：放在这里，会不会影响黄山的天然风韵呢？

爱护黄山的泉、石、草、木，珍惜美丽的国土资源，开始成了黄山人的自觉行为。黄山管理局根据规划小组在考察研究基础上提出的建议，把全山分成了区、片、线、点四类，建立了护山责任制，每天派出专人巡弋守护。与此同时，安徽省人民政府特意颁布了十年浩劫后的第一个黄山保护条例。

此后，一些不懂文明旅游的人，在黄山受到的教育，确使他们终生难忘。

1980年秋，一个地质工人用小刀在“迎客松”上刮掉一层皮，正打算刻上“某某到此一游”的字样时，就被专门守护“迎客松”的管理人员拿获，押送到黄山公安局。破坏树龄千年、形状极美的“迎客松”，事非等闲，结果，这个人除了被罚款20元外，还被拘留了五天。又一次，上海一个工业局的局长，看到黄山娇艳照人的杜鹃花实在喜欢，忍不住折了一枝，也被罚了五元钱，连省委秘书长也因为自己的司机挖了小树苗代认过罚。

一股护山爱山的新风，吹遍了黄山的豁谷山峰。

四

对黄山出现的这种变化，朱畅中感到由衷的高兴。在朱畅中看来，黄山确要建设，但尤需保护。开发建设，是为了让人们更好地欣赏风景；而只有让美好的景物永留人间，才可能为开发建设提供价值前提。现在前提总算有了。

那黄山究竟怎样开发好呢？什么样的规划最合理呢？这是朱畅中一直魂牵梦绕的问题。

为了取得做规划的第一手资料，朱畅中事必躬亲。踏勘、测量、调查、分析，他样样参加。他好像忘记自己已年过六旬，一直像年轻人一样在黄山的峰峦间跋涉登攀。

为了选一座未来饭店的位置，找一家商店的地基，甚至挑一座亭子的角度，他都要上上下下跑好多趟，反复地观察、比较、思索。他深深懂得，给黄山施朱增彩，他手中这支笔可比化妆师和画家要重得多，他能不慎之又慎吗？

黄山的规划，占据了他的整个身心。他先后六上黄山踏勘调查。玉屏楼、天都峰、莲花峰、西海、温泉之间的大道小路、野径山蹊，到处留下了他的足迹。有一次，在规划莲花峰的服务网点时，他听说莲花峰的山腰里有一处庙址，庙虽早已坍塌，但地基还比较完整，尚可整复利用，就立即赶去察看。其时正值隆冬，海拔1840多米的黄山早已霜雪飘零，冰凌锁谷。朱畅中不畏严寒，不顾年迈，从住地一口气跑了几十里路，赶到庙址所在的地方，仔仔细细地目测步量了一遍，这才放心。等他赶回住地时，已经冻得连舌头也转动不灵了。

朱畅中就是用这样一种认真得近乎迂腐的态度，对待每一个风景点的调查和规划的。他这样做，自然是有他的理由的。他暗自思忖：黄山是世界第一流的名山，规划当然也应该是世界第一流的。

正因为他这样想，所以他在规划中时时都在考虑如何给黄山“锦上添花”。他不满足仅仅保留黄山现有的风景点、旅游点，一直在思索如何开发新的风景点。他觉得黄山的每一株树、每一块石、每一个角落，都蕴含着诗情画意，都是美的，关键是要让人们看见它们的真容。

爱好美术的朱畅中，在到黄山之前，就已知道中国美术史上曾有过一个影响颇大的“黄山画派”。顾名思义，可知黄山的奇丽景致是形成“黄山画派”的直接原因。“黄山画派”的始祖，应该算是明末的雪庄和尚。雪庄当年曾在黄山三十六峰下修行，住在一处用树皮搭成的名叫“皮蓬”的小庙内。他持斋苦修，唯一的爱好就是画画。黄山瑰丽多姿的景色，给了他艺术的灵感；面对黄山的奇峰怪石、佳树美泉，他的笔也越练越奇，越画越绝，逐渐形成了自己的独特风格，在画坛产生了很大影响。继雪庄之后，皖南山区的歙县、休宁一带的许多画家，也师承雪庄，以黄山为题材，进行写生和创作。其中较有名的，要算清朝的梅清和石涛了。现代著名画家黄宾虹，也继承了“黄山画派”的传统，创作了大量以黄山为题材的很有特色的山水画。“黄山画派”的画家作画时，常常随意选取黄山的一峰、一石、一树、一角，信笔画来，即能传神地表现出蕴含其间的诗情画意。

因为朱畅中熟知“黄山画派”的源流，所以，他在勘测调查时极注意寻找那些曾被“黄山画派”画家赏识却因深山幽闭为人们遗忘的清静幽雅的所在。有一回，他不顾山深径险，由云谷寺至北海路上的“仙人指路”处进去，沿着曲曲折折的山道，来到黄山小三十六峰一带，探寻到了当年雪庄和尚修行时住的皮蓬的遗址。他发现，这里的山形地势委实太好了：远处，山峰劈地摩天，云凝碧汉，雾锁深谷；近处，青松枝虬叶茂，清泉奔涌，巧石罗列，他不由得暗自佩服雪庄的眼力，于是，他一边绕遗址审视周围景致，一边在内心估量和盘算在这里适当进行建设，把这里开发成新的重要旅游点的可能性。一番实地踏测，他已累得气喘吁吁，可心里却说不出的高兴，因为又有一个可令“笔头”生花的想法在他头脑里成熟了……

为了黄山，他任劳任怨地奔忙着，操劳着，焦虑着。一趟趟地在崎岖的山径上攀登，有时难免跌倒磕碰，可他揉揉伤处，稍事歇息，就又一瘸一拐地上路了。一天天在黄山云雾中穿行，栉风沐雨自然是常事，偶感风寒也从不放在心上，照旧迷在黄山的调查规划中。黄山上供应紧张，副食要从几百里外运进，日常伙食尽是咸菜和罐头，朱畅中和大家一样就餐，从未抱怨过一声。逢到赶不回来时，他常常一壶水、两个馍、几个煮鸡蛋，一凑合就是一天。这对一个牙齿不好，肠胃又弱的老人来说，是多么不易啊！

几年来，他正是以这样一种精神状态，先后十次登上了黄山。

五

朱畅中在黄山的最后一夜。宾馆里早已灯熄人静，可他却仍在房间踱来踱去。

规划工作圆满结束了。以黄山为中心，包括太平湖、白云山、九华山在内的皖南旅游区的总体框架，气魄超过了黄山云海的极限。

任务完成了，朱畅中理应有一个安静松心的睡眠。可是他不能。

窗外，清凉的夜风夹杂着青冈栎和檫树的芳香，轻轻地吹来。峥嵘的桃花峰和它前后左右墨笋争尖的岩巅，沉酣在云雾缭绕的乳白色梦境中。宝石蓝的纯净夜空，缀着几颗小小的星，仿佛忽悠悠的钻石耳坠，闪烁着烟紫色的光芒。一颗山果，被夜风悄悄摘离蒂柄，“啪”地一声坠地了。

朱畅中在窗前停住了。他的目光投向深邃的夜空，头脑里映现出心血哺就的规划要点：一级绝对保护区，是风景区中精华的精华，只能观赏不得入内；二级严格保护区，也是风景佳处，可以修建一些极必要设施，但要藏而不露，融于山水之间；三级重点保护区，包括景区内除上述两类外的一切地区，可以搞一些建设项目，但风格要美，色调要雅，用地要严格控制；此外，对与景区自然环境和生态平衡有直接影响的外围地带，也不能掉以轻心……总之，黄山上的建筑，宜少不宜多，宜低不宜高，宜朴素不宜豪华，宜淡雅不宜浓艳，宜山林趣味不宜城市风格，要因景制宜，谦虚礼让，大小高低错落有致，内外空间穿插融合，色彩风格协调优雅……

虽然安徽省城建局已两度邀请全国建筑界、园林界的学者专家进行讨论，萃集了朱畅中自己十上黄山调查的全部心得和学者专家们的精彩意见，有的也已经开始在黄山开发保护中生效，但是，规划距离立法实施的目标，还有相当一段距离。要实现它，还要作异常艰苦的努力。蓝本确是有了，但它会不会像许多命运不佳的学术报告一样，被束之高阁，最后变作无果之花呢？或者被实用主义的手术刀割得支离破碎，在实施的过程中变得面目全非呢？他不能不为这全国解放以来，甚至可以说是全民族有史以来的第一份风景旅游区建设规划担心。我们的经济生活，还没有能够赋予规划以法律的立地生效、必须遵从的权威性。人在，可以监督，可以说服，可以争吵，可是，他终归是要离去了。

对黄山的一股强烈感情，一种热望，使他实在放心不下。此时此刻，他渴望被人理解。有生以来第二次产生这样的渴望……

第一次，是在1950年春天。那时，他和建筑系的九名同事，一起设计了一张热烈深沉的国徽图案；中央美术学院也设计了一张色彩绚丽的图案。两张图案在全国政协国徽审查组召开的会上引起了热烈争论，一时定夺不下！此刻，朱畅中多么渴望人们能够理解他们的设计思想啊！这时，周总理来了，他问坐在一旁认真比较两种设计方案的李四光：“你看哪一个方案好？”李四光指着清华设计的方案说：“我看这个好！这红底，象征着东方的黎明；周围是齿轮和麦穗，中间是五星照耀下的天安门，气魄大，寓意也深！”不多几句，都说在了朱畅中他们的心上。周总理反复审视了两个设计，终于拍板了：“好，就定清华的吧！”

我们现在的国徽，就是这样产生的。当周总理选定他们的方案时，在场的朱畅中激动得一下子热泪盈眶，被人理解可说是一种莫大的幸福……

这一次，为了黄山，朱畅中渴望被人理解的心情，几乎和第一次一样强烈。突然，他脑子里闪过一个念头：对！路过合肥时，再找张劲夫同志谈谈，他一定会理解的。这位继万里之后担任安徽省委书记的老干部，对黄山也怀着一种深切的爱，没有他的支持，黄山的规划工作恐怕早就无法开展了。

想到这里，他安心了，于是坐到写字台前，开始在活页纸上整理自己的思绪，直至八音鸟“滴沥沥”的叫声送来满窗的晨曦。

到合肥后，他立即到省委大楼找了张劲夫同志。张劲夫认真倾听了朱畅中的六点建议。

朱畅中在扼要汇报了规划的情况后说：“黄山所有建筑工程，建议由省建委掌握审批权，必要时，可以送清华等有关院校的专家审查。另外，为保护黄山起见，不宜经营超容量旅游，建议安徽和各省市挂钩，采用国外团体旅游办法，克服旅游中的无政府状况。相信只要保护得法，建设有方，黄山完全可以成为一个千百年后仍然能够永续利用的美的资源！”

“完全同意你的意见。”张劲夫激动地站起来说道，“你的意见太好了！希望我们在有生之年共同为子孙后代造福。”

朱畅中当时还不知道，张劲夫不久即将离开安徽。他在离任前还想尽量把黄山的事办好。他当即指示黄山管理局局长，尽快把朱教授的意见整理成文件下发。这份由省委第一书记亲自过问后产生的文件，就是后来的《黄山管理局十四号文件》。

黄山有幸！幸在有这样一些目光远大的挚爱它的人们。唯愿“梦笔生花”这古老而富有诗意的梦想，能在黄山变成现实。

1982年

钱氏三兄弟的心愿

3月27日下午，在南沙沟一所幽静的住宅，我们见到了钱氏三兄弟。提起这三兄弟，知识界的人士都不陌生：最年长的钱钟书，是中国社会科学院副院长，蜚声中外的学者；居次的钱钟韩，是江苏省政协主席，南京工学院名誉院长，自动化专家；最年轻的钱钟泰，是中国计量科学院副院长，计量专家。

三钱中钱钟韩、钱钟泰是亲兄弟，钱钟书是他们的堂兄。凑巧的是，他们三人都是第六届全国政协委员。在这次政协会上，钱钟韩、钱钟泰未见到钱钟书。一打听，得知他告病在家，便相约前来探望。我们闻讯，也随后赶到钱钟书家。

我们到时，钱氏三兄弟正坐在客厅里话家常。钱钟书的客厅也兼作书房，收拾得很整洁。靠南的窗前，放着一张写字台，西墙根摆着一对沙发，北面的书架上堆满了各种文史书籍、工具书以及英、法等国的文学作品。钱钟书显然对清末金石学家、文字学家吴大澄的作品有偏爱，书架上有他的《说文古籀补》，东西两边的墙上则挂着他的字画。挂在西墙上的条幅，是吴大澄用篆体书写的一副对子："二分流水三分竹，九日春阴一日晴。"吴大澄是江苏吴县人，对子写的无疑是春日吴县一带的风光。挂这副对子，许是寄托了钱钟书夫妇对家乡无锡的怀念吧。

我们知道法国最近出版了法国外交部中国司司长尼古拉·郁白译的钱钟书的专著《诗学五篇》和西勒维·塞尔旺-施塞贝尔和王鲁合译的钱老的小说《围城》，而且风闻法国方面已邀请钱老去访问。因此，落座后我们顺便问及此事。钱老告诉我们，他已收到法国寄来的样书，同时也接到了法国方面的邀访函。说话间，他从书架上取下几本印刷得很精美的法文书，递给我们大家看。钱钟韩注意到《围城》的封面上印着一张30年代的结婚照，男方是一位穿马褂的青年，便有些惊讶地问："他们把你的结婚照都印上去了？"仔细一看，他笑了："可不是嘛！这一登读者可要弄误会了！"钱钟书用宽厚的口吻笑着说："他们是随便找了一张旧相片就印上去了，也许是为了说明主题，增加吸引力吧。"

我们问钱老，他的《围城》国外出过几种文本？他连连摆手说："不值一提，不值一提！"钱钟韩对他这位堂兄显然是很佩服的，抢着告诉我们："有英、法、德、日、俄五种译本。"

我们问钱老："法国方面已正式发出邀请，你打算何时应邀呢？"钱老告诉我们，他暂无应邀的打算。他颇为风趣地说："年龄大了，也不适合走动。同老家具一样，不能随便搬家，搬家会搬坏的。"

人都容易触景生情，遇故怀旧。三兄弟平日难得见面，好不容易凑在一起，难免要提及往事。钱钟韩回忆起了当年和钱钟书一起在苏州桃坞中学读书的情景。他告诉我们，他选择工科作专业，和钱钟书还有一定关系。他说："我小学、中学都和钟书在一起读书。我们家是搞古代文学的，所以我们的古文都有一定基础。可是慢慢我发现钟书在文学上很有天分，我比不上他。我觉得他已经选择了文学，我再去搞没前途。我感到人应该用其所长，我这人逻辑性强，于是我就改学了工科。"

钱钟书觉得堂弟太谦虚了，便说："他在学校功课比我好，考清华时，他是第二名，我才第五十几名。"钱钟韩忙分辩道："我是门门功课差不多，没表现出哪方面有天分。"

从两兄弟口中我们得知，从上大学开始，他们便分道扬镳，钱钟书上了清华大学，钱钟韩上了上海交大。钱钟韩当时同考上了清华和上海交大，为了显示道路的区别，最后他选择了上海交大。后来，他们虽同时到英国留学，但钱钟书进的是牛津大学，钱钟韩进的是伦敦帝国工学院，文理分途也由此成为定局。离开英国后，他们又分赴法国和瑞典继续深造。

话题从当年求知的经历，转到了当前的尊重知识和尊重人才的问题上。钱钟书说："我虽因病未参加大会，但也认真读了总理工作报告。报告讲了扩大对外开放，还讲了要继续尊重知识、尊重人才，这两点很重要，而且相互有联系。我对扩大开放是坚决拥护的。今后只能放得更开，这是符合历史规律的。要开放，就必须要尊重知识，爱护人才，非如此不行。"

他指了指自己和钱钟韩说："对我们这些老知识分子，现在的确已经够尊重，够优待的了。但对中青年知识分子，恐怕照顾、爱护得还不够。在大学教课的中青年，现在普遍课程重，工作条件差，待遇低。长期这样下去是不行的。对中青年知识分子，今后还应考虑如何进一步照顾与爱护他们的问题，要有具体办法，要真正为他们解决困难，给他们创造更好的工作条件。当然，'四人帮'倒台后，政治上对知识分子的确是越来越重视了，广大知识分子开始扬眉吐气，精神上很畅快，这是好的一面。另一方面，还应该为他们解决一些实际问题。"

钱钟韩表示赞成钱钟书的意见。他在担任政协的职务前，一直在南京工学院工作，很了解学校的情况，他说："现在知识分子的社会地位比过去高了，但工作条件却还不够好。拿南京工学院来讲，目前中青年教师办公时，连桌子也不能保证一人一张，在办公室无法备课。回家吧，由于住房紧，家务杂，也很难安静下来，长期这样怎么行呢？"

谈到这里，他颇感慨地说："所以，怎样为知识分子创造良好的环境是很值得研究的，也不是加点工资、给套房子就完事了。工作条件有有形的，还有无形的。有形的是指办公条件、住房条件；无形的则是指时间上、精神上的条件。现在不少学校以与学生接触时间的多少来衡量评价教师的工作，甚至评职称也看这一条件，这是不科学的。应该让教师有学习和提高的时间。就像蚕一样，要给它吃桑叶，它才能吐出丝来；不给它吃桑叶，老让它吐丝，结果它只能把旧东西拿来不断反刍。教师不吃知识桑叶，拿不出新东西，和学生接触时间再多，对学生也无多少好处。关键不在接触时间多少，而在于能不能真正给学生以启发。孔夫子与他的弟子三个月才见一次面，谈得也不多，只是在紧要关头点两句。大学教师对学生也只能是紧要关头点两句，其余时间应该让学生自己去学。这样，教师也可以有一个积累自己的知识的过程。”

一直没怎么说话的钱钟泰插话说：“用接触时间多少作为衡量工作量的标准，实际是用计算简单劳动工作量的办法来对待复杂劳动。”

钱钟书接过话题说：“据了解不少大学对课时规定得很死，搞得教师争相开课。有的人又没有能力开那么多节课，结果只能用些空话去拉长课时，这样对学生也没好处。”

他话锋一转，很恳切地说：“所以，也一定要给教师创造无形的条件，给他们留出精神上的空间，让他们有回旋余地。”

钱钟书随即又想到了另一个问题，他用诙谐的口吻说：“爱护知识分子，还得注意别把他们捧坏了，提坏了。现在有一种风气，知识分子做出了一点成绩，访问者就接踵而来，闪光灯对他闪个不停，有的还很快调离业务岗位，提拔去做行政领导。这对他们没有好处。鸟儿唱歌时，是不能观察的，一观察它肯定就不自然了，唱不好了。人被闪光灯一照，也会不自然的。报道有好的一面，有鼓励作用，但也有不好的一面，报道过了又容易使被报道者飘飘然起来，反而不好好工作了。所以报道一定要恰如其分，实事求是，千万别过头。”

钱钟韩又补充说：“知识分子一出名就被提拔去做领导是不好。许多人学有所长，也喜欢在业务上有所发展，一搞行政，业务上就荒疏了，这未免有些可惜。”

两位兄长中肯坦率的言词，无疑触动了钱钟泰。他50年代初期到苏联列宁格勒工学院留过学，回国后一直在计量科学院工作。他虽然今年也已52岁，但在年过七旬的哥哥面前，却只能算是小弟弟。因此，他一直插话不多。此时，他忍不住说：“这次总理工作报告讲扩大对外开放，我是衷心拥护的。我国人口占世界五分之一，按人口，平均约有五分之一的科技成果出在中国，但还有五分之四的成果出在其他国家。如果不开放，不和外界接触，还有80%的人类成果我们就不能和其他国家共享，这肯定会影响我们的发展。从这个意义上讲，扩大开放显然是对的，这个门不能关。”

他的开场白吸引了在座的人，两位兄长的眼中均露出了赞许的神情。钱钟泰接着说："要扩大开放，要利用别国的科技成果，要促进我国科学技术的进步，当然要尊重知识，尊重人才。这种尊重首先要表现在对知识分子的理解上，知识分子都希望在自己工作的领域作出成绩，如果能理解他们的这一心愿，让他们出成绩，这可以说是对他们的最大尊重。要让知识分子做出成绩，加强规划十分重要。但我在实际工作中感到，这一工作做得不好。规划的重点本来应该放在研究经济技术发展的基础上，可实际上却不是这样。不少科学规划安排，一是放在国内用不上但在世界可以争名次的项目上，二是放在一些急功近利的项目上，这些项目其实就是应用别人的成果，本来用不着研究。由于经费安排给了这些项目，本来需要加强的经济技术基础项目却安排不上。拿我搞的计量科学来说，本来最需要保证的基准标准的研究，经费却没有保证。"

他真诚地说："我希望这种状况能够改变，希望能安排一些国家需要、知识分子又能有用武之地的项目。"

接着，他不无忧虑地告诉人们，目前知识分子出国成风。有的人到单位后，不好好工作，光抓外语，千万百计找机会出国留学。这种风气与他刚参加工作时的风气很不一样。他认为，出现这种情况与国内不能正确评价知识分子的成绩有一定关系。现在出名的科学家，许多都是外国人捧出来的。有的人出去留了趟学，外国人有了评价，再回来身份就不一样了。在国内哪怕干得再好，也常常没人知道，所以不少人想走绕道成功的路子。他希望这种局面也能改变。他认为能正确评估国内的知识分子，是尊重知识、尊重人才的具体体现。

此外，他还说："我希望国家科研任务的经济政策能放宽一些。目前，国家下达的科研任务不能提取奖金，搞得人不愿接受国家项目，宁可去承担合同项目或协作项目，因为后者可以提奖金。这方面的政策如果不放宽，会影响科研人员积极性，发展下去会使一些科研专业队伍散掉。如果到这一步，就太可惜了。因此，我切望这方面有所改进。"

钱钟泰一席话，显然深受两位兄长的赞赏。钱钟书说："到底是搞实际工作的，讲的这番话很有道理，连我都很受启发。你应该整理出来，作为建议提交大会。"

钱钟泰告诉两位兄长，他已经这样做了，钱钟书这才放心。

告别三兄弟后，我们仍深为他们的这种责任感所感动：他们关心的难道仅仅是知识分子吗？不，他们关心的是中华民族的根本利益。

1987年

“耕耘”在父辈的领域

中共中央候补委员，厦门大学副校长王洛林是中国著名经济学家、厦门大学原校长王亚南之子，也是一位学有所成的经济学家。他们父子二人都从事同一专业，又先后同治一校，是机缘巧合，还是袭承家学？

年已半百的王洛林，身材高大，挺直的鼻梁上架着副近视眼镜，平时显得很严肃，笑起来却又有些腼腆，流露出他这种年龄的人少有的孩子气。

“我选学经济学，或许有家学之故，但这一选择也不是我自己做出的，至于我当校长和中央候补委员，则完全是机遇。”

王洛林的少年时代是在动乱中度过的，抗日战争爆发后的第二年，他出生于武昌。这年1月，国共两党已开始第二次合作。其时，他父亲王亚南正在国民党政治部军事委员会设计学会任职。从王洛林记事起，他的印象就是老跟着父亲东奔西跑。离开武汉后，又先后到了广西、重庆等地。抗日战争胜利后，王洛林随父亲在厦门读小学。1948年底，在国民党“军统”开始镇压之前，中共中央南方局通知王亚南携家眷撤到香港。留居两个多月后，王亚南全家又乘船到天津，再转赴北平。小学刚毕业的王洛林，在新中国的首都迎来了开国庆典。此后，他一直在北京求学。王亚南1950年由清华大学调到厦门大学任校长后，王洛林仍随母居京。

1956年高考前夕，他填写报考志愿时犹豫了。班主任则明确表示希望他报考经济学。于是，他终于考入了北京大学经济系。

讲到这段情况，王洛林用自我嘲解的口吻笑着说："这就是我得操父业的经过。"

他以往随父奔波，虽然备尝生活的艰辛，但毕竟年龄尚幼，故对社会实际并无多少了解。进大学后参与各种政治运动和社会活动的机会多了，他这才开始逐渐明了实际生活的丰富和复杂。50年代后期中国出现的一系列令人目眩的政治经济风云，使王洛林经受了一次重要的人生洗礼。在"大跃进"的时代，他与同学们一道，到河南省鲁山县农村，对人民公社进行了八个月专题调查后，进一步了解了中国农村的实际，懂得了群众的甘苦，对他们产生了深深的同情。与此同时，他也暗自对当时的许多做法产生了看法。

1960年，他大学毕业了。由于好心人的举荐，他来到父亲任校长的厦门大学经济系任教。得庇父荫，使他学术上获益匪浅。在父亲的督促下，不到半年时间他就将《资本论》精读一遍，对马克思的基本原则有了更深刻的了解。后来，受学校的委派，他又和另一位青年教师一道，专门帮王亚南编了一段时间的书，受到父亲更直接的帮助和教导，政治经济学理论又有了新的提高。他一边学理论，一边以此为指导分析研究社会现实，对当时社会上流行的一些"左派"理论产生了不少疑问。

在儿子面前一向不苟言笑的王亚南，也开始和儿子探讨理论，分析形势，研究政策，议论时事。王洛林这才知道，原来父亲和自己一样，对许多时髦的理论和做法也心存疑虑。父亲忧国忧民的襟怀，感染了王洛林，使他更注意结合实际钻研理论，遇到疑难和困惑，便向父亲讨教。这段时间，他明显感到自己的理论素养有所提高。

"文革"风暴席卷中国大地时，王亚南自然也受到了冲击。所幸的是他有翻译马列经典的历史功绩，故少受了一些皮肉之苦。在挨批、抄家之后，就被"革命浪涛"搁置在一边，失去了往日的地位。往日受人羡慕的王洛林也受到牵连，饱受冷眼。这种状况使父子俩的思想更接近了。他们不能参加各种活动，却可旁观。王亚南深知江青、张春桥这伙早年混迹十里洋场的政治暴发户的底细，难免私下和王洛林谈论他们当年的劣迹，喟叹他们如今给国家带来的灾难。王洛林深受父亲影响，对国家的前途和命运产生了深深忧虑。闲暇既多，他便埋首书卷，从马列经典中寻求答案，越读书他越感到，江青之流搞乱经济、搞乱群众、搞乱社会的做法，和马列主义预言的社会主义相去甚远。

其父王亚南于1969年夏秋之交得了癌症，经当时“革委会”特许，王洛林获准陪其父到上海治疗。其时正是上海“红色恐怖”最盛之际。王亚南一到上海便获悉了挚友、上海市委统战部长陈同生已被“造反派”活活打死，不禁热泪盈眶。他告诉儿子：“陈同生是个非常好的同志，电影《东进序曲》中冒死打入敌营与敌人谈判的主人公，就是以他为原型塑造的。整死这样的同志，实在太狠毒了。”万分悲愤的王亚南，又特地让儿子悄悄去看望陈同生的遗孀，转达他的哀悼和慰问。王亚南心情沉重地说：“有一本书上讲，专制制度下只有两种人：一种是哑子，一种是骗子。现在的上海是少数骗子统治着多数哑子。但这种情况是绝对长不了的！”

王亚南带着满腔忧愤与世长辞了。因周总理给了王亚南较好、较肯定的评价，所以有关部门在内部给王亚南举行了一个简单的遗体告别仪式，但未登报。

此后，王洛林感到自己非但生活上失去了慈父，而且事业上失去了良师，因而一度感到十分茫然。然而，像父亲那样做人，将父亲未竟之事业袭承下去的念头，很快便在他心中萌生。他诚挚地说：“在事业上我不敢与父亲相比。他30多岁即已名满天下，成为经济学领域的巨匠，我40多岁了还学无所成。但沿着父辈开辟的道路前进的勇气却还是有的。”

这些年来，王洛林正是这样做的。在“四害”横行的最后几年，他一头钻进了书斋，埋首中外经济理论著作，苦心研读，使自己的学术功底更加深厚。粉碎“四人帮”后，王洛林以更加饱满的热情投入到学术研究之中。他开始以理论为指导，研究中国的实际，反思以往的经验教训，探寻解决中国实际问题的途径。

改革开放又使他得到了开阔视野的机遇。1980年初，王洛林获得了到南斯拉夫贝尔格莱德经济研究所进修的机会。抵南后他选择东欧和苏联经济作为自己的进修课程。

正在此时，曾驻波兰多年的南斯拉夫记者德·米利伏耶维奇出版了《波兰在十字路口》一书，介绍了波兰问题的有关情况和过程，并提出了他对波兰面临这场危机的根源、性质等方面情况的看法。王洛林拿到这本书后，觉得它对国内研究东欧问题或许有资料价值和借鉴作用，便和寇滨一道，用两三个月时间，突击将此书译成了中文。没多久，这本书就在国内正式出版了。

进修期间，他着重研究了苏联、东欧经济体制的利弊与经济发展的教训。1981年回国后，他仍以此为题，深入研究。这段时间，他先后写了《苏联东欧的经验教训和中国的经济改革》、《社会主义国家改革的经验教训》、《苏联东欧经济改革的若干经验教训》等长篇论文。

王洛林之所以将研究重点放在东欧苏联，并将其与中国进行比较，是因为认识到经济理论的研究应该着眼于现实。他说：社会主义搞到现在，确有许多经验教训值得总结。为什么当今许多社会主义国家都想改革，而且改革的内容和方面都大体一致呢？主要是因为社会主义国家在很长一段时间搞的都是传统模式——苏联模式。这种模式30年代在苏联曾起过一定作用，但即便在当时也仍有一定的局限性。这种模式对其他国家来说显然就更不适应了。就我国来说，要使改革取得成效，有两点值得注意：一是对苏联模式必须进行全面的评价和批判，只有这样才能对改革的必要性和内容有明确的认识；二是要改革就必须对过去推行的传统模式进行全面改革，而不是仅局限于一两个方面。

正是对苏联、东欧经济的深入研究，才使王洛林形成了全面改革的观点。他认为，现在提宏观控制有重要的现实意义。这是高度集中的高水平的行政管理的需要。应该探索如何在微观搞活的前提下搞宏观控制的问题。解决好这一问题无疑会对改革起有力的推动作用。

1989年

绿色的文集

岁月的潮水退离生活的海岸，记忆的沙滩上，会留下往事的印痕和智慧的贝壳，它们是组成命运交响曲的线条和音符。

——题记

去年，美国哈佛大学教授、著名物理科学史专家霍尔顿，特地给我国自然科学史研究所研究员许良英来信，索要商务印书馆新近出版的中译本《爱因斯坦文集》。近几年，这部译著引起了中外学者的普遍关注，因为它是目前世界上出版的较完整的爱因斯坦文集的一种。它，主要是由许良英编译的。

许良英长期潜心于爱因斯坦的研究。1983年11月底，他受中国科学院派遣，赴美国访问，应邀在波士顿大学"科学哲学理论讨论会"上作了题为《爱因斯坦的唯理论思想与现代科学》的演讲。回国至今，他仍在深入进行这方面的研究。在中国科学技术史学会与中国引力和相对论天体物理学会计划于明年三月联合召开的爱因斯坦讨论会上，他还将进一步阐述自己的研究成果。

他的劳绩，赢得了人们的敬重。然而，人们决难料到，这部文集的诞生，经历了那么漫长、曲折而又痛苦的过程。从酝酿到问世，它经历了十八个寒暑。这一经过本身，就是一个充满离奇色彩的故事。

一

在一个激情和冲突比平常更易掩盖住合理思维和公平正义影响的时代……我们的眼界被欲望和激情蒙蔽起来了。

——爱因斯坦

1966年夏季，天气格外炎热，连一向凉爽的浙东临海县的山镇张家渡，也受了沉闷气压的影响，让人觉得湿热难耐。有一天，由杭州开来的班车上下来一个人，住进镇上的一家小旅店。

翌日上午，他在张家渡公社的一间办公室里，召见了一位年近半百的“老农”。见了面，劈头就问：“你就是许良英吗？你知道我为什么找你？”

许良英衣着颇土气，短衫吊袖，肥裤低裆，可一身老农的穿戴却无法掩饰蕴蓄着的书生气。他沉静地答道：“不知道！”

“我是上海科委系统的，叫徐永德。这次钻山沟寻你，是为核对一件大事。你认识李宝恒吗？”

“认识。”

“李宝恒给《红旗》写了一篇《试论爱因斯坦的哲学思想》，这是一株大毒草。现在，李宝恒已被揪出来了。可他说这株毒草是和你共同炮制的，是真的吗？”

许良英很痛快地回答：“可以说主要是我写的。有问题，责任也在我。”

徐永德不禁一愣，继而又有些不相信地问：“那文章上怎么没你的名字呢？”

许良英笑了笑说：“这篇文章实际是我写的爱因斯坦著作的译后记。李宝恒是我搞翻译时的合作者，所以也挂了他的名字。文章最初发表在去年的

《自然辩证法通讯》第四期，因考虑到我是右派，编辑部未署我的真名，只用了‘林因’二字。”

徐永德不无蔑视地说：“哼，你现在有没有认识到文章观点的反动？”

许良英依然不卑不亢地说：“没有！”

徐永德打开手提包，取出一叠稿子，说：“我上过大学，多少懂点科学……关于空间和时间的对立统一关系，你认为‘只有通过相对论，人们才获得了本质的认识。因此，对空间和时间的本质认识，可以说是爱因斯坦对哲学的最大贡献’。这两者的关系，明明是列宁最早在《唯物论和经验批判主义》中作出科学论述的，你怎么归到他身上去了，你这不是有意美化他吗？”

许良英从容不迫地说：“不错，列宁在这本书中，是对空间和时间的关系作过精辟论述。但他的观点是在1908年发表的。而爱因斯坦的观点则是在1905年发表的，时间要早三年。”

徐永德脸上现出了复杂的表情，不知是相信好还是反驳好。

许良英继而又说：“如果你不相信，回去可以查《列宁全集》第十四卷。这一卷正好我也参加了校阅，译后记中有我的名字。他们两个人论著的发表时间，我都进行过核对，结论不是轻率得出的。”

坦率的言词，有时像一股暖流，能融开敌意的坚冰……经过两个回合的交锋，徐永德对许良英的态度开始转变。他发自内心地说：“看来你还真有些学问。可你怎么会落到这步田地呢？”

徐永德真诚的询问，使许良英洞开了紧闭多年的心扉……

二

苦和甜来自外界，坚强则来自内心，来自一个人的自我努力。

——爱因斯坦

岁月是条河，记忆是它留下的痕迹。通常总是，岁月越久远，记忆越浅淡；然而，风暴骤起的时候，再平静的河也会汹涌澎湃，这时留下的印痕，将永远难以磨灭。

许良英的记忆中，有许多这样的痕迹。

他是浙江大学1942年的毕业生，1946年夏季在重庆参加了地下党。杭州解放后，他被调到中国科学院，任科学通报室副主任。

1957年，他以鲠直的人固有的坦白，对当时的过火斗争表示不满。他实在太迂了！他不懂得，政治的风雨，和大自然的风雨不同。躲避政治的风雨常常需要顺风打伞，可他却只懂得顶风打伞，结果成了“落汤鸡”——右派。爱人因他的牵连，也受了处分，被迫和他脱离了夫妻关系。

他被发落到故乡，当了农民，用惯于笔耕的手荷锄，在求温饱的过程中受改造。生活艰苦，还容易熬，最难受的，是自己竟成了地主、富农、反革命、坏分子的“尾巴”，这伤透了他的心……

1962年，他得知中国科学院哲学研究所计划翻译介绍一批世界著名科学家的哲学著作，便争取到了爱因斯坦著作的翻译任务。后来，他听说上海市科委有个李宝恒，对爱因斯坦论著也颇感兴趣，就主动挂钩联系，邀他合作……

从此，他一头扎进了爱因斯坦相对论的世界。他废寝忘食地投入翻译工作，到了如醉如痴的地步。对有使命感的人来说，艰辛的弓弦往往能触发奋进的乐章。三载呕心沥血的苦斗，他共译出了181篇、50多万字的爱因斯坦著作，加上李宝恒等人帮他译的16篇，已可出一部60万字的选集；此外，他还写了一部19万字的介绍爱因斯坦世界观的书稿。

谁知，当他将译稿寄给签订了合同的商务印书馆审定时，出版计划却因“四清”运动而搁浅了。那时，事业之船是很难闯过“水势”疾旋多变的政治运动的“险滩”的。稿子退给了上海的李宝恒。然而，他为这部书稿写的译后记却已在《自然辩证法通讯》上刊出，这就是开头提到的那篇文章。随后不久，文化大革命开始了……

听了许良英的叙述，徐永德沉默了很久，然后说：“你是个好人！”

从此，他和许良英建立了友谊。回上海后，他未讲过一句对许良英不利的话。后来，他因公开反对张春桥、王洪文，被逮捕入狱，直到粉碎“四人帮”后，才彻底平反。可见，善恶即便一时杂处，也终究会泾渭分流，不相见容的。

三

很少有人能心平气和地表达同他们社会环境所形成的偏见有所不同的见解。大多数人甚至不能形成这样的见解。

——爱因斯坦

像海啸狂潮，顷刻席卷中国大地的那场浩劫开始后，许良英也受了冲击。但他是早被揪出的“死老虎”，造反派兴趣更大的是去揪“活老虎”。于是，略经折腾，他就被变幻莫测的浪涛抛在了一边，不再被理睬……

时光，仿佛在铺满碎石、瓦砾、玻璃碴的中国大地上扎伤了脚，行走得异常迟缓，好不容易才挨到1969年。

这一年11月，中国科学院的一个人，突然到张家渡找他，说是现在要批判外国资产阶级权威爱因斯坦，由于科学院没有译出的现成资料，特地派他来借。这个消息使许良英十分吃惊：中国的一场文化大革命，竟要向一个逝世多年的外国科学家开刀？他除了告诉这个人，译稿在上海下落不明，还忍不住说，爱因斯坦在政治、哲学、科学这三方面都是站得住脚的，是打不倒的，批他会在国际上造成不良影响。

此人走后，许良英久久不能平静，百思莫解。爱因斯坦对世界的贡献是多么大啊！他在理论上突破了由伽利略和牛顿奠定的古典物理学体系的基础，使物理学的发展进入了一个新的历史时期。因此，法国物理学家朗之万认为：“他现在是将来也还是人类宇宙中一颗巨星。”

后来，他才知道了“批判”的背景：原来，陈伯达之流的“理论家”出于打击迫害知识分子的需要，故意把爱因斯坦的相对论和哲学上的相对主义混为一谈，把前者当作后者的活标本。在他们的授意下，北京、上海相继成立了“相对论批判组”。霎时间，中国上空便刮起了一股批爱因斯坦的逆风。上海的批判小组干脆宣布：爱因斯坦“一生三易国籍，四换主子，有奶便是娘，见钱就下跪”，“是本世纪以来自然科学领域中最大的资产阶级反动学术权威”，他的相对论是“一面黑旗”……

可悲的是，尽管这群“批判者”从没读懂爱因斯坦的著作，而广大读者却要根据这些“标签”来了解爱因斯坦了。他想，如果自己的译作能够问世，那将使人们通过爱因斯坦的学说认识它伟大的科学价值。

1971年秋天，他抱着试探的心情，给已经恢复出版工作的商务印书馆写了一封信，打听是否可以履行原来的合同。出人意外的是，商务印书馆让他尽快把译稿再寄去。于是，他便给早已“解放”的李宝恒写了一封信，询问译稿下落。

李宝恒来信告诉他：经过抄家，著作稿《爱因斯坦的世界观》已丢失，译稿尚在，但又被上海大批判写作组“借”走。他可径与沈某联系。

许良英当即给沈某去了信，却杳无音讯。上海一位朋友的妻子风闻此事，便来信指点迷津，告诉他，要想达到目的，只有找朱永嘉。

许良英便给“大批判组”的负责人朱永嘉发了一封信。在作了自我介绍后，他很不客气地写道：我二月底趁赴京之便，将在上海停留，届时望一定将译稿退还给我。否则，我将诉诸法律……

四

为寻找真理所付出的代价，总比不担风险地占有它要高昂得多。

——爱因斯坦喜爱的莱辛之格言

许良英到上海后，李宝恒就告诉他：“译稿已送回。”他甚感意外。匆匆翻了一遍，发现上面被涂改得乱七八糟，所幸页码没有缺损。

由上海抵京后，他很快把译稿送到商务印书馆。有关编辑看了书稿后表态说：稿子很重要，可以考虑尽快出版。他又赶回到张家渡，凝神开始了译稿的修改和补充工作。

九月，许良英收到在北京新认识的一位青年朋友的来信。信上问道：“我从新华书店的征订目录上看到，上海最近将出版《爱因斯坦言论集》。不知是否就是你的译稿？”

许良英立即赶到县城新华书店，查看了征订目录，发现上面果真列着

《爱因斯坦言论集》。出版说明中注明：本书由复旦大学编辑组译。看内容介绍和篇目、字数，都和他的译稿相同。哪有这样巧的事呢？莫不是他的译稿被盗印了？

他决心去上海摸清情况。同村一位教师对政局颇为了解，好心劝他道：“上海没道理好讲！你最好别去，免得出危险。”

许良英心领了他的好意，仍毅然来到上海。他先到了当时上海市的权力机构市革命委员会，一位青年接待了他。开始，那人颇通情达理，听许良英说明情况后，便表态说：“上海人民出版社如果真这样做，那就不对了！”

许良英补充说：“这事恐怕不能怪出版社，责任可能在大批判组。”

那人一听，不禁脸色骤变，连连摆手说：“这事我管不了！”

许良英这才知道，大批判组是个惹不起的机构。

他只得又去上海人民出版社。接待他的人认真看了他带去的原稿，仅表示可以把情况向上反映。

接连碰壁后，许良英心力交瘁。这天，他拖着疲惫的步子路过复旦大学时，顺便来到相识的卢教授家。卢教授见到他既高兴又紧张，压低声音对他说：“你别闹了！要出版的确是你的译搞，但原来是想供批判用的；现在不知为什么又打算公开出了。这伙人你少惹他们。”

“那就只好任他们巧取豪夺了？”

卢教授显然不愿和他争论，便把话岔开了。告别时，卢教授约他改日来吃饭，但要悄悄来。卢教授的小心，使他感觉到了笼罩着上海的恐怖气氛。

回到落脚的闸北旅馆，李宝恒突然推门进来，告诉他：“朱永嘉决定派人和你谈判。”

第二天上午，在李宝恒工作的上海市委干校的办公室里，许良英见到了朱永嘉派来的代表孙某。孙某说：“我转达朱永嘉的意见：一、承认这部书稿是以你的译稿为基础的，出版时可以考虑加上你的署名；二、现在出书，一般是不给稿费的，考虑到你的特殊情况，可以给你稿费；三、商务印书馆的书还出不出的问题，由我们联系，你不必过问；四、可以考虑今后你的安排问题。”

对许良英这种处境的人来说，这些“建议”是颇有诱惑力的。可许良英不为所动，客气而又冷淡地说：“谢谢你们的关心。我的工作问题，你们不必操心。商务印书馆出不出书的问题，用不着你们管，因为我同他们订了约稿合同。既然承认是我的书稿，你们要出，只能从中选一部分。为了向读者负责，我必须看校样。你们要出这部书稿，为什么不给我和商务印书馆打招呼呢？”

“因为你给朱永嘉写信的态度不好！”

许良英动肝火了：“偷出别人的东西，别人查问置之不理，还要怪人态度不好，岂有此理！”

事情就这样闹僵了……

第二天，李宝恒告诉许良英：“孙某向朱永嘉汇报后，朱永嘉火了，说‘我们出我们的书，与许良英无关’。看来问题不好办了。”

朱永嘉是张春桥、姚文元的亲信，他们之所以要不择手段地出版这部译作，是有原因的。当他们刚把这部译稿抢到手时，本想把它当批判资料印行的；后来，“风向”变了，批不得了，他们就偷抄了一份，打算以自己的名义公开出版。这在以“文化”为名的运动中，也等于抢立了一功。他们原以为，许良英是“摘帽右派”，好对付，没料到，他竟软硬不吃……

五

哲学上和逻辑上的大多数错误，是由于人类理智倾向于把符号当作某种实在的东西而发生的。

——爱因斯坦

被崇高使命感驱使的人，他们关心的，不是自己的安危；他们追求的，不是个人的名利。为了传播真理，他们随时准备踏上荆棘丛生的道路。许良英正是这样的人。

归途，他在杭州停留了几天，分别给毛主席和周总理写了信，诉说这件事的经过。他把信寄给在浙江大学读书时的老校长竺可桢，请他递送。

当时担任中国科学院副院长的竺可桢收到他的信后，派秘书核实了有关情况，便将信转给了国务院。朱永嘉之流听说后，这才慌了神，赶忙派人赴京和商务印书馆协商，表示愿意放弃原来的计划，由商务印书馆出书，上海只印少量内部发行。

不懈的抗争，夺回了被抢劫的权利。1973年，许良英应商务印书馆之约，在北京为译稿作增补工作，准备把一卷本变作三卷本。

大概是命运多舛吧，在第一卷准备发稿时，又遇到了麻烦，关于译作的名称，就招来了非议。

许良英原定的书名是《爱因斯坦选集》。征求意见时，有人表示强烈反对，理由是："选集"两字，只有领袖才能用，资产阶级学者不配用。于是，书名被改成了《爱因斯坦文集》。此外，还做了两条规定：封面不能用红色；书名不能烫金。

按照"文革"期间流行的"思想"来看，不能烫金，道理是显而易见的：书名烫金，实则等于给爱因斯坦脸上"贴金"，这是一种公然美化资产阶级学者的行为。为什么不能用红色呢？那是因为，红色是革命的象征，那时不是时兴所谓"红海洋"吗？爱因斯坦的著作显然是不般配的。

多事之秋过后，中国接连发生了几件全球瞩目的大事。"四人帮"终于被押上了历史的审判台。经过含辛茹苦的等待，许良英终于把希望盼来。1978年春天，他被调回到自然科学史研究所工作，随后又得到了彻底平反。

《爱因斯坦文集》在经历了近20个寒暑的难产之后，也终于出齐了。封面是绿色的，悦目却不显眼。绿色就绿色吧！好在爱因斯坦是不会计较的。经过了一场磨难的中国读者，也学会了不是光凭"符号"，而是依据内容来衡量一部著作的价值。

1984年

心灵的对话

法国启蒙思想家卢梭认为，儿童和成年人中间，永远不能形成十分牢固的情谊。然而，事情并非都是这样。

1981年夏季的一天，北京崇文区幸福大街的一角，几个男孩子正摇晃着一棵刚栽不久的小树，还在互相打闹。街道的干部们看他们折腾小树，心痛了，就上前劝阻。孩子们翻翻小眼睛，没理睬，嫌他们多管闲事，照样晃悠小树。

这时，走过来一位慈颜鹤发，腰身挺直，戴着老花眼镜的老人。他走近那棵小树，俯下身子，把耳朵贴在树干上，好像在听什么。孩子们奇怪了，停止了摇晃，问道："老爷爷，你在干什么呢？"老人回答说："我在听小树讲话呢！"孩子们笑了："小树哪会讲话呀？"老人严肃地说："会讲，会讲，你们听小树哭了！它一边哭一边说，你们别摇晃我了。你们这样会把我的根摇晃松的。根松了，我就长不大，成不了材了，以后就不能用来盖房子，不能为人类服务了。"

孩子们听了老人的话，都脸红了，不好意思地低下了头，老人这时又和颜悦色地说："懂道理就好。以后你们不但自己不能再摇晃小树，还要告诉其他小朋友也别折腾它们，要爱护它们，让它们快快成材。”从此，这一带再也没有发生过儿童破坏树木的事情。小树的“话”，已经在孩子们心灵中留下了深刻的印象，孩子们也和这位“转达”了小树的“话”的老人交上了朋友。

这个深知孩子们的心灵，巧妙地教育了他们的老人，就是我国著名的儿童教育家、儿童故事专家孙敬修老先生。孙敬修先生从教34年，还用大半辈子时间在广播电台和少年宫给孩子们讲故事。他使孩子们着了迷，他的故事曾经影响了几代人。通过讲故事，他把美好的情感、高尚的情操和理想注入孩子们的心灵，犹如细雨春风……

对于他，孩子们太熟悉，也太热爱了。一次，他刚刚步入颐和园，就被一队少先队员围住了。他们雀跃着，要求孙爷爷给讲个故事。孙敬修先生带他们到了湖边。恬静优雅的荷花，如烟的绿枝，隐隐透出的孩子们的笑语声，构成了一幅画、一首诗。孙敬修先生即兴发挥，给孩子们讲了“荷花的故事”：“荷花是有志向的，它把自己的根（藕）、叶、果实（莲蓬），全部无私地贡献给了人类。荷花是高洁的，它天天向上，无论湖水多深，它总是亭亭玉立于水面之上；它出于污泥而不染，除去污泥，莲藕洁白清香。”孙敬修先生寓意深长地对孩子们说：“你们是祖国的花朵，要像荷花那样，不仅美丽、芬芳，而且天天向上，出于污泥而不染。”

孙敬修先生钟爱荷花，他也像荷花一样，静静地散发着幽香，沁人心脾。他和一切做了爷爷的人一样，希望儿孙绕膝、四世同堂，但他和孩子却天各一方。人们劝他设法把孩子都调回北京，他不肯。他说：“当我想起自己的孩子的时候，也就想起了别人的孩子。”他所居陋室，墙皮已剥落，也没有暖气。一到冬季，手足冰凉，无法行书绘画。领导同志问及他的要求，他每每忐忑不安，说：“我没做什么贡献，可是党和人民给我的已经太多了。”1981年，81岁的孙敬修先生入党了。行将暮年，他生活的节奏却大大加快，一天的时间排得满满的，连散步也取消了。他有着一颗平凡而又纯正的心！

正是这样一颗心，才可能理解和感染孩子们，甚至打开畸形的心扉，拂去受污染的心灵上的尘土。1980年，崇文区派出所和街道办事处联合举办了一次犯罪青少年学习班。学习班办了几天，犯罪青少年的认罪态度仍然不好。学习班负责人决定请孙敬修先生讲课。孙先生到后发现，与其说是学习班，倒不如说是聚会：抽烟、看报、唱歌，人人各行其是。孙先生把椅子往他们跟前拉了拉说：“咱们近乎近乎。”平等、亲切的态度，解除了对方的第一道警戒线，他像给年幼无知、迷了路的小孙子们讲故事那样，娓娓动听地讲了“盲人骑瞎马，夜半临深池”的故事，然后说：“你们不是盲人，但眼睛被坏人蒙上了黑布，身体得了病。揭去黑布，治好病，同样是健康人。派出所、街道的同志和我，今天就是来做这个工作的。”他晓之以理，动之以情，他的饱含殷切期望的话语，在这些青少年心中引起了震动，使他们从不懂得珍惜生活，开始对光明产生渴望。一个孩子恋恋不舍地要求孙爷爷以后再来。孙先生坚定地说：“不，不用来了。你们很快就能改好出去了。”第二天，一个孩子主动交代了罪行。他觉得，再不交代，对不起孙爷爷。

孙敬修先生不是传奇式的英雄，却吸引着亿万儿童；他没有显赫的功勋，他的工作却感动了无数成年人。在今年2月27日为他举行的纪念他从事儿童教育工作60周年纪念大会上，各界代表、社会名流、领导同志都那么深情地说了许多感人肺腑的话，有的从自己的孩子、孙子，从自己小时候就对他产生的敬爱之情说起……的确，孙敬修先生的事业是成功的，因为他是在用心灵与孩子们对话，与祖国的未来对话。

1982年

“天涯易比邻”

年过七旬的华罗庚教授，虽发如银丝，但脸色红润，精力充沛，丝毫没有病态。不是事先得知，谁也不会料到他是病体初愈之人。在陈设简朴的客厅中，他端坐在一张铺了草垫的单人沙发上，饱满的额头，浮现着细细的皱纹；白色镜片后一双睿智的眼睛显露出惯于沉思的神情。

我坐在华罗庚教授身边，问起了他这次访美的观感。华老略微思索了一下，不无感慨地说：“到海外看看，确实很开眼界。欧美等国这些年变化很大，有许多地方值得我们学习。”

这是华罗庚教授第三次到美国讲学。他第一次出国讲学，是1946年秋。那次，他是应普林斯顿大学高等数学研究所魏尔教授之请去的。1950年初，他响应祖国的召唤，毅然抛弃伊利诺大学的终身聘约，回国参加工作。第二次，他应国际教学教育会议第四次大会的邀请，作为大会的四个主讲人之一，于1980年夏到美国作了为期半年的讲学和访问。这一次，他是应美国加州理工学院之邀去的，在该校进行了九个月的讲学与研究，今年七月九日才回国。他还出席了美国科学院授予他外籍院士的签字仪式（称号是前年授予的）。

华罗庚教授告诉我，他三次到美国，时间跨度为38年，对比相当鲜明。美国社会有它自己的问题，但在科学技术方面，美国的确有长足的进步。他笑着说：“我到美国后，也常有人问我对美国的观感印象。我用开玩笑的口吻回答道，我第一次印象最深的是‘热狗’，第二次是‘汉堡包’，这一次是‘辟叉’。‘辟叉’也是一种快速食品，主食、副食搭配得很科学，连装食品的器皿也可以吃。快餐的发展或许可说是美国社会进步的一个例证吧！”

“你能否谈谈其他方面的印象呢？”我要求道。

“应该坦率地承认，美国这些年的进步是惊人的。在各地，触目皆是漂亮的现代化建筑群，密如蛛网的高速公路。电子技术相当普及，在各个领域都被广泛运用。连儿童玩具也是电子的，小孩玩得相当熟练，我这个老头也赛不过他们。”讲到这里，他稍停了片刻，从眼神可以看出，他似在整理纷纭的思绪。随后，他又说：“从物质文明的角度来看，美国的城乡差别已经很小。有钱人已不喜欢在城里居住，而是住在乡下的别墅里；纯粹经营农业的人，数量已经很少，而且他们的住宅也相当现代化。有些先进的科研机构也设在边远的乡镇。今年1月27日，我以中国优选法、统筹法与经济数学研究会理事长身份，与美国温洛克国际畜牧研究中心负责人内德·劳姆签署了双方进行合作的意向书。我到这个名闻遐迩的研究机构去时，发现它竟设在美国南部阿肯色州一个偏僻的角落，距州府小石城还有100多英里。但是，在这里却丝毫不给人闭塞的感觉。这里的房屋建筑、科研设备和通讯手段，都是第一流的。它和世界各地有广泛的业务联系，拿起电话即可直接通话洽谈。交通也十分方便，有高速公路直通小石城和其他地区，附近还有直升机场。”

也许是由于有纵横对比，在纵的方面，他看到了美国前进的过程；在横的方面，他看到我国的差距，因而华罗庚教授对美国值得我国借鉴的地方看得较清楚。他认为，美国在科技成果的应用、推广等方面的工作上，很值得仿效。美国的电子计算机利用率非常高。加州理工学院的电子计算机就是面向社会的，谁都可以用。而我们，因各自为政，不大重视相互协作，所以有的地方虽然电子计算机不少，利用率却不高。对美国人不甘守旧、勇于创新的精神，华老甚为赞赏。美国的各种产品，更新换代很快，电子计算机已在研制第五代。他认为，现代科学技术成果在美国的迅速推广和不断领先，正是这种创新精神结出的硕果。

华罗庚教授深知创新精神对科学技术的促进作用，他自己就有这方面的切身体会。他因家境贫寒，初中毕业就失学了。但他并未就此灰心，坚持在油灯下刻苦自学。18岁那年，他又因染上伤寒，贫病交加，左腿大脚骨变形，落下终身残疾，这也未动摇他钻研数学的决心。20岁那年，他发表了第一篇数学论文。这篇论文引起了清华大学数学系主任熊庆来教授的注意，并推荐他进入了清华园。此后，他表现出了不寻常的探索精神和创新精神，涉猎了各个数学领域，发表了大量论文和专著，成为举世公认的第一流数学家。荣誉和成绩并未使他故步自封，从50年代末期开始，他又在应用数学上独辟蹊径，进行了优选法和统筹法的研究推广工作。这两年，又在计划经济大范围最优化的数学理论研究方面取得了成果。正是不断创新的精神，使他这些年在数学研究上一直有新的进展，新的突破。

或许和自己的经历有关吧，华罗庚教授对富有创新精神的美国青年十分欣赏。他告诉我，美国青年思想非常活跃，喜欢思考，勇于求索，是很有希望的新一代。不过，他们有的也有猎奇与搞恶作剧的毛病。有一天晚上，他正在电视上看伊利诺伊州与加利福尼亚州的足球赛，突然，电视屏上字幕被改成了加州理工学院对麻省理工学院。大家都被搞糊涂了，后来才知道，这是加州理工学院的一个学生开的玩笑，他用自己搞的一个发射装置，把电视台发射的字幕讯号换了。这件事做得虽有些过分，但也反映出这位青年是肯钻研、能创新的。替换电视台的讯号，没有一定水平，是办不到的。

讲到这里，华罗庚教授笑了，他说："美国青年搞恶作剧的可真不少。我看到加州理工学院出的一本玩笑集，收集了历届学生的恶作剧。有一年，一座16吨的塑像竟在一夜之间被搬了家。"

接着，华罗庚说："自然，美国也不是什么都先进。有一次，我在乘车去小石城的路上，闻到有一股特殊的气味扑进车窗。我就问：'附近是否有造纸厂？'陪同的人惊讶地回答：'是的！你怎么知道的？'我又问：'这一带是否有盐碱化现象？'他更惊讶了：'是的。你怎么猜到的？'其实，我是根据经验得出判断的。从这股气味就可以断定，他们这个造纸厂的工艺还不是很先进的。如果在我们国内，这样的厂子早就该用优选法进行改造了。”

话题转到了他这次赴美讲学的具体情况。在一旁整理材料的秘书，这时插话介绍说，华老这次到美国，受到了有关方面的盛情接待，加州理工学院事先作了准备，安排他住在一幢环境幽静、设备齐全的小楼里。

华老说：“美国人重实际，讲效率，少客套，这很值得我们学习。我到洛杉矶时，他们只派了一个司机在机场出口处接我，他举着写了我名字的牌子，我很快看到他。到住地后，并无什么酬酢活动，但一切都安排得很妥帖。”

他认为，这样的接待比动不动就一群人前呼后拥好，可以少耗费人力物力。他告诉我，他这次在美国，除完成了讲学和预定的研究任务外，还写出了《大范围最优化计划经济的数学理论》一书。这些，可说也得益于美国朋友的帮助。

华老的秘书此时又放下笔，加入了谈话，他介绍说：“华老这次到美国，有的美籍华人认为他作了‘科学大使’。最近，华老收到美国加州理工学院负责人的来信，对他的工作给予了高度评价，认为他的工作是‘最振奋人心、最有效的’。”

“过誉，过誉！”华罗庚教授谦虚地说。

他双手握住手杖柄，拄在下巴上，凝神考虑了几秒钟，说：“这一次赴美，收获是多方面的。还结识了许多新朋友，会见了不少老朋友。有些事回想起来是相当感人的。”

他讲起了在伊利诺大学的一件事。40年代末，他曾在这所大学任教。这次到美国后，该校决定授予他名誉理学博士学位。他去接受学位证书时，许多老朋友、新朋友闻讯都赶来看望他，其中有美籍华人，也有台湾人。授学位后的一天晚上，有一位素不相识的台湾青年，特地到寓所向他祝贺，说他被授予博士，台湾同胞也分享了这份荣誉。这位年轻台胞还拿出一本台湾翻印的《数论导引》给他看，对他说：“虽然这本书上没有印你的名字，可我们台湾青年都知道是你写的。”

提及此事，华罗庚教授不禁为之动容。他说：“台湾同胞对大陆同胞的感情是很深的。在美国经常遇到这类事。我有一个多年的老朋友，过去在台湾的地位不低，现隐居于美国，他对大陆一直异常怀念。得知我到美国后，他特地给我写了信，在信中集了四联八句唐诗，以表达自己的思乡之情。我接到信后，就又续了八句。诗，自然不敢与唐诗相比，只能算是狗尾续貂；意，倒是新的。

“他集的诗的头两句是：‘人生不相见，动如参与商’；我续了：‘参商本一体，误作两道光’。我这样续，除了借物喻情，表露心情外，也符合科学道理。在科技水平还很低的唐朝，人们误以为参与商是两颗星；而现代科学则已证明，参、商实际是一颗星。后两句，他集的是：‘海内存知己，天涯若比邻’；我续的是：‘海内有知己，天涯易比邻’。现在，不少知己确实是到海外去了；而在航空技术发达的现代，天涯倒真是很容易成为比邻了。”

他的诗，不是很值得海内外的中国人细细地加以品味么！

1984年

真情老头儿

得知老社长穆青逝世的消息，虽早有思想准备，仍深感悲痛。新华社圈内，提到穆青，许多人都亲切地称他为“老头儿”。有些人甚至当面也喊他“老头儿”。老头儿走了，重返他深深眷恋的热土，我和许多人一样，面对自然规律，内心仍异常难舍。

我第一次听说穆青，还是在北京上大学时。同班有个同学是新华社子弟，经常提前发布一些重要新闻。一天，他告诉我，新华社有位副社长叫穆青，不久前带记者到河南采访了一个重要典型，回来作了一场非常感人的报告，稿件正在修改，很快就会发表。几天后，我听到了那场报告的录音。穆青在报告中详尽地介绍了他采访已病逝的兰考县委书记焦裕禄事迹的经过。听录音时我就感到，穆青是个真情很容易显露的人，在谈到对采访对象焦裕禄的敬爱和怀念，叙述焦裕禄的感人故事时，他几次声泪俱下，听众也无不抽泣。虽然因当年录音水平不高，有些地方听得不太清楚，我仍感动得热泪盈眶。

隔了一段时间，新华社播发了穆青等三人采写的长篇人物通讯《县委书记的榜样——焦裕禄》。各报、各电台刊播后，在全国引起了强烈反响。许多人收听或看了这篇文章后，都泪流满面，心情久久难以平静。我也从此记住了穆青这个名字。

大学毕业后，适逢视知识如粪土的年代，我和全国各地数千名“臭老九”一道，被分配到西北农村锻炼。不到一年，我被再分配到甘肃武威地区报道组从事新闻报道。一次，我陪新华社甘肃分社记者王广普到天祝藏族自治县采访，合作写了通讯《古驿新颜》。该文在《人民日报》发表后，王广普向当时的甘肃分社社长夏公然推荐了我。老夏很快设法将我借调到分社工作。借调期间，我写了不少稿子，分社上下印象不错，均同意将我正式调来当记者。谁知有人反映我政治上有疑点，说我爱人家不少人在文化大革命中受冲击，有些人问题还很严重。

老夏很为难，在那个年代，从政治着眼，我显然是不适合当新华社记者的。也正因为此，再分配时，几个地方新闻单位也没敢要我。但老夏很惜才，不舍得将我退回原单位。他趁到北京开会的机会，专门向穆青汇报了我的情况。穆青听后沉吟片刻，对老夏说：“这是他爱人家的问题嘛，又不是他家的问题。再说也要重在表现嘛！只要有培养前途，我看可以调进！现在队伍青黄不接，正需要吸收一些有学历的年轻人。”

正是穆青这几句话，使我很快被调进新华社甘肃分社，成为一名新华社记者。老夏将经过告诉我后，我内心对他和穆青的感激难以言传。当记者后，我工作更加努力，一心要用实际行动报答他们的关怀。那些年，我每年下乡采访的时间都在七个月以上，也很快写出了一批有影响的内参与公开报道。遗憾的是，我这个边远分社的记者，头几年一直无缘见到穆青。

第一次见到穆青，是在1977年冬春之交时。其时，“四人帮”带来的政治严冬刚结束不久，他们在甘肃的影响尚未完全清除。我正在北京修改一组反映甘肃贫困地区情况的内参，适逢分社社长夏公然来京汇报工作，一天晚上，他特地带我到穆青家拜访。进门他就对穆青说：“这就是胡国华。调来后，干得不错。”穆青微笑向我点头，说：“真年轻啊！”

老夏与穆青是抗日战争年代的战友，落座后便开始亲切交谈。我坐在一旁，一边听他们谈话，一边默默观察这位敬仰已久的前辈。许是战争年代岁月催人，当年不到60岁的他，显得有些苍老，略微卷曲的头发已现稀疏，两鬓开始发白，额头和眼角的皱纹很深。他鼻高目深，鼻道稍弯，有些像中亚人，但面容慈祥，目光温和，不笑也脸含笑意。他个子不太高，背微驼，腰板却很挺直，这显然得益于战争年代的锻炼。穆青相貌并不出众，但举手投足间的那份从容沉稳，却是常人身上难得一见的。

那次见面，我只是个旁观者，穆青未和我多说话，没想到他对我仍留下了印象。

党的十一届三中全会以后，长期被极“左”寒流笼罩的中国农村开始解冻，不少地区特别是贫困地区已现复苏迹象，冲破旧政策禁锢的新生事物的萌芽在艰难破土，但倒春寒的阴风仍阵阵袭来。我和新华社一批农村记者都分别深入农村，认真调查正在涌动的这场变革，写了许多反映真实情况的内参。但旧势力的顽固阻挠，使改革依然处于举步维艰的境地。中国农村何去何从，改革何以突破僵局，依然是人们十分关注的问题。

1980年初，总社国内部突然电召我赴京，到后才知道，为了进一步摸清中国农村特别是贫困地区的底细，总社决定派一支采访小分队到黄土高原地区调查，我是有幸被抽调的记者之一。这次被抽调的还有宁夏分社傅上伦、陕西分社戴国强，总社记者冯东书也由另一路配合调查。我们深感责任重大，一种使命感油然而生，行前做了认真准备，查阅了一系列文件，汇总了手头掌握的情况。

动身前，穆青在办公室召见我们。他点了支烟，抽了几口才说：“这次叫你们来，我是反复考虑才决定的，选的也是精兵强将。你们都是农村记者，能吃苦，也了解农村实际，相信能不负众望。”我这才知道，这次采访是由他亲自部署指挥的。

接着，他有些动情地说：“你们的任务，就是要把贫困地区的真实情况反映出来，为中央制定农村政策提供依据。极‘左’的农村政策，对农村经济造成了极大的破坏。现在有些地区自发出现了‘包产到户’的做法，有些人叫好，另一些人视其为洪水猛兽，事实到底怎样？除‘包产到户’外，你们还要广泛深入了解各种情况。一定要沉下去，到最底层去调查，倾听基层干部和群众的心声，不能道听途说，人云亦云！”

他强调说：“当记者一定要敢于说真话，写实情。要使自己的作品经得起历史的考验。斯诺的《西行漫记》、范长江的《中国的西北角》，是几十年前写的，为什么至今读来依然震撼人心？就因为他们真实反映了当年的社会现实。他们当时发表的新闻，已成为今天的信史。你们这次的调查，只要真实，也会成为明天的历史，所以，你们不能有单纯任务观点，一定要有历史的责任感。”

正是在他这番话的鼓舞下，我们用了半年时间，跨越黄土高原四省区39县，跋山涉水，走村串户，行程万里，采访了上千对象，一路上陆续写了数十篇内参。这些稿件，对中央推进农村改革起了重要的参考作用。胡耀邦同志看到我们从宁夏西海固地区发出的内参后，第二天就带着这篇稿件乘直升机赴六盘山区，实地考察稿件中提到的张易公社“包产到户”的情况。

这些内参涉及的问题当时都较敏感，所以大部分未能公开发表。为了纪念这次采访，事后我抽空将这批内参汇总改写成了一部书稿，可惜也没有出版社敢出版。我便将其用铅字排印了二十多份，分送给朋友和关心农村的同志。

想不到，在纪念改革开放20周年前夕，因当年拿到书稿的一位朋友的推荐，人民出版社以《告别饥饿——一部尘封十八年的书稿》为名，出版了这本书。穆青看了此书，对我说：你们当年写的新闻，不已经成为今天的历史了吗？至今读来依然耐人寻味。

80年代初，在关注中国改革的同时，穆青也一直在思考新华社自身的改革。在他亲自策划和领导下，新华社陆续创办了一批报刊，使业务领域有了大拓展。1981年创办《瞭望》杂志时，他亲自点名，由部门和分社抽调了7名记者、编辑，负责筹办工作。我也有幸被他选中。调到北京后，接触穆青的机会多了，使我对他有了更直接的了解。他多思慎言，许多问题想得很深。创办《瞭望》，他并非心血来潮，而是缜密思考后的决策。他深感要促进我国新闻事业的发展，应该办一本类似美国《时代》周刊那样的杂志。《瞭望》杂志创刊后，他亲自兼任社长，从办刊宗旨、编辑方针，到栏目设置、内容策划，他都和创办的同志一道研究。他还为创刊号确定了目录，审改了主要文章。最初几期，连许多选题都是他确定的。

穆青多次对办刊的同志说，一定要更新观念，突破旧框框的束缚，想方设法把《瞭望》杂志办成群众喜闻乐见的新闻周刊，中国目前还缺少这样的杂志。由于是新华社主办的，所以更要有权威性，要纵论世界风云，阐述大政方针，预测形势走向，为人民鼓与呼。他特别强调要有来自中南海的信息，要有高层权威人士的访谈。在他的指导下，《瞭望》设立了《中南海纪事》、《本刊专访》、《本刊特稿》等名牌栏目，专门发表采访高层人物和权威机构的独家新闻，产生了很大影响。我印象最深的，是那年四月底，讨论第二期选题时，穆青提出要专访广东、福建两省省委书记，反映改革开放前沿的真实情况。采访当时的福建省委常务书记项南的任务落在了我身上，为了保证采访任务的完成，穆青还亲自给我签发了盖新华社大印的采访介绍信。正是穆青的思路，使《瞭望》杂志形成了自己的风格，成为全国影响最大的新闻周刊。

长期以来，穆青的言传身教，使我受益匪浅。1988年六月，因工作需要，我被调到新华社福建分社任副社长、党组副书记。原打算呆几年就回总社。不料1990年秋，总社党组突然决定调我到新华社广东分社任社长、党组书记。穆青召见我时，开门见山地说："我知道你想回北京，对这次调动感到意外，不过，这是总社党组再三考虑才作出的决定，对你来说也是一次难得的锻炼机会。广东这块热土，是我国改革开放的前沿，十多年发生了举世瞩目的变化，但怎么看待这些变化，却众说纷纭。你到任后，要带记者深入调查研究，摸清事实，昭示真相。"

他的话解开了我的心结。到广东这个陌生的省份后，我很快发现，这里人们的思想观念、生活方式、行为方式，包括看问题的角度，与内地的确有很大不同。这究竟是什么原因？有人告诉我，这里毗邻港澳，改革开放后深受外来经济、文化的影响，很多方面自然和内地不同。个别记者对我说，变化最大的是珠江三角洲地区，那里农村的做法和内地已有天壤之别，但情况不明，采访很困难，分社记者都称之为"白区"。为了探个究竟，我便专门带记者几次到珠江三角洲采访。下去后发现，只要注意沟通，采访并不困难。过去珠江三角洲的干部群众怕媒体误解他们的做法，信奉只做不说，多做少说，因而不大愿意接待记者。我们深入到被称作"四小虎"的顺德、南海、东莞、中山的一些主要乡镇，和干部群众进行了探讨式的交谈，他们都对我们敞开思想，谈了对农村改革发展的看法和做法。采访结束后，我们写了一组内参《广东"四小虎"调查》，肯定了当地深化改革，多种经济成分共同发展的经验，而后又将其改写成公开报道。文章发表后，引起了广泛关注。但也有人怀疑我们是否美化了珠江三角洲。

期间，我到总社开会或办事，几次顺便向穆青同志汇报采访情况。他每次都很感兴趣地问这问那，并叮嘱我要多看一些地方，要广泛听取各种意见，不能主题先行，要用事实说话，让读者得出结论。我建议他抽空到广东来一趟，亲自了解广东究竟发生了怎样的变化。

穆青接受了我的建议，1992年元旦刚过，他就到了广州。我陪他深入到三角洲地区，在“四小虎”的主要乡镇采访调查了半个多月。这一带欣欣向荣、生机勃勃的景象，深深吸引了穆青。他平常少言寡语，但内心世界丰富，对祖国、对人民有着异常深沉的感情。采访的这些日子，他一直处于高度兴奋状态，每天夙兴夜寐，马不停蹄地在村镇企业、农贸市场、田间地头奔走，兴致勃勃地察看、拍摄、询问，先后踏访了数十个村镇，与上百名干部群众进行了交谈。为了解南海大沥镇“三鸟”市场和顺德乐从镇水产品市场的交易情况，他连续几天5点起床，黎明时分赶到现场。

他深入细致的作风，不知疲倦的精神，使随行的同志深受感动。我担心他太劳累，提议把采访日程安排得松一点。他却说：“来一趟不容易，一定要多走走，多看看。这里发生的变化，令人振奋。一定要把它写出来，拍下来，不然愧对时代！我们要用事实告诉人们，改革开放使中国大地究竟发生了什么样的变化。任何怀疑论调都经不起事实的驳斥。”

在收集了大量第一手材料后，穆青与我们反复研究，经过九次字斟句酌的推敲修改，写出了通讯《风帆起珠江》。此文以大量生动的事实，为广东的改革开放正名，间接回答了姓社姓资的问题。新华社播发这篇通讯后，时任经济日报总编辑的范敬宜异常感奋，第二天就在头版重要位置全文刊登此文，并配发了评论。不少省市党报也发表了这篇通讯，但也有一些报纸不敢刊登。尽管如此，此文仍引起了强烈反响。随后，传出了邓小平“视察南方”的消息。不少人发现《风帆起珠江》一文中的观点，与邓小平南方谈话的精神十分吻合。也因此，香港一家右派刊物无端猜测，是否穆青事先得知邓小平要“视察南方”，搞政治投机，抢先一步到珠江三角洲采写此文。穆青得知此事，又好气又好笑，对我说：“真是无稽之谈！我哪能知道小平同志的行踪和想法。我们只不过是以赞赏的态度，实事求是地书写了改革开放以来珠江三角洲的变化。见仁见智，就由人去评说吧！”

这次采访，使穆青对广东产生了感情。他离休后，依然每年都要抽空来走走看看。他告诉我，改革开放以来的广东，真是一年一个样，每次来都感到很振奋。此时，他除了谈看法，出点子，已很少动笔，但摄影的兴趣依然如故。穆青一贯主张记者应成为“双枪将”，一手拿笔，一手拿照相机，既能写文章，又能拍照片。他自己就一直身体力行，无论到哪里，都不忘带照相机。对自己立足的这片大地，穆青始终倾注着真挚的感情，他那双眼睛从来都在发现和关注着社会生活中美好的东西。

有一年冬天，我陪他到肇庆七星岩和鼎湖山游览。一下车他就被这一带的湖光山色迷住了，二话没说，端起照相机就“咔嚓咔嚓”地拍开了。他越野爬坡，多角度选景，拍了半个多小时，才停下来休息。他一边眺望星湖，一边感慨地对我说：“真是太美了！大自然的鬼斧神工留下了多少美不胜收的景色啊！一定要把这些美景拍下来，让更多的人分享。美无处不在，关键要会发现，会欣赏，会表现。贵州在不少文人的笔下，被描绘得山穷水恶：‘天无三日晴，地无三尺平，人无三分貌，身无三分银’。那年我去贵州，深感这种说法实在是太片面了。那里的山水美得令人心醉，处处皆可入画，拍出的照片比油画还动人。那里的少数民族姑娘，也个个清丽脱俗，漂亮得像画中人。”

穆青这番话，让我颇受启发，也让我对他有了更深了解。老头儿情真，是因为他对祖国和人民爱得深沉。他注视的都是生活中美的一面，即便遭遇曲折坎坷亦不改初衷。他虽已重返大自然，他的真情却长留人间。

2004年